迷犬マジック3

山本甲士

双葉文庫

目次

迷犬マジック3

菜の花

新たにトラックが到着し、煤屋貴士《すすやたかし》らバイト従業員らは、主任の指示でローラーコンベアを並べ替えた。続いて主任から「君はそこ、君はそっち」と指さされて作業場所を指定され、言われたとおりに移動する。

やがてトラックから宅配便の荷物が詰まったキャスターつきケージがプラットホームに下ろされ、荷物が一つずつ、ローラーコンベアの上を流れて来た。

バイト従業員たちは荷物に貼ってある伝票を見て配送先を確認し、自分が担当する地域名があればピックアップして、背後のケージに積み直す。そのケージは後で宅配便専用車に積み替えられて、最終的な配送先へと届けられるのである。

決して単純な作業ではない。手書きの文字が汚くて読みにくいものはいったんピックアップして確かめなければならないし、すぐ後ろにいる担当者の荷物を見つけたら片手で箱を軽く叩いてアイコンタクトで「これはあんたのだよ」と知らせることも暗黙のルールになっている。箱や袋が破損していてこのままだとまずいと思ったら主任に知らせる必要もある。三月下旬の今は引っ越しシーズンで取扱量が多いため、時間帯によっては次々と荷物が流れて来て、めまいを起こしそうになることもある。

しかし貴士自身は大学一、二年のときにさんざんやったバイトなので、すぐに感覚を取り戻すことができた。考え事をしたり、バレないように鼻歌を口ずさんだりしながらでもミスをするようなことはない。

作業が一段落し、主任が「すぐにまた荷が来るからここで待機」と大声で言い、十数人のバイト男子らが「はーい」と返事をした。

貴士はすべり止め加工された軍手を外してフラットホームの隅に移動し、夜空を見上げた。雲が多くて月や星が見えない代わりに、人工の光が地上にたくさんある。ここは倉庫や工場が多い区域のため、深夜一時を回っても稼働している施設は多い。

背後から「煤屋さん」と声がかかり、振り返ると、顔は知っているが名前は知らないバイト男子が近づいて来た。色白で細面《ほそおもて》、メガネをかけていてさらさらの髪。なかなか整った顔立ちだが、神経質なところがあるようで、顔をしかさせているのを見かけることがある。

「急に話しかけてすみません」メガネ男子は、ちょっとおっかなびっくりという感じで、まるで野生動物をなだめるかのように両手を前に出しながら、そろりそろりと距離を詰めてきた。

貴士は「いいや、全然」と頭を小さく横に振ってから、「ええと、君は……」と言うと、彼は「あ、横野《よこの》と言います。煤屋さんと同じ双葉《ふたば》学院大です。情報処理学科の二年です」と自己紹介した。

で、何かな？と尋ねるよりも早く横野は「課長さんから聞いたんですけど、煤屋さん、やり投げのオリンピック強化指定選手だったそうですね」と言い、「すみません、大学にはあんまり行ってなくて、最近まで知らなくて」とつけ加えた。

課長から、「そのことは誰にも言わない方がいいか」と聞かれて、「いいえ」と答えている。別に隠すようなことではないし、どうせ体格を見て「ラグビーか柔道でもやってる人ですか」などと聞かれる流れはしょっちゅうだから、むしろ事前に知られていた方が面倒くさくなくていい。

「ああ」と貴士は、ぶっきらぼうな感じにならないように心がけてうなずいた。「左ひざの怪我で強化指定は取り消しになったけどね」

心の中で、コバルト電機への就職もなくなって踏んだり蹴ったりだわ、とつけ加える。

「交通事故だったそうですね」

「うん」

具体的なことも既に知っているのだろう。横野はどんな事故だったのかなどについて聞いてはこず、「見たところ、普通に歩いておられるようなので、完治されたということとですか」と尋ねてきた。

「まあ、治ったことは治ったんだけど、それは医者が言うところの、日常生活には支障がないってことでね。少し変形が残って、走ると違和感があるんだわ」

「ああ」横野は判ったような判らないようなあいまいなうなずき方をした。「つまり、選手に復帰するのは難しい、的な」

「入院やリハビリで半年近くブランクもできて、筋肉も落ちたしね」

「今でもすごい体格だと思いますけど」

「選手としてやってたときは今よりもさらに十キロぐらい多かったんだわ」

「へえ」

そんなことを聞いてどうするんだ——そういう気持ちが表情に表れていたのかもしれない。横野は「あ、急にすみません、本当に」と両手を合わせて頭を下げた。「僕、実は小説家を目指してて……といってもまだ何の実績もないんですけど、普通にサラリーマンとか公務員になる人生って、どうしても魅力を感じないんですよ。だから煤屋さんみたいな特別な人に憧れるんですよ」

「特別ねえ……」貴士は苦笑いを作ってうなずいた。「俺みたいに結局はダメだったやつに憧れてもしょうがないだろ」

「これまでの実績だけでもすごいことじゃないですか」

貴士が「ああ、ありがと」と面倒くさがっていることをあえて気づかせるために今度はそっけない態度を心がけてしかめっ面で片手を上げたとき、主任の「はい、トラック来たぞー。配置を指示するからー」という声が聞こえた。

午前四時に仕事が終わり、横野から声をかけられる隙を作らないよう、そそくさとママチャリにまたがって集配センターを後にした。

再びこのバイトを始めて一か月が過ぎたが、その間に横野を含めて三人のバイト男子たちから、貴士がやり投げの五輪強化指定選手だったことや交通事故で左ひざを骨折して夢が絶たれたこと、これからどうするのだといったことを聞かれた。

どうするかは決めていない。だが、五輪どころか現役復帰もないことはもう決めている。

またやりたいという気持ちが湧いてこないからだ。

多分このまま時間が経過して、フェイドアウトする感じで引退することになるのだろう。

コバルト電機の正式な内定通知を受け取るよりも何か月も前から、コバルト電機陸上部に見学の名目で施設や道具を使わせてもらい、フィジカルコーチもつけてもらってトレーニングをしていた。双葉学院大学陸上部では陸上競技場を借りるだけで、筋トレや体調管理は自分でやっていたことを思うと、あのときだけはかなり恵まれた環境だった。イメージトレーニングなどメンタル面を強化するための講習も受けさせてもらえた。

左ひざの手術が終わった直後、病室にやって来たコバルト電機の人事部社員から、残念だが内定は取り消しになったこと、希望すれば一般の社員として採用する道はあるがあらためて入社試験や面接を受けてもらうことになるので採用するとしても翌年の扱いになると告げられた。初対面のその社員は、いかにも残念そうな表情だったが、おそらくやり慣れた演技なのだろう。採用だけでなく、リストラの通告なども人事部の日常の仕事である。

あれだけちやほやしてくれた陸上部の監督やコーチらは、見舞いにも来てくれなかった。寂しい気持ちはあったものの、互いに気まずくなることは判っていたので、それでよかったのだろう。

変に励ましの言葉をかけられて、頑張ります、などと口にしていたら、余計にささくれた気持ちになっていたはずである。

交差点を渡ろうとしたが、直前で信号が黄色になったので、急ブレーキをかけて止まった。未明のこの時間帯、ほとんど車は走っていなかったが、あの事故以来、信号には敏感になった。あのときはマウンテンバイクで、黄色信号で交差点に進入し、右折してきた造園会社のトラックにはね飛ばされたのだった。

造園会社から損害賠償などはしっかり払ってもらったものの、運転していた従業員やその上司らは姿を見せず、先方が雇った弁護士と交渉した。白髪をなでつけた初老の弁護士が言うには、運転者が頭を下げに来ても誠意を感じないと言い出して余計に怒りが大きくなるケースが少なくないので、特に希望がない限り間に第三者が入った方がお互いのためですよ、とのことだった。

もしかしたら死んでいたかもしれないという事故だった。駆けつけた実家の両親は口をそろえて不幸中の幸いだったという言い方をしたし、三歳下の妹も「死ぬかもしれない事故に遭って助かったのだから、不運だったじゃなく幸運だったって思った方がいいかもよ」と言っていた。確かにそういう考え方の方がいいとは思う。

交差点を渡って、県立病院の裏通りに入った。一か月以上入院し、その後リハビリ通いをしたのがこの病院である。

同じ病室にいたのは、貴士以外は年配男性ばかりで、勝手に点滴のつまみを開いて早く終わらせようとして看護師さんに怒られていたおじいさん、いびきがうるさいという理由で口ゲンカをするおじさんなどがいた。いびきの大きさはどっちもどっちだったと思う。

幸い、貴士が五輪強化指定選手だったことなどは知られないままの退院となったが、「もしかしてプロレスラー？」と聞かれたことがあり、他の患者にも聞こえるように

「趣味で筋トレをしてるだけです」と答えておいた。

まだ一応は双葉学院大学陸上部に籍を置いているが、部に顔を出す気にはならなかった。そもそも練習を再開する気などないのだから当然のことだが、どうせ腫れ物に触るような扱いを受けることになるだろうし、他の部員の多くは長距離走者なのでもともと一緒に練習をすることはなく、会話の機会も少なかった。投てき種目の選手はひたすら単独行動である。引退した元選手のユーチューブ動画による解説が長らく貴士の先生だった。

昨夜、大学陸上部の立川《たちかわ》監督からLINEが届いた。〔投てき種目に力を入れている高校陸上部のコーチをやる気があるなら口を利いてやれるから、いつでも連絡してくれ。〕という内容だった。ひざに変形が残ったので現役復帰は難しいと医者から言われたことは監督も知っているので、現役復帰を無理強いするような言葉はなく、練習に出て来いとも言ってこない。監督自身、長距離走者だったときにすねの疲労骨折や燃え尽き症候群を経験したというので、見守る感じの接し方をしてくれている。

ひざの違和感は、リハビリ中にははっきりと自覚していた。普通に歩くときは何でもないが、走るスピードを上げてゆくと左ひざの安定感が悪く、着地の瞬間に身体がぐらつく感覚に陥ってしまう。実際に何度となくやり投げのパフォーマンスをやってみて、こりゃダメだと悟った。投げる直前の踏ん張りが利かず、下半身の力を上半身にスムーズに伝えることができなくて、いわゆる手投げになってしまうから距離が伸びない。投てき種目は全身の緻密《ちみつ》な連係があって初めて成立する競技である。

メンタル面のダメージも自覚していた。左ひざを手術したという事実が脳に作用してしまうのか、自分の左ひざは本来の状態ではないという気持ちが拭えなかった。

あるマラソンの女子選手は、左右の脚の長さが微妙に違っていたため、レース用シューズのソールの厚さを微調整することをスポンサーのスポーツメーカーが提案したのだが、その修正シューズで練習したところ、解剖学的には左右のバランスが取れているはずなのに当の選手は片方の足首に不調を訴え始めたという。それぐらいにメンタルはパフォーマンスに直結する。

高校陸上部のコーチをやらないかという話はありがたいことだったが、すぐにそっちに気持ちを切り替えることにもためらいがあり、立川監督には、「今は気持ちを整理する時間をいただきたいと思います。もしお願いすることになったらよろしくお願いします。」という、どっちなんだよという感じのあいまいな返事をしてしまった。引き受けるにしろ断るにしろ、腹をくくらなければならない。自分はつくづく半端者《はんぱもの》だと思う。

医者からの宣告にはさぞやショックを受けただろう——周囲の誰もがそう考えて、気を遣ってくれる。もちろんそれは事実であり、その瞬間は重量感覚がおかしくなってめまいが起きたし、病院の部屋がネガフィルムみたいに反転したように感じた。

しかしその直後、どこかほっとしている自分がいた。

なんとしても五輪出場を果たさなければならない。出場するからには恥ずかしくない記録を出さなければならない。

その荷物を下ろせたことに、安堵してしている自分に気づいたのだ。そのときに、好きで楽しくて続けていたはずの競技が、いつの間にか義務感に支配されていたことに気づいたのだった。

仮に五輪出場を果たせたとしても、世界の強豪、特にアメリカや旧東ヨーロッパ勢と互角に戦えるレベルには至っていない。そんな中で、「やらなければならない」という感覚で取り組むことは思っていたよりもしんどいことだったらしい。

県立病院に隣接する森林公園の裏通りを通り抜けていたときに、犬らしき動物が数十メートル前を横切って道路を渡るのを見つけた。こんな町中に野犬でもないだろう。近所の迷い犬だろうか。貴士は少し自転車のスピードを緩めて進んだ。

犬が渡った先だと思われる辺りを通過するときに、植え込みの隙間から顔を覗かせている中型犬を見つけた。さきほど見かけたのは多分こいつだろう。未明のまだ薄暗い時間だが、外灯の明かりのお陰で、黒柴っぽい犬だということや、赤い首輪をしているらしいことは確認できた。

ブレーキをかけて停まり、「迷子か？　それとも近所から脱走してきたか？」と声をかけたが、犬は目を細くして見返してくるだけだった。

このまま放置したら、後で車にひかれたりするかもしれないと少し心配になったものの、かといって見知らぬ犬にお節介を焼く義理もない。

貴士は「車道を渡るときは気をつけるんだぞ。急いで渡っちゃダメだぞ。ゆっくりと渡ったら車も気づいて停まってくれるから。俺みたいに大怪我してからじゃ遅いんだからな」と声をかけてから、自転車を漕ぎ始めた。

途中で振り返ったが、犬の姿はもう見えなかった。

今も住んでいる学生用コーポに到着し、二階の自室に入って明かりをつけた。ここは三年生になったときに入居したので、ほぼ二年間、世話になったことになる。二週間後にはコバルト電機陸上部の寮に移ることになっていたのだが、就職も入部も話が消えてしまったので、大家さんに事情を話して、一年だけ契約を更新させてもらうことになった。

夕方に買っておいたスーパーの弁当を電子レンジで温めている間、冷蔵庫から缶酎ハイを出してぐびぐびと飲んだ。この後は、昼までが睡眠時間である。このサイクル自体は大学時代ずっと続いていた。就職したら生活パターンが大きく変わることになるので、ちゃんと修正できるだろうかと少し不安を抱えていたのだが、さらに一年間、延長できることになった。

洗面所で歯磨きをした後、鏡に映る自分に「コーチ、やるか？　どうする？」と尋ねてみた。普通にサラリーマンをするよりはやりがいを感じることができるかもしれない。給料は安いだろうが。

さらに「選手として再チャレンジしてみて、本当にダメなのかどうか確かめないのか？　あ？」とも言ってみた。鏡の向こうの男は、顔色が冴《さ》えない様子だった。

退院後、ネット検索してみて、大怪我を負ったがその後に現役復帰してさらなる活躍をしたスポーツ選手が少なからずいることを知った。肘の手術を終えた直後は数メートルしかボールが投げられなかったが時間をかけて剛速球を取り戻したプロ野球の投手もいるし、アキレス腱断裂を乗り越えて日本代表になったサッカー選手もいる。ひざの十字靱帯《じんたい》を損傷して一年以上のブランクを作っていったんは引退を表明したが、後に現役復帰して五輪で金メダルを獲得した柔道選手もいる。

そして、白血病で長期入院したが現役復帰して自己記録を塗り替え、日本選手権で優勝した女子の水泳選手も。

彼女は後にインタビューを受けたときに、病名を告げられたときにどこかほっとしている自分がいた、と答えている。貴士にはその気持ちがよく判る。彼女もきっと、好きでやっていたはずの水泳がいつの間にか義務でやらなければならないものに変わってしまって、無自覚のうちに大きな荷物になっていたのだ。その荷物をいったん下ろす口実ができたということだ。

ちなみにその女子水泳選手は、闘病中に再び泳ぎたいという気持ちを取り戻すことができたという。自分とはそこが違う。もともと彼女は国際大会でメダルを狙えるレベルの選手だったが、自分はもっと下のステージでもがいているだけ。較《くら》べるのはおこがましい。

「要するにビビってるんだろ、お前は」と鏡に映る自分に言った。

現役復帰すれば欧米の強豪選手と較べられるし、世界で活躍している他種目の日本人選手とも較べられて、「煤屋貴士？　何の選手？　知らないなあ」という扱いになることは見えている。リタイアすればそれはそれで、怪我や病気を克服した選手たちがいるのにあいつはそういう人たちに遠く及ばなかったとか、怪我がなくてもあいつはもともとたいしたことはなかったと言われて終わりだ。

どの道を選んでも再び重い荷物を背負わなければならない。

貴士はうがいをして、ゲップと共に酎ハイの炭酸を吐き出した。

朝の八時過ぎに一度目が覚めた。何かを探している夢を見ていたような気がする。植え込みや建物の陰からそれはひょいと顔を出すのだが、近づくといなくなっていて、また別の場所から顔を出す。何かの生き物だったようだが、はっきりとしない……。

トイレで小用を足して再び布団に潜り込んで二度寝をしようとしたときに、集配センターのバイトから帰るときに見かけた犬のことが何となく気になっていて、それでこんな夢を見たのだなと思い至った。

あの犬はあの後、大丈夫だったのだろうか。車にひかれたりしていなければいいが……。

そのまま再び寝入ったが、枕もとのスマホに起こされた。

顔をしかめながら薄目を開けた。カーテンを閉めているが、隙間から差し込む光で、もう昼に近い時間だと判った。今度は夢を見なかったようである。

スマホを確認すると、大学陸上部OBの浦川《うらかわ》さんからのLINEだった。「お前に教えてもらった自重トレのお陰で身体の調子がいいよ。礼に一杯おごるからいつでも店に来てくれよな。」とあった。

おそらく立川監督からだいたいの事情は聞いているのだろうが、そのことには触れないで、こういう形で連絡をしてくるところなどは、浦川さんらしい気遣いである。

浦川さんは立川監督と同年代の四十代後半なので、もちろん陸上部で一緒に練習をしたことはない。だが今でもしばしば栄養ゼリーやプロテインバーなどを部員たちに差し入れてくれ、大会があると応援にも駆けつけてくれる。要するにお節介焼きのOBおじさんである。だが、部員たちに接するときには決して上から目線にならず、常に優しいまなざしで接してくれるので、みんなから慕われている。

また浦川さんは市内で〔SO WHAT〕というジャズバーを経営しており、OBたちや現役部員らがそこに顔を出しては、仕事上の人脈を広げたり、就職や転職の相談に誰かが乗ったりといった交流の場を提供してくれている。

浦川さんは学生時代、中距離走が得意で高校時代からの流れもあって陸上部に所属していたが、それよりも力を入れていたのはジャズギターの演奏だったという。その腕前はプロ並みで、ジャンルを問わずさまざまな曲に即座に対応するスキルがあったため噂が広がり、プロミュージシャンのサポートメンバーとして声がかかったり、スタジオミュージシャンの仕事を依頼されたりするようになり、そのままプロの道へ。三十代後半ぐらいからは音楽プロデューサーとして手腕を振るうようにもなったのだが、面倒を見ていたバンドを解散させて切り売りしたり、外国のヒット曲をパクるよう促したりする仕事に嫌気が差し、四十を境にすっぱりと足を洗って、大学生活を送ったこの地に舞い戻り、今は小さなジャズバーをやっている。陸上部OBの中でも異色の経歴を持っていることや、ストレスを溜めるぐらいなら人生の方針転換をためらわないという潔《いさぎよ》い生き方なども、一目《いちもく》置かれたり人望を集めている要因だろう。

自重トレーニングとは、自身の体重を利用した筋トレのことである。たとえばジムに行けば、ラットプルダウンというマシンがあり、座った状態でバーを引き下げることで背中の筋肉を鍛えるのだが、ジムに行かなくても公園などのアスレチック施設を使えばプルアップ（懸垂）やインクラインプルアップ（斜め懸垂）という、自身の体重を使ったトレーニングで同等以上の効果を上げることができる。むしろ自分の体重をコントロールする訓練にもなるという点で、自重トレーニングはアスリートに適したやり方だともいえる。貴士も以前は、陸上競技場に隣接するアスレチック公園でガンガンやったものである。

一年ほど前だっただろうか。貴士が〔SO WHAT〕に顔を出してビールを飲んでいるときに、何となく筋トレの話になり、貴士が自重トレーニングを重視して取り組んでいるという話をすると、浦川さんが興味を持ったため、聞かれるままに説明したことがある。そのとき浦川さんはメモを取って「ジムに通う時間を作るのは難しいけど、自重トレなら家とか公園でできそうだね。教えてもらった基本種目をやってみるよ」と言ってくれていたのだが、そのときはただのリップサービスだと思っていた。本当に取り組んでくれていたとは……。

カウンターの向こう側に立ち、チェックのシャツにデニムのエプロンというホームセンターの店員みたいな格好で接客をしている浦川さんを思い浮かべた。面長《おもなが》で両目が垂れ下がっていて、低い声で話す人である。見た目はちょっと怖い感じがあるが、接しているとすぐに穏やかな人柄が伝わってくる。身長は割と高くて、肩幅も広いが、あまり筋肉はついていないので、平べったい印象の身体つきであることを気にしている様子だった。

あの浦川さんが自重トレーニングを継続しているというのに、それを勧めた自分がこのざまか……。

貴士は〔恐縮です。こちらはなかなかやる気が出なくてだらだらしていますが、今後の見通しが立ったら伺いますんでよろしくお願いします。〕と打ち返した。

やり取りを終えた後、あの犬のことがまた気になってきた。

小学生のときに雑種の中型犬を家で飼っていたことがある。貴士も妹も犬を飼いたいと言い、散歩もウンチの始末もするという約束で、父親が知人からオスの子犬をもらい受けて来てくれたのだが、ちゃんと面倒を見ていたのは最初のうちだけで、やがて兄妹で役目を押しつけ合うようになってしまい、怒った父親は子犬を別の知人に譲ってしまった。あのときは心から後悔して泣いたものだった。妹は一週間経っても泣いていた。今は温厚で年金生活を送っている父親だが、ホテルマンをやっていたあの頃は、ときどき短気な一面を見せることがあった。

そんな体験があったせいか、犬を見かけると今でもちょっと、胸の痛みを覚える。

森林公園に行ってみるか。

犬がいるかどうか探しながらウォーキングなんかをしてみるのも悪くない。いつもと違うことをやれば、気分転換ぐらいにはなるだろう。

遅い朝食の後、洗濯や洗い物、買い物などの家事をこなすと、もう午後三時だった。最近は貴士はジャージ姿になり、バスケットシューズをはいて、ママチャリに乗った。この時間になるとごろごろしながらスマホゲームなどをして過ごしていたので、ウォーキングをするだけでも大きな生活リズムの変更である。

三月中旬の森林公園は、遊歩道沿いのあちこちに菜の花が集まって咲いており、目にまぶしいほどの鮮やかな黄色に、植物の生命力を感じた。天気は快晴、風のない穏やかな午後である。

駐輪場に自転車を停め、まずは公園内の遊歩道をのんびり歩き始めた。平日の午後とあって、ウォーキングや犬の散歩をしている人たちの多くは年配者だった。遊具が集まっているコーナーでは若いお母さんのグループが子どもたちを遊ばせながら、スマホを片手に立ち話をしている。

森林公園は木々が茂っている場所が多く、そのせいか空気が浄化されているような気がした。

こうやってただ歩くだけでも、身体を動かしているという感覚が得られ、自分はちゃんと生きてるんだなと当たり前のことを思った。街の中をぶらつくのとは違って、歩くという動作を意識するだけで、別次元の気持ちである。

芝生が広がる広場を取り囲む遊歩道を歩きながら、園内のあちこちに視線を向けたが、あの犬の姿はどこにもなかった。飼い主のところに無事に帰ったのならいいのだが。

三十分ほどかけて森林公園内を一周し、犬はいないようなのでそろそろ帰るとするかと思ったが、芝生に腰を下ろしたら気持ちがよさそうだなと思い、軽く全身のストレッチをしてから帰ることにした。

柔軟性、つまり関節の可動域は、筋力や心肺機能と同じく、トレーニングを続けていれば向上するが、やめてしまうと衰えてゆく。これがエクササイズの〈可逆性〉というやつである。一方、自転車に乗ることができた人はその後何年ブランクがあってもまたすぐに乗れる。これは自転車に乗るという行為がエクササイズではなくプラクティス〈技術の習得〉によって身につくものであり、プラクティスには〈不可逆性〉があるからだ。一口にトレーニングといっても、エクササイズとプラクティスの違いを理解していないと、無駄な時間を費やすことになる。

技術を習得するためには反復練習が必要だが、筋力を向上させるためには短時間で強度の高いトレーニングをするべし。コバルト電機のフィジカルコーチから教わったことだった。

芝生に腰を下ろし、開脚して上体を前屈させてみて、ブランクの大きさを思い知らされた。以前は簡単に額が地面に着いたのに、全く届かない。しかもハムストリングス（太腿の裏側）が突っ張る痛みに顔をゆがめた。

直後、背後でかすかな足音と気配を感じた。振り返って、「わっ」と口にした。

黒柴ふうの中型犬がちょこんと座っていた。赤い首輪をしているが、リードがついていない。

「あー、びびった」貴士は苦笑して立ち上がった。

明け方に道路を渡ってた、あの犬ではないのか。見た感じ、どうもそういう気がする。あのときも赤い首輪をしていたように見えた。

「お前、どこの犬だ?」と貴士は声をかけた。「近所に住んでて、勝手に脱走したのか？道路を渡るときは気をつけないと危ないぞ。明け方にお前が渡った場所は交通量が少ない場所だけど、そういうところはかえってスピードを出す車が通るんだから」

言葉が判るわけもなく、犬は目を細くして軽く小首をかしげた。ちょっと何言ってるのか判んないんですけど、とでも言いたげだった。

近づいて片ひざをつく姿勢になり、片手を伸ばしてみると、犬は逃げる様子を見せなかったので、貴士は首の周りをなでた。

手のひらを通じて温かみが伝わってきて、こいつもちゃんと心がある生き物なのだと感じた。犬を触るのなんて、何年ぶりだろうか。

犬の下腹部を覗き込んで、オスだと判った。年齢はよく判らないが、落ち着いた感じからすると、少し年がいってそうに思えた。

周囲を見渡したが、飼い主らしき人物は見当たらなかった。迷い犬なのか、それとも近所で飼われている犬で自由に行動しているだけなのか。

ちょくちょくこんな感じで勝手に出かけてはまた家に帰っているというのなら、犬を放し飼いにすることのモラルや条例違反であることはともかく、さほど心配する必要はないだろう。だが、実際はどういう事情なのかが判らないだけに、扱いに困る。

「悪いけど、俺は、もう帰るから。お前が無事だったんで安心したよ。近所の家で飼われてて、ちょいちょいこうやって脱走してるのか？　ま、何にしても道路を渡るときには気をつけるんだぞ」貴士はそう言って立ち上がり、「ちゃんと家に帰れよ」とつけ加えて歩き出した。

すると、犬は当たり前のような感じでついて来た。

しまった。下手になでたりしたせいだ。

だが、そのことよりも、犬の歩き方が妙だった。後ろ足の片方がちゃんと踏ん張れないらしく、進むたびにひょこひょこと身体が少し傾いている。

未明に見かけたときは普通に歩いているように見えたのだが。わずかな時間だけ薄暗い中で目撃しただけだから、そのときは判らなかったということか。あるいはあのときの犬とは別の個体なのか。それとも、あのときからさっきまでの間に何かがあったのか。

「怪我でもしてんのか？　ちょっと見せてみな」

しゃがんで片手でなでながら、後ろ足を触ってみたが、どこがどう悪いのかはよく判らなかった。怪我はもう回復したが、変形が残ったということだろうか。

「お前も足に問題を抱えているみたいだな。実は俺もなんだ」首周りをなでてそう言うと、犬は目を細くしながら聞いていた。ああ、そうなんだ、という感じだった。

「でも俺の場合は、普通に歩いたりジョギングしたりは違和感なくできるから、お前よりはマシなのかもな。他の犬とケンカになったらかなり不利だろう」貴士はそう言ってから、「いや、お前はケンカなんかしないか。おとなしそうだもんな」と続けた。

そのとき、赤い首輪に黒いマジックペンらしきもので何かが書かれてあることに気づいたので顔を近づけてみると、〔マジック〕とあった。この犬の名前だろうか。

「お前、マジックって名前なのか？」

そう言うと、犬は口の両端をにっと持ち上げて、笑っているような表情になった。おっ、あんたよく気づいたな、とでも言いたげだった。

駐輪場の方に向かって歩く途中、アスレチックコーナーにある鉄棒が目に止まった。五種類ぐらいの高さに分かれていて、最も高いものは少しジャンプしないと届かない、いわゆる高鉄棒《こうてつぼう》だった。

もともとそんな気はなかったけれど、ちょっと筋トレもしてみるか。存在を無視する感じでやっていたら、犬の方も飽きてどこかに行くんじゃないか。

追い払うのは抵抗があるので、貴士はその作戦でいくことにした。

鉄棒の前まで移動したところ、やはりマジックは後ろ足の片方をひょこひょこさせながらついて来た。貴士はマジックと目を合わせないように、もう興味なんかないというテイの態度を取りつつ、心の中で「早く自分ちに帰ってくれー」とつぶやいた。

貴士は軽くジャンプして高鉄棒に飛びつき、アンダーグリップ（逆手）でのプルアップ（懸垂）を始めた。主に背中の筋肉を鍛えるトレーニングだが、上腕二頭筋（力こぶ）や前腕にも結構な負荷がかかる。普段この運動をするときに使っているすべり止めの手袋が今はないが、幸いこの高鉄棒は摩擦が効いていて、握りやすかった。

久しぶりにやると身体の重さを感じ、稼働している筋肉群が、自身の体重を少し持て余している感覚があった。筋肉の衰えと体脂肪の増加のせいだろう。

ほどほどのところで終えて着地すると、背後からワン、とマジックに吠えられた。

振り返ると、マジックはこちらをガン見していた。怒っているというより、じっと見ることで、よく考えろ、と訴えている感じがあった。

「ウソだろ……」

もしかしてマジックは、そんな手抜きの一セットでいいのか、それでプルアップをしたつもりなのかと言いたいのか？

まさか。犬にそんなことを考える知能があるわけがない。

しかし貴士は、マジックの表情を見て、中途半端なやり方を見透かされているような気がして、にわかに緊張を覚えた。

もしかして自分は今、この迷い犬に怒られてんのか？

そんなことがある？　でも面白いじゃねえか。

貴士は気持ちを切り替えることにした。この犬がフィジカルトレーナーを買って出るってのなら、やってもらうとしよう。

「マジックさん、やだなあ。今のはただのウォームアップっすよ」貴士は笑って片手を振った。「次から本番っす。ちゃんと見といてくださいよ」

貴士はふう、とバーを見上げてから「よしっ」と小さく声に出した。

今度はレキュラーグリップ（順手）で飛びついた。グリップを変えることで、使われる筋肉も微妙に違うので、多角的に鍛えることができる。

やっぱり身体が重い。だが、さきほどの一セットが適度なウォームアップにはなったようで、他人の身体を借りてやっているような違和感は軽減できた。

バーを鎖骨に近いところまで引き、背中の筋肉が真ん中にぎゅっと収縮するのをイメージしつつ、回数をこなしていった。

以前なら丁寧な動作でも二十回以上できたのだが、ブランクによりやはり筋肉量が落ちているのだろう。十八回で限界に達し、手を離して着地した。

「長い間サボってた割りにはできたと思いますが、どうっすか」

するとマジックは目を細くしてじっと見返してきた。かなり冷めた目だった。

「は？ お前はそんなものかって言いたいんすか？ ちゃんとやったじゃないっすか」

だがマジックはじっと見返している。その目を見るうちに気づいたことがあった。

「あー。普通の一セットで満足してんじゃねえぞってことっすか」

すると、少しだけマジックの表情が緩んだように見えた。

「判りましたよ。次は追い込みますって。見といてください」貴士はそう言ってバーの方に向き直り、小声で「厳しいトレーナーだなぁ」とぼやいた。

次はアンダーグリップで飛びつき、力を入れてバーを引いた。

さきほどの疲労が残っているせいで、十五回で限界に達したが、すぐには手を離さず、腕を曲げた状態を保って耐えた。静止した状態で筋肉に負荷をかけるやり方は、アイソメトリックストレーニングと呼ばれており、伸縮運動が限界に達したところでさらに筋肉に刺激を与える効果がある。

貴士は耐えるだけ耐えてから、少しずつ両腕を伸ばして身体を下ろしていった。一気に下ろすのではなく負荷に耐えながら筋肉を伸ばしてゆく、ネガティブトレーニングと呼ばれるやり方で、最も強度が高い方法だとされている。

ようやく手を離して着地した後、「よし、終わり」と告げてふうと一息ついた後、「ってのはウソだよーっ」と、またすぐにバーに飛びついた。

ほんの二、三秒の休憩でも筋肉はある程度回復する。そこを利用して、さらに負荷をかけ、余力を使い切る。これは延長セット法と呼ばれる、トレーニング強度を最大限に高めるやり方である。

さすがに四回で限界に達し、四回目の途中で力尽きてバーを離した。着地してそのまま「ひゃー」と声を出しながら尻餅をついた。

はあはあと荒い呼吸をしながら振り返ると、マジックが口の両端をにゅっと持ち上げた。

それでいいんだよ。それがほんとのトレーニングってもんだ。

そう言われたような気がしたので「あざーっす」と片手の親指を立てた。

貴士は現役時代、セット数の少ないトレーニング法を重視して取り組んでいた。筋トレの肝は密度の高さであり、短時間で強い刺激を与えることが筋繊維の破壊につながり、その後の栄養補給と休養によって超回復をもたらしてくれる。骨折から快復したときに以前よりもその部分だけが少し太く丈夫になるのと同じ理屈で、破壊された筋繊維は以前よりも太く丈夫になる。筋肉の発達とは要するに、この超回復の繰り返しである。

　この二セットで充分だった。実際、背中も腕もパンパンで、血液が集まって膨張しているのが感覚で判る。

　貴士はマジックを見て苦笑いをした。

「マジックさん、俺はトレーニングなんてする気、全然なかったんすよ。あんたが無事かどうか確かめるために来たついでにちょっくらウォーキングでもって思っただけで。何しろ俺はもう燃え尽きちゃってて、身体をいじめてやろうなんて発想、消えてたんすから。なのにあんたから尻を叩かれて、焚きつけられて、気がついたらこんなことやってる。俺は自分自身に驚いてるんすよ。何だよ、いったんやり始めたらちゃんとスイッチ入るじゃねえのって。トレーニングって楽しかったんだなって」

　マジックは目を細くして見返していた。意味が判っているのか、判っていないのか。

「判ってねえよな」と貴士は続けた。「でも礼を言わせてもらうよ。ありがとさん。あんたのお陰で、すっげえ大切なことに気づかせてもらったよ」

　するとマジックは立ち上がって、数歩近づいて来て、鼻先を軽く振って見せた。

　四《し》の五《ご》の言ってないで、とっとと次のトレーニングをやれよ。そんなふうに言いたいように思えた。

「へいへい、判ってますって」と貴士は立ち上がった。「ついでに他の主要筋もやっちゃいますか」

ステンレス製の平行棒がある場所に向かうと、マジックは当然のように、後ろ足をひょこひょこさせながらついて来た。平行棒は幅が違うタイプのものが二種類あり、貴士は広い方を選んだ。他のアスレチック器具と違って平行棒もあまり人気がないようで、ぶら下がって遊ぶ子どもも、トレーニングの先客もいなかった。

「じゃあ、フィジカルトレーナーのマジックさん、行きまーす。アムロ行きまーす」

貴士はそう言って平行棒に両手をついて握り、足を浮かせた。上半身をやや前傾させて、肘を曲げて身体を沈めていき、ボトムポジションでいったん静止してから上昇する。ディップスと呼ばれている、胸と上腕三頭筋（力こぶの裏側）のトレーニングだが、アッパーボディスクワット（上半身のスクワット）とも称されるベーシックな種目である。

貴士はテンポよくやれば三十回以上できるが、深く沈むことを心がけ、負荷が途切れないようゆっくりと行うことで、二十回前後で限界になるように調節した。

筋肉が限界に達していったん着地したが、すぐにバーを握り直して足を浮かせ、さらに二回、三回と追い込んだ。最後はジャンプしてのトップポジションから、負荷に抵抗しながらゆっくりと沈んでゆくネガティブトレーニングを追加した。

一セット目を終えて振り返ると、マジックはじっとこちらを見つめていた。

「どうっすか。結構な強度の一セットでしょ」

するとマジックは視線をそらして横を向いた。それぐらいお前ならやれて当たり前だとでも言いたげだった。

そのとき、座っているマジックよりも数十メートル後方の芝生広場で、長身の若い男性が二人の小学生ぐらいの男児を相手にドッジボールの練習らしきことをしているのに気づいた。男性はオレンジ色のポロシャツにハーフパンツという、この時期にしてはちょっと寒そうな格好で、二人の男児を相手に交互にドッジボールを投げ合い、「そう、胸でキャッチ、いいよー」「上手《うま》い、上手い、上手くなってきたよー」などと、大きくて馬鹿丁寧なゆっくり口調でほめている。年齢は自分に近いように思えた。

だが貴士が注視したのは、男性のにこやかな笑顔や独特のしゃべり方よりも、ハーフパンツの下に見える足の片方が、義足らしいということだった。

男性はハーフパンツの下に黒いインナータイツをはいていたのだが、それは右足だけで、左足のすね部分は明らかに銀色の金属でできていた。ひざ部分と足首のジョイント部分は黒くて細かったが、おそらく頑丈な材質でできているのだろう。

男性は、ドッジボールをキャッチしたり投げたりする動作は見事なまでにスムーズで、ジャージなどで隠れていたら義足とは気づかないレベルだった。

そういえば、パラリンピックでは短距離走者などが、へらのような形状の競技用義足を使用して高度なパフォーマンスを発揮している。ひざに違和感が残っているぐらいのことで競技を断念しようとしている自分は、彼に較べるとあきらめが早すぎるか……。

彼が義足を隠すのではなく、むしろわざと見えるようにしているのは、それなりの意図があってのことなのだろう。実際、義足は決して恥ずかしいことではなく、むしろ隠したがる人間にこそ理由が必要なのかもしれない。視力が悪い人は普通にメガネをかけているし、誰もそのことを変だとは思わない。義足も同じことですよという彼なりの意思表示なのかもしれなかった。

続いて長身の男性は、二人の男児を並ばせて、その前でさまざまな局面でのキャッチ方法を指導し始めた。顔に向かってボールが飛んできたときはジャンプして胸でキャッチ。低いボールはしゃがんでキャッチ。でも高すぎたり低すぎたりするボールはかわして即座に身体の向きを反転させる。

知り合いの子どもに、ドッジボールが強くなるよう教えている――そんなところだろうか。

マジックが再びじっと貴士を見ていた。まるで、お前のトレーニングはどうした、とでも言いたげだったので「判ってますって、やりますよ」と苦笑して二セット目のディップスに取りかかった。

二セット目のディップスを終えた貴士は、芝生の上でストレッチ運動をしながら小休止した後、その場でジャンピングスクワットに取りかかった。名称のとおり、立ち上がるときにジャンプを加えることでより筋肉に負荷をかけるスクワットだが、大切なのは静かに、衝撃を脚に吸収させる形で着地することである。そうすることで、ジャンプするときだけでなく、着地したときにもネガティブトレーニングによって負荷をかけることとなり、かなり密度の濃い一セットとなる。筋トレの世界でしばしば言われている〔効かせる〕トレーニングというやつである。

三十回ほどで脚の筋肉が限界に達し、「ひえーっ」とつぶやきながら荒くなった呼吸を整えていると、マジックが目を細くして見ていた。

「何すか、マジックさん。わざときつそうにしてると思ってんすか？　これはマジできついんすよ。ウソだと思うんならやってみてくださいよ」

だがマジックの表情はどこかしらけていた。そんなもんかよ、とでも言いたげだった。くそ。

「判ったよ、やりゃあいいんでしょ、やりゃあ」

脚の筋肉にはまだ乳酸が溜まった状態でパンパンに強ばっていたが、貴士は即座に数回のジャンピングスクワットを加え、それが限界になったらその場でノーマルなスクワットをさらに数回こなして、「ひゃー」と悲鳴を上げながら芝生の上に転がった。脚の筋繊維がぶちぶちとちぎれている音が聞こえてきそうだった。

寝転がったまま見ると、マジックは口の両端をにゅっと持ち上げた。

そうそう、それでいいんだよ、それで。何となくそう言われた気がした。

「迷い犬にコーチしてもらうとはね……」貴士は天を仰いでへらへらと笑った。

肩や腕など、他の部位のトレーニングは明日に回すことにして、仕上げに芝生の上で腹筋を始めた。シットアップと呼ばれている世間一般に知られている起き上がり腹筋ではなく、両足を曲げて浮かせ、両手は頭を抱えた姿勢になって、肘とひざを近づける、クランチと呼ばれる運動である。シットアップは腰を痛めることがあるのでトップクラスのアスリートはやらない。貴士はこのクランチを、左右交互にひねりを加えて、脇腹の筋肉にも負荷をかけるやり方を好んでやってきた。

腹筋がつりそうになる感覚を味わいながら限界まで続け、ようやく芝生の上で大の字になって休憩した。

大小の雲が青空に浮いている。じっと見ていると雲が動いていることがよく判る。

呼吸を整えながら、自分は大きな間違いをしていたのだなと思った。

身体をいじめること、筋肉を目一杯動かすことは、ずっと何年も続けてきて、自分の人生の一部になっていたのだ。その事実は消そうと思っても消すことはできない。

やっぱり身体を動かすって、いいもんだ。生きてるぞという実感が湧いてくる。この充実感は、現役復帰するかどうかなんて関係ない。ライフスタイルとして継続させなければならないことだったのだ。

どこで飼われているか判らない、放し飼いの犬からそのことを教えられるとは。

迷い犬から、迷うなと説教されたわけか……。

あらためて礼を言おうと身体を起こし、そのときになってマジックの姿が消えていることに気づいた。

あれれ、いつの間に……。

どんぐりや桜の木が密生している場所にでも行ったのか。

少し先にある、なだらかな芝生の丘の裏側に回り込んで見えなくなったか。

それとも、遊具コーナーにあるつきやまや巨大ダコのすべり台の陰にでも隠れたのか。

立ち上がり、しばらく眺め回したが、マジックを発見することはできなかった。

義足の男性は、男児二人にドッジボールの投げ合いをさせていて、「相手を観察すれば、どこを狙ってくるか判るようになるよ」「そう。横に動いて胸でキャッチ。上手い、上手い」「落としても気にしないよー。失敗こそ成長のチャンス。練習すればミスは減ってくからねー」などと声をかけていた。

貴士は、高校陸上部のときにやたらと怒鳴ってきた監督のことを思い出した。あの男のせいで退部した仲間が何人もいたし、自分も嫌いだった。いつか機会があればぶん殴ってやろうとさえ思っていた。

何となく、童話の『北風と太陽』の話を思い出しながら、あのときの監督と義足の男性を対比した。義足の男性のような人が監督だったら、もっと充実した高校生活を送れたに違いない。

その後仕上げのストレッチをしている間も、マジックは戻って来なかった。

近所にあると思われる飼い主の家に帰ったのならいいのだが……。

その日の夜、集配センターでの仕事中に主任から呼ばれ、破損した取り扱い荷物の修繕をプラットホームの隅でやるようにと指示を受けた。箱の中身が機械部品だったりすると、その形状や重さのせいでダンボール箱が破れたり、穴が開いて中身の一部が飛び出したりすることがある。たいがいは送り主の梱包方法に問題があるからなのだが、届け先でクレームをもらうのは宅配担当社員になってしまうので、こういう修繕作業も業務サービスの一環である。

パイプ椅子に座り、折りたたみ式の長机の上で、ケージにまとめて入れてあった十数個の破損した箱を一つずつ取り出しては修繕していった。たいがいは箱の一部が破れているだけなので強度の高い粘着テープを貼れば何とかなるのだが、ネジ釘が詰まった小箱が潰れて外にこぼれ出してしまっていたものもあり、代わりの箱を探して梱包し直す必要がありそうだった。

三十分ほどの作業で、もうすぐ終了というところで主任がやって来た。「そろそろ終わり?」と聞いてきたので貴士は「はい、これが最後の一個です」と応じた。

主任は振り返って「横野くーん、ちょっと」と手招きして呼んだ。小説家志望だという大学生である。ローラーコンベアを動かしていた横野は「はい」と答えてやって来た。

主任が「このケージの荷物、煤屋さんと手分けして配送先のケージに入れ直しといて」と言い、横野が「判りました」とケージから配送先が近い三つを選んで、抱えて行った。

直後、主任が「煤屋さん、やり投げ、もう引退するんだって?」と言った。

「まだはっきりとは決めてませんが」

「あ、そう」

この三十代後半ぐらいのやせた主任は、テニスをやっていたと聞いたことがあるが、詳しいことは知らない。この男からは一度、「やり投げって何が面白いの?」と露骨に聞かれたことがあり、むっとなる気持ちを抱えながら「さあ」と笑って肩をすくめたところ、その態度が気に入らなかったようで、仕事で指示を出す以外には話しかけられることがなくなった。誰しも生理的に好きになれない人間というのはいるものである。貴士とは互いに、気に食わない存在であることは自覚していた。

「前のオリンピックのときに日本人選手がやり投げで出てるのをたまたま見たことがあるけど、外国のでかい選手に較べるとちょっとレベル的に厳しいみたいだね」

「はあ……」

「そのとき、アナウンサーがさ、次に投げる外国人選手の距離が伸びなかったら日本人選手が予選通過できる、みたいなことを言っててさ、他の選手が失敗するのを祈るような感じだったわけよ。あれってスポーツマンシップという観点からすると、どうなんだろうね」

「他人のミスを願うようなことは、感心しませんね」

「だよね。でもやり投げとか、距離や時間を競い合う競技って、どうしてもそういう面が出てくるよね」

「どうですかね」

「正直言って、ああいうスポーツをやる人の気がしれないっていうか、なぜそんなに頑張れるんだろうと思うよ」主任はふんと鼻を鳴らした。「何のゲーム性もないから見ていても面白くないし、ものを遠くに投げて何が楽しいんだろうって。まあ、何が楽しいかは人の勝手だけどね。煤屋さんはそういうのが楽しかったんだろうからね」

「主任」貴士は最後に直した荷物を長机の上に置き直して立ち上がった。「そういう話を俺にしてどうしたいんすか？　SNSなんかで勝手につぶやいててくれませんかね」

「ああ？」主任は口もとを少しゆがめた。

「俺は別にやり投げの人気を広めたり普及活動をしたりする立場じゃないんで。やり投げをあんたが好きではないとか興味がないとか、知ったことかって話ですよ」

「おい、何だその言い方は」

主任が詰め寄って来たので貴士も「何すか」と接近してにらみ合った直後、主任が「近《ち》ぇ《け》んだよっ」と両手で貴士の胸をどんと突いた。

貴士が全くよろけなかったことが悔しかったらしい。主任は今度は両手で貴士の胸ぐらをつかんできて「元強化指定選手だかなんだか知らねえけど、お前のその人を見下したような態度、むかつくんだよっ」と怒鳴った。

はあ？　と思ったが、全く身に覚えがないわけでもなかった。互いに嫌っているという自覚があるせいで、今日もよろしくお願いします、お疲れ様でした、などの声かけもこの主任に対してだけはしなくなっていた。大人げないことだとは判っていたが、先に向こうの方からそういう感じできたので同じ態度で応じていただけのつもりだった。

「おい、離せよ」貴士はそう言ってから、すかさず「離せっつってるだろう」と片手を主任の後頭部に回し、頭突きを食らわせた。ごつんという重い衝撃と共に主任は「うわっ」と両手を離し、額に手を当てながら尻餅をついた。

主任は一瞬何が起きたか判らないような表情で貴士を見上げてから、口を震わせて周囲を見回した。

横野が近くに戻って来ていた。主任から「おい、今の、見たよなっ」と言われ、横野は貴士に遠慮がちな視線を向けてから「はい、見てました」とうなずいた。

主任は額を押さえていた片手を離して手のひらを眺めてから、顔を赤くして立ち上がった。貴士を指さして「やってくれたな、この野郎っ、ただでは済まさんからなっ、覚悟しとけっ」と怒鳴った。

あーあ、やっちゃったよ。このバイトは今日で終わりだな。

貴士は淡々とした気持ちで、主任を助け起こすために出しかけた右手を引っ込めた。

数分後、課長から「煤屋さん、ちょっと」と呼ばれ、別室に入ると、主任が室内で立っていた。わざと貴士と目を合わさない感じで、両手を後ろに組んで、何もない壁の方を向いている。額を見ると幸い、こぶなどはできてないようだった。

頭突きという方法を選んだのは、どちらも痛い思いをするので一方的な暴力にはならないと、とっさに考えたからだったが、頭と頭がぶつかるといっても、ぶつける方に較べると、ぶつけられる方はやはり被害者なのだろう。

そのことは一応あらためて謝って、クビ宣告を聞き、お世話になりましたと告げて帰ればいい。簡単なことである。

「煤屋さん、彼が謝りたいと言ってる」と課長が言ったので貴士は「は?」と問い返した。

主任が「煤屋さんが怪我をして大変なときだというのに、やり投げをけなすようなことを言ったり、先に手を出したりと、いろいろと失礼なことをしてしまい、すみませんでした」と頭を下げた。

「ああ、いえ、こちらこそ大人げない態度を取ってしまって、申し訳ありません」

貴士も同様に頭を下げた。

「彼は煤屋さんの体格がいいことや、余裕を感じさせる態度、スポーツ選手としてトップクラスで活躍する存在だということを妬《ねた》む気持ちがあったそうだ」と課長が言った。「今後は態度をあらためると本人も言ってるので、今回のことは水に流してやってくれないか」

頭を上げた主任の表情には、ムッとした感じがあったので、本当は不本意な謝罪なのだろう。

頭に浮かんだのは、横野だった。きっと彼だ。彼は本当に見たこと聞いたことをすべて課長に伝えてくれたのだ。そして課長は、会社の部下をひいきせず、是々非々の判断をしてくれた。貴士が大学生一、二年生のときにここでバイトをしていたときから課長を務めていて、仕事で問題点を感じたり不愉快なことがあったりしたら遠慮しないで言ってくれ、と声をかけてくれていた人である。

仕分け作業に戻った後、仕事の合間に横野が近づいて来て「大丈夫でした？」と聞いてきたので「君がちゃんと証言してくれたお陰で事なきを得たよ。ありがとう」と礼を言うと、「お役に立ててよかったです」と彼は笑った。

「横野くん、お礼に一杯おごらせてもらえたらと思うんだけど」

「まじっすか」横野の顔がぱっと明るくなったように見えた。「じゃあ、数日のうちに調整させてください。煤屋さんから聞きたい話、いろいろあるんすよ」

横野のうれしそうな顔を見て、出会いというものは大切にした方がいいなとあらためて思った。好奇心を見せて話しかけてくる横野がうっとうしくて、かなり邪険な扱いをしてしまったのに、彼はそんな態度だった男の味方をしてくれた。了見の狭い人間だったら、主任の側について、小さな復讐を企んだはずだ。

こんないいやつとの出会いを自分の方から潰すところだった。

どんな小説を書いてるの？

そんな質問さえしたことがなかった。一緒に飲んだときに、必ず聞こう。相手に興味を持つことは、その人の存在を認めて、大切に思っていることの証だ。

出会いは大切。それは今日のマジックとの出会いでも、しっかり学ぶことができた。あの犬との出会いがなければ自分は今もきっと、トレーニングを再開させようとは思わず、ふてくされた気持ちのまま手足だけを動かして仕分け作業をしていたことだろう。つっかかってきた主任に対しても、もっとひどい暴力を振るって、もしかしたら取り返しのつかない事態を招いてしまった可能性さえある。

陸上部OBの浦川さんにしても、ありがたい存在だ。事情を察した上で余計なことは聞かず、飲みに来いと連絡をくれた。立川監督も、高校陸上部のコーチをやる気はないかと声をかけてくれた。

自分は案外、人間関係に恵まれてるじゃないか。

そのことに遅ればせながら気づけたのも、マジックのお陰だろう。あの後ろ足がちょっと悪そうな犬との出会いがあったからこそ、たまたまの出会いというものが実は大切な人生の宝物になりうるんだと知ることができたのだ。

あいつ、いや、あのフィジカルトレーナーさん、ちゃんと飼い主のところに帰れたんだろうか。

仕事が終わって明け方にママチャリで森林公園の裏通りを抜けるときに、目をこらしたが、マジックの姿を見つけることはできなかった。

昼前に目覚めたとき、背中、胸、脚の筋肉痛を確かめて、貴士は「よしよし、これこれ」とうなずいた。

しっかりと筋繊維が破壊されて、修復を始めている証拠である。修復されたときには以前よりもほんの少しだけ、太くてより丈夫な筋繊維に進化する。

専門書などによると、いったん獲得した筋力は、トレーニングをやめてしまえばたちまち衰えてやがて開始時の筋量に戻ってしまうが、筋肉細胞はピーク時の筋量を記憶しているので、また一からやり直さなければならないわけではないという。たとえば二年がかりで獲得した筋肉がトレーニングの中止によって開始時の状態に戻ってしまったとしても、また二年かけないとピーク時に戻れないわけではなく、個人差はあるものの、多くは数か月で戻せるとされている。

貴士は、よし、自分は二か月か三か月でピーク時に戻してやるぞ、と目標を立てた。

テレビをつけながら食事後の洗い物をしていたときに、コバルト電機、という名称が耳に届いたので手を止めた。

報道番組だった。コバルト電機の男性社員が自殺したとのことで、その原因は上司によるパワハラであるとして、遺族が訴訟を起こしたというものだった。会社側はパワハラの事実を隠蔽《いんぺい》しようとして、恋愛の失敗が主な自殺の原因だとでっち上げをし、遺族からの問い合わせなどに対して虚偽の回答をしていたらしい。

「ひでえ会社」と貴士は口にした。「こんな会社に入らなくて正解」

以前、大手乳製品メーカーが食中毒事件を起こしたとき、その会社は所属の元オリンピック選手を謝罪行脚《あんぎや》の先頭に立たせていたことを思い出した。人気がある元選手が頭を下げに来たらあまり強く怒れないことを見越しての小狡《こずる》い考え方である。その元選手は食中毒事件には全く関わっていないにもかかわらず、文句一つ言わず、頭を下げて回ったという。世間はそれを、組織の一員として立派な行動だったと賞賛した一方、組織の犬になることを美談にすり替えているという指摘もあった。

もし自分が長年コバルト電機の所属選手だとして、パワハラ自殺の件で遺族に謝りに行ってくれと頼まれたら……パワハラの当事者やその上司に「責任を負うべき人間が行くのが筋じゃないんですか」ときっぱり言える人間でありたいと思った。所属する会社を卑怯な会社にしてはならない。

スーパーに買い物に行き、鶏の胸肉、豆腐、納豆、栄養価高めの鶏卵《けいらん》、数種類の野菜などをカゴに入れた。最近は揚げ物メインの弁当やファストフード、インスタント食品などばかり食べてきていたが、今日を境にアスリート食に復帰である。

惣菜コーナーで、菜の花の天ぷらを見つけた。花が咲く前のつぼみを天ぷらにしたもののようで、目に鮮やかな緑色は実に新鮮そうに見え、からっと揚がった衣が食欲をそそった。

菜の花が咲き誇る森林公園は再出発の地。再出発を記念して、貴士は菜の花の天ぷらのパックもカゴに入れた。

この日もママチャリで森林公園に出向いた。曇り空だったが比較的暖かく、トレーニングには悪くない気候である。

駐輪場にママチャリを停めてさっそく公園内の遊歩道を歩き始めたが、マジックの姿は見当たらなかった。犬を連れて散歩をしている人が前方に見え、その犬がちょっと黒柴ふうだったので足を速めてみたが、マジックよりも小柄な別の犬だった。

そう何度も会う偶然はないよな、とあきらめモードになり、途中からウォーキングの速度を上げていき、後半は身体を温めるためにジョギングに切り替えた。

少し息が上がり、額にうっすらと汗がにじんできたところで、筋トレに取りかかった。今日は肩、腕、ハムストリングス（大腿部の裏側）、カーフ（ふくらはぎ）など、昨日やらなかった部位を鍛えることにしていた。背中や胸などの体幹部と違って、肩や腕などの小さな筋肉は自重トレだけではカバーしづらいので、今日はジャージのポケットに、強度の高い筋トレ用ゴムチューブを持参している。

まずは肩のトレーニング。身体の各種関節の多くは一方向だけに曲がる比較的単純な構造なので安定性があるが、肩関節はぐるりと回せる融通性がある代わりにそれは不安定さを示している。ラグビーや柔道など激しく接触するスポーツなどで肩を脱臼する怪我がしばしば発生するのも、肩関節の融通性に起因している。オーバーワークなどで最も傷めやすいのも肩であり、貴士自身、これまで何度も痛みに見舞われ、そのたびにトレーニングをセーブしたり種目やフォームを変えたりといったことをしてきた。要するに肩は、器用に働いてくれる部位だがデリケートな部位でもあるので、入念にウォームアップをしたり、トレーニング方法をしばしば変更したりするなどの配慮が要求されるのである。発達した肩の筋肉はパイナップルやカボチャをくっつけたのかと見まがう力強さがあるが、実は胸や背中とは違って、小さな筋肉の集合体なのである。

芝生広場に入り、持参したゴムチューブを取り出した。下に置くと、細長い8の形をしているチューブで、中央のクロス部分を両足で踏み、しゃがんで左右の両端部分を握り、立ち上がる。その体勢から、肘関節を少しだけ曲げた状態をキープしつつ、両拳が耳の横ぐらいの高さになるまで引き上げる。翼を広げて羽ばたかせるような動きで両手を上下させる動作で、ダンベルなどでよく行われている、サイドレイズと呼ばれる種目である。コツは、上体をやや前傾させることで肩の中央部を刺激してやること、反動を使わないこと、トップポジションで一度静止すること、負荷がゼロになるまで腕を下げず、ずっとテンションをかけ続けること。

限界に達した後、いったん両手をだらんと下ろしてから、二、三秒置いてさらに数回繰り返し、筋肉を追い込んだ。

ふう、と両手をチューブから離したとき、背後に気配を感じた。

振り返ると、マジックが昨日と同様、ちょこんと座っていた。今日も赤い首輪はつけているが、やはりリードはついていない。周囲を見渡しても、飼い主らしい人物は見当たらなかった。

「お、来たんすか、マジックさん」貴士は自分の声が弾んでいることを自覚した。「もう会えないと思ってましたよ。わざわざ指導しに来てもらって、あざっす」

マジックはもちろん返事などしない。だが、目を細くしてじっと見上げる表情は、いったんフィジカルトレーナーを引き受けたからにはそりゃ来るさ、それに暇なんでね、とでも言いたげに思えた。

「今やってたのは肩の筋トレっす。まずは負荷の軽い種目からやってるんすよ。とにかく肩は怪我をしたくないんでね」

するとマジックは軽くあごをしゃくって「くぉーん」と声を出した。

いいからとっとと次のセットを始めろ。そんなところだろうか。

冗談半分に始めたごっこ遊びだったのに、いつの間にか、誰に飼われているかも判らない犬が、本当にフィジカルトレーナーを務めてくれているように思えている。不思議なことがあるものだ。

二セット目は、お辞儀をした姿勢になってのサイドレイズを行った。肩の筋肉は前部、中部、後部に分かれており、普通のサイドレイズは前部と中部が刺激されるが、後部はほとんど運動に関与しない。しかし、お辞儀姿勢で行えば、後部を刺激することが可能となる。この運動では、僧帽筋（首のつけ根の筋肉）も鍛えられる。

続いて、サイドレイズと同様の姿勢からスタートするが、ひじを曲げてわきを大きく開きながらあごの位置まで両手を引き上げるアップライトロウ。これも反動を使わず、トップポジションで静止し、テンションを保つためにあまり下げすぎないようにする。

肩の仕上げはショルダープッシュアップ。コンクリートベンチの上に立ち、身体を「く」の字に折り曲げて両手を地面につく。手幅はやや広め。この姿勢を保ったまま、腕をゆっくりと曲げて頭頂部が地面すれすれになるまで下げ、腕を伸ばして元に戻る。いわば、逆立ちに近い状態で肩の筋肉を鍛える特殊な腕立て伏せである。

二セットをこなして「ひゃー」とそのまま芝生の上ででんぐり返しをし、仰向けになった。曇り空を見上げながら呼吸を整えていると、マジックがひょこひょこ歩きで近づいて来て、口の両端をにゅっと持ち上げた。

よし、なかなか強度の高いトレーニングだ――そう言ってもらえたと思い、貴士は「あざっす。まあまあっす。肩が喜んでるっす」と笑って答えた。

さらにコンクリートベンチから少し離れた位置から倒れ込んだような体勢で両手をつき、腕を曲げたときに頭頂部がベンチの端に触れるか触れないかという感じで行うトライセプスプッシュアップ。上腕三頭筋（力こぶの裏側の筋肉）をピンポイントで鍛える種目である。

続いて、上腕二頭筋（力こぶ）を鍛える基本種目、バイセプスカール。ゴムチューブの中央を踏んで両端を持って立ち、ひじを曲げる運動である。負荷が逃げないように、あまり手を下げすぎないように行う。

次は下半身。まずは、ゴムチューブの片方の端を右足首に巻きつけ、左足でチューブの途中部分を踏んで固定し、右足を巻き上げるハムストリングスの運動、レッグカール。左右交互に二セットずつ。

仕上げは、少し離れた場所から鉄棒をつかんでもたれかかるような体勢で片足のつま先立ちになり、かかとを上下させるカーフレイズ。ふくらはぎの種目である。これも左右交互に二セットずつ。

それらのトレーニングをしている間、マジックはお座りだったり伏せの姿勢になったりしながら、貴士のトレーニングを眺めていた。場所を移動するときには、バランスの悪いひょこひょこ歩きでついて来る。一度、小型犬を連れた年配女性が近くを通りがかったときはかなり吠えられたが、マジックは全く動じることなく、小型犬なんか見えてないかのように知らん顔だった。年配女性が何も言わず、じろじろ見ながら通り過ぎたのは、マジックがリードをしていなかったからだろう。貴士の体格や人相を見て、そのことを注意しようと思ったがやめたのかもしれない。

ひととおりの筋トレを終えて芝生の上でストレッチをしているときに、鉄棒のところにあの義足の男性がいることに気づいた。小学校三、四年生ぐらいの男児ら五、六人が一緒にいる。

見ていると、男性が逆上がりをやった。男児らがそれを見ている。男性は笑顔で何か説明していた。ここからだと少し距離があってはっきりとは聞き取れないが、男児らに逆上がりのやり方を指導しているようだった。

続いて、男性は男児ら一人ずつに逆上がりをやらせた。だが誰もちゃんとはできないようだった。バーが腹部にしっかり引きつけられていなかったり、振り出した足が上の方ではなく前の方に流れて上手くいかなかったりしていた。

はははあ。

貴士は、あの男性はもしかしたら体育の家庭教師なのではないかと思った。最近、そういう仕事が拡大していると聞いたことがある。駆けっこが遅い子、跳び箱を跳べない子、鉄棒ができない子、サッカーやドッジボールが下手な子、泳げない子。そういった子たちに個別指導をしてできるようにさせ、自信をつけさせる仕事だ。何しろ学校の教師たちはできる子とできない子を見分けて評価するのみで、できない子ができるようになるにはどうすればいいかを教えてくれたりはしない。学校では教えてもらえないことを彼が代わりに教えている、ということだ。

貴士自身の記憶をたぐっても、教師から速く走る方法を教えてもらったことなんてない。そもそもほとんどの教師は基本的な走り方が判っていないし、トレーニング理論のイロハさえ知らないのだから、できない子たちはできない子なんだという認定をするだけ。そんな認定をされた子どもたちは、傷つけられるだけで何の救いもない。

昨日はドッジボール、そして今日は逆上がりか。

興味を覚えたのでさらに見ていると、義足の男性は、ハーフパンツのポケットから白い帯のようなものを取り出した。柔道の白帯のようなものだった。そして男児の一人を鉄棒に接近させて、帯を男児の腰の後ろに回し、鉄棒と一緒にくくりつけた。鉄棒と男児の腹部はほとんどひっついたような状態になったようだった。

おいおい、まさかできるようになるまで脱出できないっていうスパルタ式か？

いや、男性の表情を見る限り、そうではなさそうだった。昨日の印象と同じく、彼は終始にこにこしているし、帯を巻かれた男児は背を向けているので表情が判らないものの、見ている他の男児たちは興味ありげな様子でそれを見ている。

男性は、男児の帯が巻かれた腰の辺りに片手を当てて何か言い、男児がうなずいた。男児は帯が巻かれたまま逆上がりをしようとし、男性はその動きに合わせて片手で腰の後ろをひょいと押した。

他の男児たちの「わっ」「できたっ」という歓声が耳に届いた。

びっくりするぐらい簡単に、帯を巻いてもらった男児は逆上がりに成功した。後ろ姿しか見えていないのに、感動と興奮で満たされている感じが伝わってきた。

男性が拍手をしてからその男児の肩に片手を当てて、おめでとう、と言ったらしいことが口の形で判った。そして男性は身振り手振りで何か説明をした。片足を振り出す動作を見せてからそれを打ち消すように片手を振り、逆手に握った両拳を腰の横に引いてくる動作を見せながら話す様子からすると、足で勢いをつけるのではなくて、鉄棒を腹の方に引きつけることを意識するように、みたいな説明をしたらしい。

そして男性は人さし指を一本立てながらその男児に何か言い、男児がうなずいている。もう一回やってみようか——と言ったようだった。

男児は再び逆上がりの動作に入った。しかし男性はさきほどのように片手を腰の後ろに添えなかった。

男性から手助けされることなく、男児は一人で逆上がりをあっさりと成功させた。ついさっきまでできなかったことを思うと、奇跡を目《ま》の当たりにした気分だった。

男性は再び人さし指を立てて何か言い、男児を鉄棒にくくりつけていた帯をほどいた。もう帯なしでやるのか？　仮免で合格したばかりだというのに、すぐさま路上での本試験とは。さすがにそれはちょっと難しいのではないかと思った。

男児は一度両肩を上げてからすとんと落とした。深呼吸をしたらしい。男性が一度、男児の腰の後ろに片手を当てて何か言った。見えてないけど帯はちゃんとあるよ——そんなところだろうか。

男児はひょいと片足を振り上げた。両足が上がって男児は逆さまになり、その状態で一瞬止まったものの、くるりと回った。

見ていた他の男児らが「おおっ」「すげえっ」などと言い、男性も一緒にみんなで拍手。貴士も芝生にあぐらをかいた姿勢のまま拍手を送った。

貴士の拍手に義足の男性が気づいたようで、ちらっとこちらを見たので、互いに軽く会釈《えしゃく》をした。貴士が親指を立てて見せると、男性は笑って同じ動作を返してくれた。

「マジックさん、あの人、すごいっすね。あの人を見てるとなんか、スキルを上げていくことは苦行《くぎょう》でもなんでもなくって、ゲームをクリアしてゆくのと同じで楽しい作業なんだっていうことが伝わってくるんすよ。そう思いませんか」

そう言って振り返ると、マジックの姿が消えていた。周囲を見回したがどこにもいない。昨日と同じで、またいつの間にかいなくなってしまった……。

後ろ足がよくない割りには、いなくなるときは素早い。忍者犬かよ。

ま、捜して回る必要はないのだろう。昨日もいつの間にかいなくなって心配したが、ちゃんとまた現れたのである。マジックは帰るべき場所があるのだ、きっと。

男性は他の子たちにも次々と帯を使っての逆上がりをさせて、成功させた。そのたびに拍手が起きて、できた男児たちは笑顔がちょっと紅潮していた。

できなかったことが初めてできたときの感動は、言葉では形容しがたいものがある。

なのに成長するにつれて大人たちから「そんなのできて当たり前」「なんでできないんだ」などと言われるようになり、何度も傷ついて、感動体験ができなくなってしまう。それを思うと、あの男性に指導してもらっている子どもたちは幸運だ。

男児らは、ずっとできなかった逆上がりができるようになったことがよほどうれしいのか、思い思いにやり始めた。中には、ちょっと高すぎるのではないかという鉄棒にチャレンジしてさすがに失敗し、照れ笑いで言い訳のようなことを話す子もいた。

この日の指導は終わったらしい。男性が男児らに何と言ったのか、聞こえなかったが、男児らの「はいっ」という返事は耳に届いた。

男性が再びこちらに向かって会釈をしてくれたので、四股《しこ》を踏む姿勢でストレッチをしていた貴士も立ち上がって頭を下げた。

何か話ができそうな雰囲気があったが、男性はそのまま背を向けて駐車場や駐輪場がある方に姿を消した。ちょっと残念に思ったが、ここに通っていればまた顔を合わせることはできそうなので、そのうちに機会が作れるだろうと思った。

その日の夕食は鶏肉、豆腐、野菜の水炊きを作ったが、菜の花の天ぷらもオーブントースターで温め直して食べた。ほろ苦さに春の芽吹きを感じ、エネルギーを身体に注入できたような気がした。

その日の夜、集配センターの作業が一段落し、現場で次に到着するトラックを待っているときに、小説家志望の横野が「コバルト電機、不祥事が報道されてましたね」と口もとを緩めながら言ってきた。「あんな会社、入んなくて正解だったんじゃないですか」

「おいおい、そんなにうれしそうに言うなよ。パワハラを受けた被害者がいるんだから、笑ってする話じゃないだろう。そもそも君は無関係じゃないのか」

「あ、すみません」横野は後頭部に片手を当ててぺこりとやった。「実は、ちょっとだけいいことがあったんで、煤屋さんに聞いてもらいたくて。コバルト電機の話はただの入り口です」

「何だよ、いいことって」

すると横野はカーゴパンツのポケットからスマホを出して、画面を見せた。ミステリーの新人賞らしきコンテストで、二次選考を通過した作品と作者の名前が並んでいた。その中に横野マナブという名前と、『さっちゃん通信』というタイトルがある。

横野は「まあ、短編ミステリーの賞なんで、仮に受賞できたからといって即プロとしてやっていけるほど甘い世界じゃないんすけど」と言った。「応募者が五百人ぐらいいる中で十五人の先頭集団に入れたんで、まあまあのところにつけてるかなって」

「へえ、たいしたもんじゃないか。口先だけの人間じゃなかったんだな」

「ひどいなあ」横野はちょっとすねたような表情になった。「こう見えても本気で目指してるんですよ、プロのもの書きになることは」

貴士は疎《うと》いのでその賞の名称などは知らなかったが、五百人の応募者がいてベスト十五に入ったというのだから、なかなかのものなのだろう。

案外すごいやつなのかも。貴士は横野の顔をあらためて見た。片方の目をよくしかしかさせている、ちょっと神経質で線の細い印象がある男だが、外見で安易に判断してはならないということだろう。貴士は「さらに上に行けるといいな」と率直な思いを伝えた。

「まあ、あんまり期待すると、ダメだったときにがっくりきちゃうんで、今は今書いてる別の作品に気持ちを集中させてるんですけどね。一年に三つ以上、短編の新人賞に応募することをノルマにしてるんで」

「おー、他にもどんどん書いてるんだ」

「もちろんすよ。水準作をコンスタントに書けるようにならないとプロの世界では通用しないんすから」

「へえ」

少し間ができた後、横野が「煤屋さん、興味ないんでしょ」と笑った。

「いや、そんなことはないって。詳しく知らないだけで、同じところでバイトをしてる知り合いで大学の後輩でもあるコがミステリーの新人賞を目指してるっていうことはすごいなあって感心してるんだから、まじで」

「だったら、どんな内容なのかってことぐらい、聞いてくださいよ」

「あ」

そうだった。今度どんなものを書いているのかを聞いてみようと思ったことをうっかり忘れていた。

「すまん、すまん」貴士は苦笑して片手で拝む仕草を見せた。「どんな話なのか、よかったら教えてくれよ」

「老人ホームが舞台の話なんですけど、あるとき、そこの郵便受けに変な手紙が投函されたんです。さっちゃんと名乗る女の子から、おばあちゃんへ、と宛名書きがあるだけで、どのおばあちゃんなのかがよく判らないんです。だからホームの掲示板に張り出されるんですよ、この手紙に心当たりのある方いませんかって」

「ほう」ミステリーというからてっきり殺人事件の話だと思っていたのだが、ずいぶんと毛色が違う話のようである。

「誰も心当たりがないんですけど」と横野は続けた。「ただ、さっちゃんが小学校に入学したことや、すぐに気が合う女子の友達ができたこと、マンガを書くのが上手いと何人かの女子からほめられたことなんかが書いてあって、老人ホームに入居してるおじいちゃんおばあちゃんたちは、ほのぼのした時間を共有したわけです」

その話のどこがミステリーなんだ、と尋ねようとしたが、まだ先がありそうだったので「うんうん」と興味がありそうな態度を心がけて相づちを打った。

「そして、さっちゃんからの手紙はその後も定期的に届くんです。給食が案外おいしいとか、縄跳びが下手なので練習してるとか。そうするうちに、老人ホーム全体で、さっちゃんの話題で持ちきりになるんです。さっちゃんは縄跳びが上手くなるかなとか、駆けっこのときに一番になりかけたのに最後の最後に靴が脱げて負けたのは本当に残念だったなあとか、お母さんはタクシー運転手だと書いてあったねとか。以前はあまり会話もなくて活気がなかった老人ホームがだんだん変わってくるんですよ。さっちゃんがこんなに頑張ってるんだから自分たちも負けてられない、今からでもできることをやろうって思う人が増えてきて、敷地内で花を育てたり、地域の清掃活動に参加したり、入居者同士がパッチワークキルトやフラダンスなんかを教え合ったりするようになって」

貴士は、君がそういう話を書くなんてイメージと違って無茶苦茶意外だよ、という言葉を飲み込んで「おお、素敵な話じゃないか」と言った。実際、続きを知りたいと思った。

「で、実はそこには意外な真相がありましたっていう話なんです」

貴士はがくっと片方のひざを折った。

「何だよ、教えてくれないのか、その意外な真相ってのを」

「じゃあ、最終選考に残れたら原稿データを煤屋さんのスマホに送りますよ。あらすじだけで真相を知りたいですか」

「まあ、そうだな、知りたいことは知りたいが、ちゃんと読んで知る方がいいな」

「でしょ」横野が思わせぶりな感じでにやっとして見せた。「じゃあ、そのときまでのお楽しみってことで」

「いつ頃判るのかな、二次選考の後の結果は」

「最終選考の候補作が発表されるのは、二か月ぐらい先みたいっすね。最終選考の結果はさらにもうちょい先じゃなかったかな」

二か月以上先か。だったらここまでの話を聞くのも、もっと後にしてほしかった。いや、どんな結末なのかを自分で考えてみるのも悪くないか。

「ちょっと今聞こえたんだが」という声が割り込んできたので振り返ると、昨夜《ゆうべ》もめたあの主任だった。

だがその表情にとげとげしさはなく、どこか遠慮がちな感じがあった。

「横野くんは、小説を書いてたのか」と主任から聞かれた横野は「はあ、それが何か」とやや冷淡な口調で返した。

「ミステリーを?」

「ええ、他のジャンルにもチャレンジはしてますけど」

「予選通過したって聞こえたんだけど、それはすごいね」

横野は「どうも」とそっけない態度を続けている。

「実は俺、学生時代にやっぱりそういう新人賞に何度か応募したことがあったんで、何かちょっとなつかしくなって」

「えっ」と横野が目を丸くした。「ほんとっすか？」

「一回だけ、最終選考に残ったことがあるんだ」

主任が続けて口にした賞の名称を貴士は全く知らなかったが、横野が「へーっ、すごいじゃないですか。今でもメジャーな賞ですよ」

「でも俺は結局、あきらめちゃってね」主任は少しバツの悪そうな顔で横野を見てから、ちらっと貴士にも視線を向けた。「ま、そういう経緯があったもんで、横野くんには頑張ってほしいと思って、こんな感じで声をかけさせてもらったんだ」

「あ」と横野が急に恐縮そうな表情になった。「それはどうも、ありがとうございます」と軽く頭を下げてから、「機会があったら、是非アドバイスとか、読んでもらっての感想とかいただけましたら――」

「俺の意見なんて参考にしちゃダメだよ」主任は渋い顔で片手を振った。「結局ものにならなかったんだから」

少し気まずい間ができた後、主任は「急に声をかけて申し訳なかった。横野くんの話が耳に入って、学生時代の感覚っていうか、未来を思い描いてた頃を思い出して、何かこう、黙ってることができなくって。ま、陰ながら応援させてもらうよ。頑張ってくれ」

横野が「ああ、どうも」と再び頭を下げると、主任は「じゃ」と軽く片手を上げ、貴士にもその手を上げ直して、トイレがある方にそそくさと立ち去った。

見送ってから横野が「へえ、あの人が」とため息をついた。

「そんなに悪い人でもないんだろうな」と貴士が言うと、横野も「ですね」とうなずき、「昨日あんなことがあったのに話しかけてくるって、割と勇気がいることだろうし。申し訳なかったって気持ちが、さっきの態度にこめられてたのかも」とつけ加えた。

おー、さすが小説家を目指しているだけあって人間観察が鋭い。貴士は、つい最近まで横野が、まっとうに就職することから逃げて小説家を目指すなどとほざいている甘ちゃんだと決めつけて、なめてかかっていた自分の見る目のなさを恥じる気持ちにかられた。

オリンピックの強化指定選手に選ばれたことがあるというだけで自分は特別な存在だといううぬぼれがどこかにあって、半ば無意識に周囲の人たちを見下す気持ちを抱いていたのかもしれない。主任から嫌われていたのも、それが伝わっていたからではないか。

こちら側も反省しなければならない点はあったようだ。

あらためて思えば、道ばたですれ違っただけの人が実は便利なアプリを開発したシステムエンジニアだったとか、有名なロゴマークを考案したデザイナーだという可能性だってあるのに、そういう想像をしてみることさえサボっていた。

誰にでも見習うべきところはあるのだ。あの主任だって、いけ好かないやつだと思っていたけれど、態度をあらためてくれた。よくない部分があるからといって全否定してはいけない。

ふと、マジックが、口の両端をにゅっと持ち上げた表情が浮かんだ。

あの犬に出会ってから、ちょっとだけいいことが続けて起きている気がする。多額のカネを手にできたわけでもないし、就職先も見つかっていないままだが、後ろ向きだった気持ちや、周囲のみんなが敵に見えていたようなとげとげしい気分は霧散《むさん》した。

不思議な犬と出会ったものだと、あらためて思った。


翌日も曇り空で、スマホで確認したところ、ところにより雨という天気予報が出ていたが、雨雲レーダーを見る限り、この辺りは問題なさそうだった。

この日もママチャリで森林公園に行き、まずはジョギングから始めた。スローペースで走りながら、マジックの姿を探す。

マジックが現れたのは、高鉄棒でのプルアップが終わって、平行棒でのディップスに取りかかろうと移動しているときだった。背後のかすかな足音に気づいて振り返ると、マジックが一瞬目を丸くした。まるで、わっ、見つかっちゃったー、とでも言いたげだった。

「マジックさん、今日はちょっと遅いっすね」

すると、マジックは目を細くして貴士を見上げた。ちょっと遅れたぐらいでごちゃごちゃ言うな——そんなところだろうか。

ディップスの一セット目が終わったとき、遊歩道の方から「あら、マジックちゃんじゃないの?」という女性の声がしたので、顔を向けると、白いジャージにサンバイザーをかぶった小太りのおばさんがこちらにずんずん歩いて来るところだった。

「こんにちは」と貴士が声をかけると、彼女も同じ返事をしたが、貴士には興味がなさそうでマジックの前に来てしゃがみ、両手で首をなでながら「マジックちゃん、また脱走したのね。ダメじゃないの」と話しかけている。

「この犬の飼い主さんをご存じなんですか」

そう尋ねると、おばさんはようやく貴士を見上げて「はい、はい、知ってます」とうなずいた。「ここから東に五百メートルぐらいのところに住んでる、ハラヤシキさんというおばあちゃんちの犬なんです。ハラヤシキさんが毎日散歩させてるのに、それだけでは飽き足らないのか、ときどき脱走しちゃうんですよ。マジックちゃん、もともと迷い犬だったから放浪癖《ほうろうへき》が抜けないのかしらね」

ここから東に五百メートルというと、複数の自動車販売店やファミレスなどが並ぶ国道沿いの辺りということか。その国道よりも一本南側にある市道ならば田畑が多い区域で交通量も少ない。明け方に初めてマジックを目撃したのもその市道でだった。

ハラヤシキというのは、原屋敷だろうか。

「マジックはもともと迷い犬だったんですか」

「そう。一年以上前だったかしらね。気がついたらハラヤシキさんちの敷地内にいて、外出したらついて来ちゃったり、家の中に入ろうとしたそうで。ハラヤシキさんは本来の飼い主さんを今でも探してるんだけど、見つからないので、事実上ハラヤシキさんちの犬みたいになってて。でもハラヤシキさんは、最後まで面倒見られるかどうか判らないという事情があるから、飼い主だと名乗らないでいるみたい」おばさんはそんな説明をしてから、「ところでお兄さんは、マジックのことを知ってらしたの?」と尋ねてきた。

貴士は、ここでトレーニングをしていたらマジックが現れて、まるでトレーナーみたいな顔をして見守ってくれていたことをざっと説明すると、おばさんは「あらそうなの。マジックちゃん、お兄さんがトレーニングをさぼらないように見張ってたのかしら」と鼻の上部分にしわを寄せて笑った。

そして、おばさんは「そうそう、ハラヤシキさんに電話かけないと。固定電話の番号……」と言いながらジャージのポケットからスマホを取り出した。

すぐにつながったようで、おばさんは「ハラヤシキさん？　松島ですけど、女性ネットワークの」と切り出し、マジックが脱走して森林公園にいること、怪我などはしておらず元気にしていること、リードなどを持って迎えに来てほしいこと、公園北側のアスレチック施設が集まっている場所で待っていることなどを伝えた。松島さんが通話を切る前にハラヤシキさんの「はいはい、すぐに行きまーす」と低くしわがれた声が聞こえた。

さらなる松島さんの説明によると、ハラヤシキという苗字は漢字にするとやはり原屋敷で、その原屋敷さんはもともと元気のない独居老人だったが、マジックを預かるようになって一緒に散歩を始めたことがきっかけで健康状態も回復し、近所の人たちと立ち話などをする機会が増えて明るくなり、今では子どもたちから「マジックに触らせて」と声をかけられるなどすっかり地域の人気者だという。また、シングルマザーの若い女性と幼い息子に部屋を提供して一緒に暮らしてもいて、原屋敷さんはその男の子を孫のようにかわいがっているらしい。

原屋敷というおばあさんもまた、マジックによって〔確変〕した一人らしい。そのことについて貴士に驚きはなく、むしろ、やっぱりマジックは他のところでも誰かを元気にしていたのだなと妙に納得した。

松島さんは自身の話はしなかったが、スマホで原屋敷さんに「女性ネットワークの」と言っていたので、どうやらＤＶ被害者を守る活動などにかかわっているようだった。原屋敷さんがシングルマザーとその息子に部屋を提供しているのも、そういう事情がかかわっているのかもしれないと貴士は推測した。

「ところでお兄さんは、何のスポーツをしている人ですか？」と松島さんが貴士の体格を露骨に見回しながら言った。「ラグビーとか、柔道の選手？」

「えーと、陸上です。投てき競技とか」

「ああ……」答えが期待したものと少し違っていたのか、松島さんはそれ以上の興味を失った様子で腕組みをし、「困ったなあ、私この後、用事があるので、早めにウォーキングを済ませたかったんだけど」とわざと貴士に聞こえるようなボリュームのつぶやきをした。

「あの、何でしたら、原屋敷さんが来るまで、俺がマジックを見ときましょうか？　なついてくれてるようなんで大丈夫だと思いますけど」

「あら、そう？」松島さんの顔がぱっと明るくなり、「じゃあ、お願いできるかしら。私は帰るまでの間は、できるだけ近いところを歩くようにするんで」

「はい、判りました。あ、ところで原屋敷さんの見た目の特徴を教えていただけますか」

「今の季節だったら……ベージュのジャングルハットを目深にかぶって、ジャージかパーカーか、ウインドブレーカーを着てる感じかなあ。たいがい、男子用の」

「男子用？」

「そ、お孫さんのお下がり。中一ぐらいのときのがちょうど入るって、本人が言ってたし」

「なるほど」

松島さんがウォーキングを再開させて姿が見えなくなった直後、駐車場や駐輪場の方から見覚えのある長身の人物がやって来た。子どもたちにスポーツを教えている義足の男性だった。この日もハーフパンツの左下に、メタリックな義足があった。

視線が合い、貴士が会釈すると、男性はやや大きすぎるのではないかというボリュームで「どうも、こんにちはー」と言って近づいて来た。

彼の視線は貴士から、お座りをしているマジックに移り、少し困惑するような表情を浮かべたようだったので、貴士は「このコ、近所から脱走して来たんですよ」と説明した。「さっき、飼い主の知り合いだという女性から声がかかって、飼い主さんが引き取りに来るまでここで待つことになって」

貴士はそう言った後、この三日間、なぜかアスレチック施設などでトレーニングをしているとこの犬が寄って来て、じっと様子を見てくるので、こちらもフィジカルトレーナーに教えてもらってるつもりで接していたことも話した。初体験の人はどんな反応をするだろうか、という興味があった。

「ああ、なるほど、そういうことでしたか」男性は妙に滑舌《かつぜつ》のいい、ゆっくりした話し方で笑ってうなずいた。「昨日、一昨日と見かけたときに、このワンちゃんを飼ってる人なんだろうな、でもリードでつないでないのはよくないな、なんて思ってたんです」

言外に、注意しようかと思ってた、というニュアンスを感じた。

「ところで、やり投げの煤屋貴士さんですよね」と男性は話題を変えた。「この辺りにお住まいなんだろうなとは思ってましたけど、今までお目にかかる機会がなくて。一昨日初めてここで見かけたときに声をかけさせていただこうと思ったんですけど、そばにいたワンちゃんがつながれてなかったもんで、子どもが一緒だったということもあって、遠慮させていただいたんです」

「あー……それはどうも」

あなたもスポーツ関係の方ですか、と貴士が尋ねるよりも早く、男性は「申し遅れました。僕はコムギハラと申します。小麦粉の小麦に原っぱの原です。今はフリーランスで小中学生にスポーツを教える家庭教師をしています」と言ってから「家庭教師といっても、もっぱらアウトドアでの指導ですけど」

やっぱりそういうことか。

「小麦原さんは、もしかして双葉学院大のOBですか？」

「いいえ、僕はスポーツトレーナーなどを養成する専門学校の出身です。本当は双葉学院大の教育学部に入って、卒業後は体育教師になりたいと思ってたんですけど、高三のときにスクーターに乗ってて事故っちゃいまして、このざまで」小麦原さんは笑いながら左足を軽く曲げて義足を見せた。「スリップして転倒したところにトラックが来ちゃって。といっても実はそのときの記憶、ないんですけどね。医者によると、死に直面する危険な出来事は防衛本能によって記憶が消されてしまうんだそうです。確かに思い出したい場面じゃないんですけど」

「ああ……」そういう話は貴士も聞いたことがあった。

「義足でも体育教師になる道はあったんですけど、いろいろ予想外の出費があったり、教員免許が取れても採用してくれる学校を見つけるのは難しそうだってことで、スポーツトレーナーを目指して専門学校に入って、健康運動指導士の資格を取ったんです。でも就職活動では連戦連敗、どこのトレーニングジムにも採用してもらえなくて」

「見た目、小麦原さんは義足をハンデにしてない感じですがね」

「スポーツ用の義足に交換すれば結構速く走れたりもするんですけどね。でもまあ、判らなくはないんです。ジムの会員さんたちの立場になったら、トレーナーが義足だといろいろ気を遣うっていうか、どうしたんですかって聞きづらいだろうし、だからといって聞かないでいるとそれはそれで変な空気になりそうだし」

「それで、フリーランスで体育の家庭教師を」

「はい。ネット検索すると、体育の家庭教師って、今は割と人気があるって判ったんで、だったら人に雇われるんじゃなくて自力でやってやろうって。まだ始めて一年弱ですけど、こんなにやりがいのある楽しい仕事があったんだ、自分は幸運だなって、今では事故に遭ったことにさえ感謝したい気持ちです。事故がなかったら、この仕事には出会えてなかったと思いますから」

「昨日なんかもちょっと拝見してて、小麦原さんも子どもたちも楽しそうだなって感じてました。逆上がりができなかった子たちが、数分後にはできるようになったのを見たときは、小麦原さんは魔法使いかと思いましたよ」

「いえいえ、あれは、ああいう練習法があるんです。僕の発明じゃないです」小麦原さんは笑いながら片手を振った。「でも、できなくて学校でバカにされたり、肩身の狭い思いをしてたコたちができるようになったとき、そのコたちの顔つきや態度が変化するのを見ると、確かに魔法が起きた現場に居合わせたような気分になって、僕も幸せいっぱいですよ。一昨日、ドッジボールを指導したコの一人は昨日会ったときに開口一番、先生、休み時間にクラスでドッジやって、いつも逃げ回ってばかりだった僕がキャッチして、強いコにボールを当てたんです、みんながびっくりしてましたって、大興奮して言ってくれたんですよ。うれしいじゃないですか。だから僕は、いろいろ回り道があったけれど、ついに天職を見つけたと思ってます」

それは強がりでもなんでもなく、偽りのない言葉なのだろう。貴士は「いい話ですね。それに確かに素敵な仕事だ」とうなずいた。

「自分の話ばかりしてすみません。煤屋さんにお会いできたのがうれしくて、自分の宣伝ばっかりしちゃって。バイク事故のことはネットニュースで知ってました。だから勝手に他人事じゃないような気がしてまして。それで、一昨日と昨日、ここで自主トレをなさってるのを見かけたので、復帰に向けていよいよ動き出したってことなのかな、だったら声をかけたりして邪魔しちゃいけないな、みたいなことも思っちゃって」

小麦原さんはそう言ってしゃがみ、片ひざをつく姿勢になって、「よしよし。おりこうだねー」と、マジックの首周りをなでた。マジックは目を細くして、されるがままになっていた。

「復帰できるかどうかは判りませんが」と貴士は言った。「やっぱり身体は動かさなきゃダメだってことをこのマジックに気づかされました。トレーニングをすることは義務なんかじゃなくて、食事をしたり睡眠を取ったりすることと同じぐらい、自分にとっては日常生活に欠かせないものだったんだって」

「たっぷりと身体を動かせるって、ありがたいことですよね」

義足の小麦原さんが口にすると、同じ言葉でも特別な重みがあるように感じた。貴士は「ええ、ほんとに」とうなずいた。

「ブランクがあったお陰でそのことに気づけたってことですか」

「そうですね」貴士はそう答えながら、心の中で、ブランクのお陰というより、マジックのお陰で、と修正した。

そのとき、「小麦原先生」と声がかかり、ジャージ姿の男児二人が手を振りながら近づいて来た。小麦原さんは「おっ、来た来た。昨日までは駆けっこが遅かったけれど、近いうちにクラスの中で一目置かれる存在になる予定のコたちが」と笑い、「おーい」と手を振り返した。

「今日は短距離走の練習ですか」

「ええ、この後、さらに四人来る予定です。今日は女子も二人」小麦原さんはそう言ってから「すみません、ではいったん失礼します」と会釈してそちらに向かおうとした。

小麦原さんはそこで立ち止まって振り返り、「あの、今度でいいんで、できたらLINE交換を」と両手を合わせた。

貴士の方から頼むつもりだったので「ええ、喜んで」と応じた。近いうちに飲みに行きませんか、ぐらいの誘いもしてみようかと思っていたところである。

小麦原さんを見送ってからマジックを振り返り、「マジックさんのお陰でいい友達ができましたよ、ありがとうごぜえやす」と頭を下げると、マジックは小首をかしげた。あ、そうなの？　といったところか。

ディップスの二セット目をうっかり忘れていたので、平行棒がある方に戻った。マジックも後ろ足をひょこひょこさせてついて来た。

二セット目を終えて着地し、はあはあと息をしながら「マジックさん、あんた、本当は何者なんすか」と尋ねたが、マジックは目を細くして見返すのみだった。

その後、ジャンピングスクワットをしたり、芝生の上でストレッチをしたりしながら貴士はマジックに「もうすぐ原屋敷さんが来てくれるそうですから、今日はいなくなっちゃダメですよ」「勝手に脱走したりして心配かけて、困ったお方だ」「そのうち車にはねられるかもしれませんよ、まじで」などと話しかけた。マジックは途中で伏せの姿勢になり、退屈そうに聞いていたが、最後は大きなあくびをした。

ジャージのポケットにあるスマホが鳴ったので確認してみた。

陸上部OBの浦川さんからだった。市立体育館のジムインストラクターや施設管理をする嘱託職員の仕事があるので考えてみてはどうか、という内容だった。元五輪強化指定選手という経歴があれば採用はほぼ確実だとのことで、浦川さんの従弟《いとこ》が市役所で働いていて今は公園管理課にいるが、以前は市民健康課にいた関係で、嘱託職員募集の情報をもらったという。

　ありがたい話である。自分みたいな者を気遣ってくれて、サポートしようと手を差し伸べてくれる人たちがいる。最近までの、ふてくされた、ささくれた気持ちを抱えていた自分は、どうかしていたとつくづく思う。

　貴士はその場で、「ありがとうございます。やりがいを感じる仕事なので、前向きに考えてみたいと思います。よろしくお願いします。」と打ち込んで送った。

　そういう仕事をしながら身体を鍛え直し、再び大会に出て、結果を出せるかどうかやってみるとするか。ダメでもともとという意識があると、かえって開き直って頑張れそうな気がしないでもない。

　やり投げ以外のことを始めてみるのもありかもしれない。確か、プロボクシングで世界王者になった輪島功一《わじまこういち》さんがプロのリングに立ったのは二十五歳ぐらいのときだったはずだ。やり投げしかないという思い込みなんて必要ない。

　そのことに気づいて、急に視界が開けたような気がした。

　すぐにまた浦川さんから「お前に教えてもらった自重トレーニングのお陰で体調がいいからその礼だよ。今度さらに詳しく教えてもらいたいんでよろしく。」と来た。

　ふと見ると、ベージュのジャングルハットを目深にかぶって黒のパーカー、黒のジャージという、ラッパーみたいな格好をした年配女性が周囲を見回し、マジックに目を留めてこちらに歩み寄って来るところだった。片手にはたたんでまとめた赤いリードが見える。

目が合い、互いに会釈をし、貴士が「原屋敷さんですか？」と声をかけると、年配女性は「はい……」とやや困惑気味にうなずいた。待っていたのが松島さんではなく初対面の若い男だったからだろう。

「松島さんはその辺でウォーキングをしてると思います。自分が見てるからと言ったので」

「あら、そげんですか。それはお手数かけてすみません」原屋敷さんの言葉には九州なまりがあった。

「いえいえ、公園でトレーニングをしてたらマジックさんが近づいて来て、じっと見守ってくれてたもんですから、話をいろいろ聞いてもらってました。こちらこそお世話になりました」

それを聞いた原屋敷さんは怪訝《けげん》そうな顔など一切せず、「それはそれは」と笑って相づちを打ち、マジックの前に両ひざをついて「マジックさん、あんたの放浪癖には困ったもんたいね。今度はトレーニングしとる人の見物かね」と言った。

原屋敷さんは左手でマジックの首の周りをなでながら、右手でリードのフックを首輪に引っかけた。マジックは嫌がる様子もなく、目を細くしてじっと座っている。

「お兄さん、ええ体格しとるね」と原屋敷さんはリードの端の輪っかに手を通してつかみ、立ち上がった。「警察官とか自衛官とか、そういう仕事の人かね?」

「いいえ、大学生です。身体を鍛えるのが趣味なだけで」

「あらそうなん。趣味だけではもったいないなかねー。警察官にでもなったらどげんね」

「はあ」

「知り合いのお巡りさんがおるけん、紹介しようか。推薦があったら合格しやすいって聞いとるがね」

「いいえ、大丈夫です」

「そう? でも、もしその気になったらいつでも言うてね」原屋敷さんはそう言って律《りち》儀《ぎ》に自宅住所の番地を口にし、「椿原《つばきはら》交番にセトっていうお巡りさんがおるけん、原屋敷から教えてもらったって説明したらよか」とつけ加えた。原屋敷さんは本気で言っているようだった。

「マジックさんは迷い犬だったそうですね」

そう貴士が話題を変えると、原屋敷さんは「そうなんよ。飼い主が判らんまま、私んところに居着いてしまって。私も年やけん、いつまで面倒見られるか判らんもんで、預かってるってことにさしてもらっとるんやけど……でも、このコにはいろいろ世話になっとるんよ。このコと一緒に散歩をするようになって知り合いがいっぺんに増えたし、近所の子どもたちがマジックをなでに来てくれるし。気がついたらあんだけひどかった神経痛がほとんどなくなったしね」

「俺もマジックさんのお陰で、何か気持ちを切り替えることができたっていうか、よしやってやるぞっていう感じになれました」

「そうね、そりゃよかった。気が向いたらいつでもマジックに会いに来てね」

「はい、ありがとうございます」

そのとき、マジックが急に芝生の上で立ち上がり、歩き出そうとしたので原屋敷さんは「おやおや、もしかして」と言いながらついて行った。

マジックは舗装された歩道の上で、ウンチをした。空屋敷さんは手慣れた様子でパーカーのポケットから、たたんだトイレットペーパーらしき物を取り出してウンチをつつみ、菓子か何かの空き袋に入れた。

「そしたら私らはこれで。お世話になりました」と原屋敷さんが会釈したので、貴士は「あ、はい、お気をつけて」と応じ、「マジックさん、またねー」と手を振った。

マジックは貴士を一瞥《いちべつ》してから、原屋敷さんと一緒に歩き出した。リードを引っ張って先に進むでもなく、引っ張られて歩くでもなく、原屋敷さんの横について歩くその姿は、リードを持つ人間に対する配慮が感じられて、あらためて頭のいい犬、心優しい犬なのだなと思った。

そのとき、遠ざかってゆくマジックの後ろ姿に妙な違和感を覚えた。

マジックがすたすたと歩いている。後ろ足が悪かったのではないのか？

貴士が両手でメガホンを作って「マジックさんっ」と呼びかけると、マジックは立ち止まって振り返り、口の両端をにゅっと持ち上げた。ついでに舌を一瞬出した。

その表情はまるで、まんまと騙されたな、うひゃひゃと笑っているかのようだった。

あいつ……。

左ひざに問題を抱えている男のために？

いや、さすがにそれはないだろう。

だが、体格がいい割りにはだらだらとやる気がなさそうにジョギングをしている男を見て、何か励ましてやる方法はないかと考え、まずは距離を縮めるために後ろ足が悪い犬を演じたのだとしたら……。実際、その作戦はまんまとハマり、やる気をなくしていた男はマジックのお陰で覚醒できた。

すごいやつがいるもんだ。

遊歩道を歩く原屋敷さんとマジックの影が、芝生の上に伸びていた。

貴士は遠ざかってゆくマジックにもう一度声をかけたくなったが、ちょっと未練がましいような気がして、黙って敬礼をして見送った。

マジックさん、あんたには参った。

ツツジ

小会議室に通された福田《ふくだ》エミは、向かいに座った古川《ふるかわ》課長の表情を見て、いい報告ではなさそうだなと察した。

「福田さん、ときどき立ちくらみがしたり、休日はずっと寝ていることが多いと聞いてるけど、今も体調、よくないの?」

古川課長はいかにも部下を気遣う上司という感じの視線を向けながら、長机の上で両手を組んだ。

ベース型の柔和な顔をした人だが、目の奥がいつも笑っていない印象がある。遠近両用メガネだからなのか、レンズの下部分に小さい四角が見えるのだが、エミはこれが生理的にぞわっとなる。古川課長に感じている二面性を象徴するもののように感じてしまうのだ。

「仕事で迷惑をかけないようにしたいと思っています」とエミは答えた。「もともと身体が丈夫ではない方なので、一日の仕事が終わったら、くたっとなってしまうことが多くて。でも他の人よりも多めに休めば大丈夫です」

「食事なんかはご実家の家族と一緒に?」

「仕事を始めてからはコンビニなどで買って帰るようになりました。勤務時間の関係で家族とは食事のタイミングが合わないので」

エミが勤める家電メーカー、リバービレッジは、工場などは別として、オフィス部門はフレックスタイム制が導入されている。エミは混雑する通勤列車が苦手で、それだけでぐったりとなってしまうので、午前十時半出社、午後六時半退社を申請し、許可が下りてからはずっとそれを続けている。

当然、家族とは生活サイクルが違ってくるので、自分の食事は自分でやることにし、両親にも伝えて、そうしてもらっている。

「コンビニ弁当とかサンドイッチとか、そういうものばかりだとやっぱり健康に影響が出てくると思うよ。二十代の若いときならともかく」課長はカウンセラーみたいな態度だった。「昼食も調理パンが多いみたいじゃないか」

「はあ……」

何となく、三十三歳はもう若いとはいえないと宣告されたように感じた。まあ、確かに二十代の頃よりも体調不良になる頻度は増えてるので口答えするつもりはないが。

そのことよりも、課長がこういう〔違う話〕から入るのは、よほど単刀直入に本題に入りたくないからだろう。それだけよくない知らせだということになる。

「まあ、福田さんもいい大人だから、体調管理についてまで僕が口を出すべきじゃないのかもしれないけど、食事や睡眠は大事にしようね、お互いに」

「はい、ありがとうございます」

うなずきながら、そろそろ来るなと思った。

「で、本社開発部からの返事なんだが……いろいろと宿題をもらう形で戻されちゃってね。福田さんが提案してくれた、室内用の小型ウイルス除去装置なんだが、上は、ハウスダスト、花粉、臭気なども除去する機能を付加するように、と言ってる」

「あの……」

「判ってる」古川課長は下を向いて片手を出して制した。「ウイルス除去装置にそういう機能まで加えるとなると設計から見直さなければならず、製造コストも上がって低価格で販売できなくなるということは、僕から事前にしつこいぐらいに開発部長に伝えたんだ。だから開発部長も開発部を担当している常務への説明ではかなり頑張って食い下がってくれたと聞いてる」

「じゃあ、どうしてそういう結果になるんですか」

「ハウスダストや花粉や臭気なども除去できた方が消費者は喜ぶはずだと」

「それをそのまま持ち帰ったということですか」

「いや、決してそうじゃない。開発部長なりに、それをやったら商品化が大幅に遅れることになり、価格も高くなってむしろ顧客は喜んでくれないことをしつこく説明してくれたようなんだが、常務は、俺は多機能の方が欲しいしそっちを買うと言ったらしい。挙げ句、元部下の取締役を二人呼んで目の前で意見を聞き、その二人も多機能の方がいいと答えたそうだ。取締役の一人からは、仕事をサボりたくて機能を削ろうとしてるんじゃないか、とまで言われたらしいよ」

「…………」

エミは、自分の顔が紅潮していることを自覚した。

「福田さんの気持ちは判る。僕だって怒りが爆発しそうな気分だ。でも常務を説得するのは多分もう無理だ。我々は上からの命令に従って仕事をし、それで給料をもらってる。最終的には従うしかない」

「信じられません。ウイルスの除去以外の他の機能を付加するとなると、設計段階から見直さなければならないんですよ。しかも製造コストが上がってしまう」

「ああ、だからそれは僕もさっき言っただろう」

何このおじさん、早くも逆ギレを始めてる感じ。

「再びやってくるかもしれない世界的な感染症の被害を最小限に抑えるためには、できるだけ低価格の製品を早く、そして広く普及させなければならない。そういうコンセプトが出発点だったじゃないですか。上の人たちはどうして足を引っ張るようなことばかりしてくるんですか」

「僕に言われても」古川課長は吐き捨てるように言った。「開発部長は前から常務とソリが合わず、不仲だということは聞いてる」

「そんなことで商品開発がゆがめられていいんですか」

「だから僕に言わないでくれって」古川課長は冷めた表情になり、ホールドアップの姿勢を作った。もうお手上げだと言いたいらしい。それは上に対してなのか、目の前の女性技術社員に対してなのか。

　エミは心の中で、株式会社リバービレッジの上層部は要するに、深刻な感染症にかかってしまったんでしょうよ、とつぶやいた。官公庁や大企業に既に蔓延《まんえん》してしまっている〔おやじ病〕とやらに。

　話は終わったようだったので、エミが「失礼します」と腰を浮かせると、古川課長は「あ、実はもう一つ、伝えなければならないことがあるんだ」と座り直すよう片手を縦に小さく振った。「近く、室内用の小型ウイルス除去装置の開発チームが編成されることになったが、福田さんには外れてもらうことになった」

「は？」

　このおじさんは何を言っているのだろうか。企画提案したのは誰だと思っているのか。

当然のこととして開発チームのリーダーか、お飾りの管理職をリーダーにしての実質リーダーになる流れではないのか。これは世界を救う一大ミッションになるぞ——興奮した様子でそんな言葉を吐いていたのは目の前にいるこのおじさんだったはずなのに。

「僕はもちろん猛反対したんだ」古川課長はわざとらしくしかめっ面を作って、怒りを共有してるよ的なアピールをしてきた。「リモートだったからパソコンの画面越しではあったけれど、開発部長に対して、何を考えてるんですか、信じられない、福田さんは発案者ですよとかなり強い調子で食ってかかったよ。でももう多機能でいくという方針は覆《くつがえ》らないということで、シンプルなウイルス除去装置にこだわっている研究社員をチームに入れるのはよくない、不協和音を起こしたくないんだそうだ」

不協和音って。

エミは、中学のときは合唱部でアルト担当のリーダーだった。そんな人物に対して、不協和音という言葉を使っていいと思っているのか。

右目とこめかみの辺りがピクピクとけいれんを起こし始めていた。

大きな不快感を覚えたときに、ときどき出る症状だった。古川課長が「大丈夫か、福田さん。顔がけいれんしているみたいだが」と、おそるおそる感丸出しで聞いてきた。

「大丈夫じゃないです」

「え？」

「大丈夫なわけないでしょう」

「ああ、うん。そうだよな。判るよ、判る」

ウソつけ。エミは心の中でゆっくりと一から六まで数えた。アンガーマネジメントの基本。たいがいの怒りは六秒経てば軽減する。

エミは「明日から何の仕事をすればいいんですか？」と尋ねた。意図してはいなかったのだが、棒読みみたいな言い方になった。

普段なら、リバービレッジ第三企画室が入居しているオフィスビルを出たらＪＲ駅まで直行し、列車に二十分ほど揺られてそのまま帰宅するのだが、この日は何かストレス発散になることをしないではいられなくなり、駅ビルのエスカレーターを四階まで上がって、タイ古式マッサージのサロンへと入った。退社する前にスマホで確認してみて、運よく予約が取れたのだった。

ここのタイ式マッサージは、以前、駅前で半額体験チケットというのを配っていたので試しにやってもらったところ、強ばっていた全身の筋肉や関節が丁寧にほぐれて、身体がいったんバラバラにされて再び組み立てられているような感覚になり、しばしの間、現実世界から逃避することができた。以来、エミは密かにここを〔楽園〕と呼んでいる。

ただ、そう何度も利用できるほどの高給取りではないので、これまでに利用したのは計三回だけで、ここ半年ぐらいはご無沙汰だった。こういう日こそ、全身のマッサージによって身体をほぐし、怒りを沈めるべきだった。

タイ古式マッサージは、センと呼ばれる人体を流れるエネルギーの通り道をゆっくりしたテンポで刺激し、こり固まった筋肉を緩めていくもので、これにより血流を促し、自律神経のバランスを整え、免疫力や自然治癒力を高めるのだという。指圧だけでなく、手のひら、肘、ひざなど、さまざまな身体の部位を用いてマッサージするところに特徴がある。

レンタルされたTシャツと短パン姿で施術室に入ると、見覚えのあるタイ人のおばさんがかすかな愛想笑いで出迎えてくれた。ちょっと怖そうな顔つきをした体格のいいおばさんで、「始めます」「お客さん、仰向け」「終わったよ」といった事務的な言葉しか口にしない人だが、腕前はいい。

まずはマットに仰向けになって、脚のマッサージが始まった。

エミは目を閉じて、ハズレガチャだ、就職ガチャ、ハズレー、と心の中でつぶやいた。

エミが家電メーカーのリバービレッジに技術社員として就職することにしたのは、本社は東京だが地方に開発部や工場が分散していて、第三企画室のオフィスであれば自宅から通勤できるというメリットに魅力を感じたからだった。間借りしているオフィスビルがきれいで、第三企画室が三十人程度という小所帯であることも魅力だった。組織の人数が多くなってくると、自分は歯車の一つだという気分になってしまいそうで、もともと抵抗があった。

地方の若者は進学や就職で東京を目指したがるようだが、エミは華々しい都会での暮らしに全く興味を覚えることがなく、疲れやすい体質でもあったので、地元で働くという選択に迷いはなかった。

簡単に就職がかなう会社ではなかったため、メールで内定通知をもらったときは、両親共に喜んでくれて、車を買ってやると言われたが、それは遠慮して、通勤用の靴や新しい財布などを買ってもらった。

車の免許は持っているが、エミ自身は運転したいとは全く思わなかった。大学一年の秋、キャンプリーダー同好会で一緒になり親しくなった同学年の女子が、免許を取得して早々《そうそう》に人身事故を起こし、警察の取り調べを受けたり、怪我をさせた相手に謝罪しに出向いたり、裁判所に召喚されて反省の弁を述べたりするのを間近で見聞きして怖くなり、ずっとペーパードライバーのままである。

抱き枕っぽい形をしたクッションを抱いて横向きになり、脚のつけ根や腰などのマッサージに移行した。

古川課長から言われた新たな仕事は、リバービレッジ製品について顧客からの要望に応えて改良案を提出するというものだった。要望が多い製品、早急に改善すべきだと本社が決定した製品などについて、別室でその商品を使用してみて改善点を確かめ、設計し直す。同じ仕事の担当者は他にもいるが、課長から担当製品を割り振られてそれぞれが勝手に作業をするので、せいぜい担当者同士で意見交換をし合ったりすることがある程度で、基本はワンオペとなる。

室内用ウイルス除去装置の発案者を閉め出すための配置転換だとしか思えなかった。ワンオペの仕事をさせておけば不満に思っていることを言って回る機会を奪えると考えたのではないか。

室内用の小型ウイルス除去装置は、吸い込んだ空気中のウイルスを紫外線殺菌によって死滅させるシステムで、エミが考案したのはオフィス用と家庭用のスタンド型のものだった。女性でも楽に運べる大きさと重さで、室内の邪魔にならない場所に置いてスイッチオンするだけでウイルスを素早く除去できること、ウイルス除去専門の装置にすることで製造コストと販売に至るまでの時間を短縮し、他社に先駆けて安く販売できることをアピールポイントとして企画提案したところ、本社の審査に通り、取締役会でも基本承認された。

しかし喜びはつかの間だった。常務とその一派が多機能タイプにした方がいいと言い出し、それが方針として固まってしまったのである。取締役会でいったんはエミの原案が了承されたのに、である。

古川課長に「明日、休んでいいですか？」と尋ねると、「ああ、いいよ」とあっさりうなずいてから「ゆっくりするといい。何だったら二、三日休んで気晴らしになることでもしたらどうだ？」とつけ加えてきた。優しさからの言葉というより、気持ちを切り替える時間を与えた方が上司としても後が楽、ということだろう。

エミは「では二日いただきます」と言っておいた。今日は水曜日なので、木金と休めば土日と合わせて四連休になる。

うつ伏せになり、背中などのマッサージが始まった。身体は既に南国の砂浜で心地よい波の音を聞きながら身体がばらばらにされている感覚だったが、今日は頭がついてきてくれない。

他の大手メーカーも含めてだが、リバービレッジも深刻な〔おやじ病〕にかかっている。

日本の家電メーカーの多くがこの病に冒されており、若手社員がせっかくいい企画案を出しても上層部のおやじ連中が「だったらこういう機能も加えてはどうだ」などと言い出し、設計などを練り直しているうちに時間が経過して、小回りが利くベンチャー企業やアジアの新興企業に先を越されてしまう。ようやく市場にお披露目したときは似たような製品が既に出現していて、結局は価格競争で負けることになる。

テレビドラマ業界も似たような体質があることを、最近知った。何か月か前に歯科医院の待合室にあった雑誌の記事である。若手プロデューサーがこれは面白いと思った脚本をドラマ化しようとしても、テレビ局の上層部が「人気の若手女優を三番手まで登場させるようにストーリーを組み直せ」「主人公の仕事は老舗《しにせ》の和菓子店ではなくスイーツ店にしろ」「恋敵《こいがたき》を登場させろ」「主人公と恋人をいったんケンカ別れさせろ」「主人公の親友を途中で死なせるか裏切り者だと判明する展開にしろ」「後半で第三の敵を出せ」「うっとうしい上司は関西弁にしろ」などと注文が入ってくるのだという。結果、出来上がるのは、過去に作られてきた人気ドラマの二番煎じとなる。

テレビ局の上層部にいる〔おやじ病〕罹患者たちは、過去の成功体験を根拠に自分たちのやり方が正しいと思い込んでいる。そして企画をすんなり通しては自分たちの存在理由がないことがバレてしまうから〔おやじ病〕は簡単には治らない——そんな内容の記事だった。

同じ記事の中に、元脚本家だという男性小説家による証言も載っていた。〔脚本家の世界で真の創作が許されるのはよほどの売れっ子だけ。ほとんどはスポンサー、プロデューサー、俳優の所属事務所などがああしろこうしろと言ってきて、原案からどんどん遠ざかってゆき、つじつまを合わせながら書き直すことに追われるのみ〕なのだという。

結局、この日はせっかくのタイ古式マッサージでも、心まで解きほぐすことはできなかった。

さらなるストレス解消が必要だと感じたエミは、駅ビルの近くにあるラーメン店に入り、ビールを一本飲んで、それから豚骨チャーシュー麺を食べた。長らく我慢していた悪魔の食べ物を解禁するなら今だろう。

味は格別で、スープもすべて飲み干したが、店を出たときには自分の心の弱さに少し気が滅入った。

曇った夜空を見上げた。四月下旬にしては肌寒い。

ここ十年の間に体重が十キロも増えてしまっているので、毎年一キロペースで増えた計算になる。これ以上太ると、もともと丈夫でない身体にさらに負担がかかって病院通いをする羽目になるかもしれないと怖くなり、最近は糖質や脂質の摂取を控えめにするよう心がけていたのだが……。

食べたいものを食べるときは、いいことがあったときの方がいい。

嫌な出来事があって、それを紛《まぎ》らすために食べても、自己嫌悪感に見舞われるだけ。

早くも胃もたれを覚え始めていた。エミは駅の改札を通ってから、列車の中で吐き気に見舞われたりしないだろうかという不安にかられて、ホームのベンチにしばらく座って、体調を確認してみることにした。

背負っていた小型リュックを下ろして、脚の上に置いた。一度、路上で背後から接近してきたスクーターの男からショルダーバッグをひったくられそうになったことがあって以来、この黒い小型リュックを使うようになった。下ろしたときも横に置いたりせず、脚の上に置いて、ストラップに手を通しておく。

ホームでは残業帰りの男女や、塾帰りやバイト終わりと思われる学生や若者たちが列車を待っていた。見た目が地味そうな女子が並びながら小型の参考書らしきものを読んでいるのを見て、少し親近感を感じた。高三の頃の自分もあんな感じだった。

スーツ姿の同年代の男女が楽しげに話をしている。会社の同僚だろうか。つき合っているのかもしれない。

エミはため息をついてその男女から視線をそらせた。

大学生二年生のときに一度、塾講師のバイト先で出会った一学年上の文系男子とつき合ったことがあるが、長続きはしなかった。関西出身の男で、歩いていてわざと靴を片方脱いで「あ、靴がまた脱走しよった」と言って取りに戻ったり、「今日の俺、何か違うと思わへんか」と聞かれて首をかしげていると「実はなあ、下着のシャツ、パンツの中にインしてんねん」などとくだらないことを言うところがあり、そのたびに気を遣って苦笑いを返していたのだが、あるとき急に怒り出して、「お前はほんま、おもんないやつやな」と言われ、そのまま別れることになった。自分から声をかけてきておいて理不尽なことだと思っていたが、キャンプリーダー同好会で仲よくなった川野《かわの》カヨからは

「関西人がボケたらツッコまないと。彼の方が多分、傷ついたかもよ」と理解不能なことを言われた。

その川野カヨこそ、車の免許を取って早々に人身事故を起こし、警察の取り調べや裁判所で反省の弁を述べるなどでエミを運転恐怖症にさせた女だった。にもかかわらず、彼女は半年も経たずにまた車の運転を始めるという信じられないことをやってのけた宇宙人である。その後は事故を起こしていないらしいのだが。

ホームの先に並ぶ看板の一つに目が止まった。正面にあるのは釣具店の看板だったが、その左隣にはベンチャー通販メーカー、アゼイリアの看板があった。

その内容は商品の宣伝ではない。〔あなたの技術力を待ってます!〕という大きなコピー。技術系社員の求人広告である。

アゼイリアは安くて使い勝手のいい布団乾燥機やサイクロン掃除機などの家電製品だけでなく、劣化しにくくレンジ調理に使える密閉容器や、丈夫で組み立てが簡単なダンボール製家具など、ヒット商品を次々と開発している会社で、業績は右肩上がりだという。国内に工場はなく、東南アジアの国々に分散させていることや、新商品のプレゼンが本社で毎日行われていて、社長がゴーサインを出したらすぐに製造を始めるという動きの速さで知られている。おそらく〔おやじ病〕に罹患していない、数少ない会社だろう。

アゼイリアが募《つの》っているのは、リモートワークで働いてくれる技術社員だった。海外製品との競争に押されて日本の家電メーカーが次々と事業縮小を決めているところに目をつけて、リストラされた技術系社員に「うちにおいでよ」と呼びかけているのだ。

アゼイリアのことはリバービレッジ社内でも密かに話題になっており、基本的に自宅で仕事ができて、必要に応じて本社や支社に出向けばいいこと、企画やアイデアで認められれば社長が即断して待遇が上がることなどから、実際にリバービレッジからアゼイリアに転職した社員が何人かいるようである。エミが勤務している第三企画室には今のところいないが、誰それが行くつもりなんじゃないか、といった噂は絶えない。

具体的にはどんな感じのリモートワークなんだろうか。電気ポットがテーブルから落ちてふたの部品が壊れる報告が多いので改善策をいついつまでに出せ、とか、この商品の製造が決まったので設計図を作成せよ、みたいな。

アゼイリアだったら、室内用ウイルス除去装置もすんなりゴーサインが出たのではないか。余計な機能をつけ加えていない、シンプルで安価な商品として、ヒットさせることができたのでは……。

リバービレッジに就職できたのは、お父さんのコネもあった。お父さんは県庁勤めの公務員だったが、リバービレッジの人事部長が大学の同期で、住んでいた学生アパートやゼミも一緒の親友だったとのことで、具体的にどんな形で口利きをしてくれたのかは聞いていないが、「頼んどいたよ」とお父さんから言われたことがある。実際、簡単に就職できる会社ではなかったので、コネは大きかったように思う。

にもかかわらず、アゼイリアに転職したりすれば、「あいつの娘は恩を仇《あだ》で返しやがった」みたいに言われることになる。

それに、アゼイリアに転職したからといって、未来が明るいという保証はどこにもない。次々と採用しては使い捨てにする企業かもしれないし、仕事をいくらこなしても待遇はなかなかよくならず、突然の大量リストラの雪崩《なだれ》に巻き込まれるかもしれない。そもそもリモートワークには、昔ながらの内職のイメージがあって、仕上がりが悪い、などと難癖をつけられて賃金が下がったりするのではないかという不安も拭《ぬぐ》えなかった。

こういう、自分で自分に言い聞かせる形であきらめることを、確か心理学では「合理化」というのだ。キツネは高い木の枝に実っていたリンゴを食べたかったが、手に入れることは無理だと判断して、「あのリンゴはどうせ酸っぱい」と触れて回るのだ。手に入らないものは、低い評価をして悔しさを紛らそうとする。世の中の人々は、半ば無意識に「合理化」をやっている。

列車がもうすぐやって来るというアナウンスがあった。まだ胃もたれ感はあったが、落ち着いてきたようだ。

エミは「よっこらせ」と小声で言いながら立ち上がり、小型リュックを背負い直した。

突然の立ちくらみに襲われたのは、あと数十メートルで自宅に到着という、児童公園の手前でだった。足もとがふらついて左手で何かに捕まろうとしたが、そこにあったのは児童公園の出入り口にある植え込みのツツジだったので、つかみようがなかった。そのままよろよろと横向きにツツジに向かって倒れ込んでしまい、枝がポキポキ折れる音と共に、身体のそこかしこにチクチクする痛みを感じた。とっさに顔に枝先が当たらないよう、顔を背けたが、首に枝先が当たってしまい、「痛っ」とうめいた。ツツジに身体を半分埋めるような形のまま、起き上がれなかった。

しばらくの間もがいた後、ようやく脱出することができた。はあはあと荒い息をしながら、ジャケットやパンツについた古枝や花びらを払い落とした。ツツジ特有の甘い香りがして、植物から「大丈夫?」と心配されているような気分になった。外灯の光で、ツツジの花がピンクだと判った。

他人に見られていたら、完全に泥酔してるやばい女だと思われたに違いない。立ちくらみを起こしたのが駅の近くでなくて、誰もいない場所でよかった。

左手に少し痛みを感じたので外灯の光を頼りに確かめると、小指と手の甲にすり傷ができて、少し血がにじんでいた。首も触ってみたところ、ひっかかれた痕跡がかすかなふくらみになっていたが、幸い出血まではしていないようだった。

児童公園に入り、トイレの洗面所でハンカチを湿らせ、左手の傷口を拭いた。洗面所の汚れた鏡に、冴えない三十過ぎの女が映っていた。いつの間にこんなおばさん顔になってしまったのか。こんな顔で外を歩いていたとは……。

自宅にある鏡を見るときは、もっと若いときの自分の顔に脳が変換するので変化に気づきにくい——テレビの情報番組で心理学の専門家がそんなことを言っていた。実際、そうなのだろう。見ようとして見たときと、ふと見てしまったときの自分の顔は確かに違って感じるときがある。

このままでは結婚の機会もなさそうだ。お母さんはそのことを異様に心配していて、婚活サイトに入会するよう何度も言われている。さりげなくプチ整形のパンフレットがテーブルに置いてあったこともある。お母さんは、娘の目が一重で顔立ちが地味なことが恋人もできない原因だと思っているようだった。

エミがフレックスタイムで勤務時間をずらしているのは、通勤時の混雑だけが原因ではない。朝食や夕食でお母さんと一緒になると、いろいろ言われるからでもあった。

そしてもっと大きな理由は、お父さんが昔からずっと苦手だから。

先日の企業内定期健診で、同年代の女性の医師の問診を受けたときに、立ちくらみ、肩こり、頭痛などに見舞われることについて相談してみたところ、多くの原因が考えられるので断定できないが、問診票に記入した内容からすると、日頃のストレスや運動不足、睡眠不足、食事習慣などにより自律神経の働きに影響が出ていることが考えられる、みたいなことを言われた。

赤血球が少なめですが、貧血とまでは言えないでしょう。内耳《ないじ》も異常はないようです。ただし、体調がよくないと三半規管《さんはんきかん》の働きが鈍って平衡《へいこう》感覚を保てなくなることもあるんですよ。あと、血圧の急変や気圧の変化が関係することも——女医の説明がAIロボットみたいだったので、そのことが何だか気になって話の内容が入りにくかったのだが、運動不足のせいで四十代で骨粗《こつそ》鬆症《しょうしょう》だと診断されたある女性が、くしゃみをしただけで肋骨《ろっこつ》を骨折した事例もあるんです、という脅しのような言葉は印象に残っている。

ストレスも、運動不足も、食事に問題があることも、すべて自覚はあるので、何とかしなければ……。キャンプリーダー同好会に入っていたときは、キャンプ場で子どもたちを相手にさまざまなゲームをやることがそれなりの運動になっていたが、それからずっと、汗をかくどころかほとんど身体を動かしていない。通勤で歩くのはせいぜい一日に計二十分ほどだし、あとは仕事場で立ったり座ったりする程度。動物の一個体にふさわしい活動量ではないから、筋肉も骨も使われないことでどんどん衰えてゆく。

左手の出血はすぐに止まったので、帰宅して絆創膏《ばんそうこう》を貼れば大丈夫だろう。エミはもう一度鏡を見て笑顔を作ってみたが、異性を振り向かせる力はなさそうだと感じ、「ふん」と鼻を鳴らしてにらみつけた。

トイレから外に出たところで「ひゃーっ」と悲鳴を上げた。無意識に両手は防御姿勢になり、後ずさった。

すぐ目の前に犬が座っていた。突然のことだったのでかなり驚いたが、よく見るとおとなしそうな犬のようだったので安堵《あんど》し、大きくため息をついた。

黒柴ふうの中型犬だった。赤い首輪をしているが、リードでつながれていない。暗い公園内を見渡してみたが、人影はどこにもなかった。

「どうしたの？　どっから来たの？　……答えるわけないか」

見たところ、おとなしそうな犬だったので、「遅いから、早くおうちに帰るのよ」と言って、横を通り抜けた。

公園から出て、犬が後ろからついて来ていることに気づいた。

エミは振り返って「ダメダメ、私は飼い主じゃないんだから。ついて来ても何もないよ、時間の無駄だからね。判った？　ついて来ちゃダメ。ね」

そう言い置いて再び歩き出したが、犬は当たり前のような感じでまたついて来る。まずい。声をかけたりしなければよかった。エミは、もう犬に話しかけない、目を合わせないと自分に言い聞かせ、存在していないものとして自宅に向かった。

ほどなく家に到着し、背後に気配が続いていた犬も敷地内に入って来たらしいことが判ったが、エミは振り返らず、鍵を差し込んで回し、ドアノブをひねった。

まさか、ドアを開けた瞬間、するりと中に入ったりしないだろうな。

エミはそれを防ぐために、ドアを小さく開けて、その隙間から中に入った。というつもりだったが、背負っていたリュックが油圧式で自動的に閉まるドアにはさまれた。手を後ろに回してもう一度ドアを開け、入り直した。

犬の侵入を防ぐことはできた。エミはほっとしてドアをロックし、外の様子を窺《うかが》った。ドアにはすりガラスがはめ込まれてあるが、隅の部分は透明なガラスなので、そこから見ることができる。

犬は玄関ポーチの前に座って、こちらを見ていた。どうして入れてくれないの？　そう言いたげな表情をしている。

「そんな顔で見ないでよ。私は飼い主じゃないってば」

エミは玄関の明かりを消して、後ろ髪を引かれる思いを断ち切って靴を脱いだ。もう外を見ちゃダメ、あの犬はそのうち出て行くから気にしちゃダメ、と心の中で唱えた。

目が覚めたのは朝の六時過ぎだった。いつもなら八時半にセットした目覚ましで起きるので、トイレで用を足した後、二度寝をしようとしたが、眠れなかった。

理由はさっきの夢だ。エミは夢の中で、なぜかやったことがない釣りをしていた。学校のグラウンドよりも広い野池だった。竿を出してウキを見つめていると、そのウキが何度も沈むのに、竿先を持ち上げても魚が食いつかない。ハズレの連続。そのとき視線を感じたので見ると、あの黒柴っほい犬が近くに座ってじっとこちらを見ていた。エミはここでは釣れないと判断して場所を移動するのだが、またそこでも釣れない。ウキはちゃんと反応しているのにハリを確かめるとエサを取られている。見ると、またあの犬が近くに座って見ている。エミが「ついて来ないでよ」と言おうとすると、犬は後ろ足の片方を上げて、土手の草むらでおしっこをし始めた。

そこで目が覚めたのだった。トイレに行って用を足し、二度寝するために再びベッドに潜り込んだのだが、変な夢を見てしまった理由が何であるかを考えたり、あの犬がどうなったかが気になってきて、眠気がますます飛んでしまった。

夢というのは、記憶を定着させる作業だというのが定説である。なので夢はたいがい、最近の体験がベースになる。

おそらく、釣りをしているのに釣れないという夢を見たのは、室内用ウイルス除去装置についての不満や怒りを象徴しているのだろう。

釣りが出てきたのは、アゼイリアの求人広告看板の隣に釣具店の看板があったからだ。

黒柴っぽい犬が登場したのも、犬がどうなったか気にしているせい。その犬がおしっこをしたのは、自分自身が無意識に尿意を催していたから。

あの犬、ちゃんと飼い主のところに帰れただろうか。途中で車にはねられたりひかれたりしていないだろうか。もしそんなことが起きてしまったら、ますます夢見の悪い日々が続くことになる。

エミは布団をはねのけて、Tシャツの上にパーカーを着て、二階の自室から一階に下りた。ダイニングではお父さんが新聞を読みながらコーヒーを飲んでいて、お母さんがキッチンで調理をしていた。多分、目玉焼きだろう。オーブントースターが作動していて、トーストが焼けた匂いがただよっていた。

お父さんから「お、早いな」と言われて「うん、おはよ」と答えて玄関に向かおうとしたが、お母さんから「もう一度寝るの？　何か食べる？」と聞かれ、いったん立ち止まって「食べるのは自分でやるから」と返した。

サンダルをつっかけておそるおそる玄関ドアのガラスを通じて外を窺うが、犬の姿はなかった。そりゃそうだろう。忠犬ハチ公でもあるまいし、同じ場所でずっと待っているわけがない。

念のため、玄関ドアを開けて外に出てみた。左はベニカナメの植え込み、右側は砂利が敷かれた物干し場とカーポート。カーポートにはお父さんとお母さんが共同で使っている軽自動車がある。

そのとき、右側の外壁前にあるエアコン室外機の陰から、あの犬がぬっと現れたのでエミは「わっ」と叫んだ。

犬はすたすたと寄って来て、玄関ポーチの前にちょこんと座った。

「あんた……ずっと敷地内にいたの？」

そう尋ねると、犬は小首をかしげた。まるでここにいることが当たり前とでも言わんばかりの態度に、エミは驚きよりもあきれる気持ちになり、失笑した。

「あきれたコだねえ。敷地内にウンチとかしてない？」

エミは家の周りを一周してみた。犬も当然のことのようについて来る。砂利の上を歩くときに、エミのザックザックという音と、犬のシャッシャッシャッという音が変にハモって聞こえたのでまた短く笑ってしまった。

敷地内に異変はなかった。再び玄関ポーチの前で犬を見下ろし、「もう帰りな。あんたにはあんたの飼い主がいるでしょ」と言うが、犬は全く動こうとしない。

視線が合うと、何か言いたそうにしているように思えてくる。

触っても大丈夫かな。おとなしそうだから大丈夫そう。

エミはしゃがんで、片手で犬の首周りをなでてみた。柔らかい毛を通じて犬の体温が手のひらに伝わってきた。このコも心を持った生き物なんだな、という当たり前のことを今さらながらに思った。

触れるとかわいさが余計に増してきて、エミは両手で首周りをなでた。

犬を飼ったことはないが、小学生のときに、飼っている女子の家に遊びに行って、こんな感じでなでたり、お手やお座りをさせたりした経験がある。あの犬は茶色い洋犬で、何とかという品種だと聞いた覚えはあるが、思い出せなかった。

目の前の迷い犬は、なでられても嫌がる様子はなく、目を細くして、されるがままだった。「気持ちいいか？　気持ちいいんだね。そうかー」と声をかけると。小さくぐふっと声を出した。

これぐらいの大きさは、いわゆる中型犬というやつだろう。黒柴っぽいが、顔つきを見ると少し洋犬の血も入っていそうに思える。年はいっているのか、それともまだ若いのか。落ち着き方からすると、いってるのかもしれない。

エミは犬の股間を覗き込んで、「やっぱりオスだね」と言った。何となく顔つきや態度にそういう印象はあった。

ということは、この犬の方も、こいつは人間のメスだなと認識しているのだろうか。

そのときにふと、犬の赤い首輪に何かが書いてあることに気づいた。首輪をつかんで顔を近づける。

油性ペンで、マジック、と書いてあった。

「これがあんたの名前？　マジックって言うの？」

すると犬は、ふん、と鼻を鳴らした。当たり前だろ、という感じだった。

さらに首輪を調べたが、飼い主につながりそうな情報は他に見つからなかった。犬の首輪にはときどき、予防接種を証明する小さな金属プレートがついていることがあると聞いた覚えがあったが、この首輪には何もついていない。

そのとき、玄関ドアが開いて「何だ？　どこの犬だ」とお父さんの声がした。

「判んないんだけど、昨夜《ゆうべ》帰宅するときについてきた犬なのよ。ほっとけば勝手に自分ちに帰ると思ったんだけど」

「えっ、じゃあ、昨夜からうちの敷地内にいたのか？」

「多分。もしかしたらいったん自分ちに帰って、また来たのかもしれないんだけど」

「どうしてそんなことをする必要があるんだ、この犬が」

「判んないよ、私に聞かれても」

お父さんは苦手だ。同じ家にずっと住んでて、昔から会話がなくて、たまにあると詰問口調でいろいろ言われてむっとなってしまい、変な空気になってしまう。弟の英司《えいじ》も、今は東京にある教育書の出版社で働いてるが、やはりお父さんとの関係が良好とはいえず、あまり帰省したがらない。

公務員時代の部下に対するような物言いを家族に対してもするからだということを、お父さんは判っていないようだ。お母さんはよく文句を言わないで我慢してるなと思うけれど、お母さんはもともと高圧的な態度だったおじいちゃんの娘として育ったから何とも思ってないのかもしれない。

「首輪をしてるじゃないか」

「うん。マジックって書いてある。マジックペンで」

「何だそりゃ、ダジャレか?」

何を言ってんだか。

さらに「オスか」と聞かれて「うん」と答え、「おとなしそうだな」「うん」「近所の犬なんだろうな」「どうかな」「昨夜どの辺りからついて来たんだ」「そこの児童公園」「だったらやっぱり近所の犬だろう」「かもね」と続いた。エミは内心、もういいから家の中に引っ込んでてよ、どうせ最後は「放っとけばどこかに行くさ」などと言うに決まってるんだから、と心の中でぼやいた。

間が空いて、次に聞かされる言葉に対して身構えていると、お父さんはちょっと予想外の言葉を口にした。

「町内会長さんだったら知ってるんじゃないか。ほら、あの人、去年ぐらいまで犬を飼ってたし。犬を飼ってる人同士は散歩で顔を合わせるもんだろう」

「あそこの白い犬、死んだの?」

「ああ、結構な年だったらしいからな。公民館で町内会長さんが他の人とそんな話をしてるのを、碁を打ってるときに聞いた」

お父さんは県庁の職員を定年退職した後、嘱託《しよくたく》職員として外郭《がいかく》団体でしばらく働いていたが、去年にはそれも終えて、今は趣味の碁を打ちに公民館にしょっちゅう出かけるようになった。家でも碁の本を読みながら一人で打ったり、碁のDVDを見たりしている。

エミが「じゃあ、町内会長さんのところにちょっと聞きに行ってみようかな」と言うと、お父さんが「お前は仕事に行かなきゃいけないだろう。俺が行ってやる」と珍しいことを口にした。仕事がなくなってよほど退屈しているらしい。

「あ、そう？」

「うん。ちょっと待ってろ」

お父さんはそう言うといったん家の中に引っ込んで、スマホを片手に、バゲットハットをかぶって出て来た。バゲットハットは、寝癖を隠すためらしい。

お父さんは「ちょっと、写真撮るから」と片手でエミを払う仕草をして横に移動させ、座っているマジックをスマホで撮影した。そして「こういうのは早い対応をした方がいいからな」とカーポートに停めてある自転車にまたがってすぐに出かけて行った。「一応、そこで見といてくれよ、すぐに戻るから」と言い置いて。

するとお今度はお母さんが玄関ドアを開けて、「お父さんからさっき聞いたけど……あら、本当にいる」と言った。「おとなしい感じ？」

「うん、ほら」エミがしゃがんでマジックをなでて見せ、「触ってみる？」と言うと、お母さんは「臭くない？」と少し顔をしかめた。

エミはマジックをなでた手を鼻に近づけてかいでみたが、別に何の匂いもしなかった。

「全然。てことは、家の中で飼われてる犬かもね」

「あ、そう」お母さんは玄関から出て来てエミの隣にしゃがみ、マジックをなで始めた。

「マジックっていう名前みたい。首輪に書いてあるから」

「へえ。かわいいわね」

お母さんの横顔を近くで見て、こんなに老けてんだっけと思った。一緒に暮らしているとかえってまじまじと顔を見ないせいだろう。

いや、この顔は年相応だろうと思い直した。子どもの頃に見ていたお母さんのイメージが残っていて、ずっと脳内で視覚情報を変換していたのだ、きっと。

「お母さん、犬は大丈夫なんだね」

「子どものときに家にいたからね。マルっていうメスの雑種犬。目が丸かったからマルって名前にしたんだけど、考えてみれば子犬のときはみんな丸っこい目だよね」

「マルは赤ちゃんのときからいたんだ」

「一歳ぐらいのときに来たのよ。でも、おじいちゃんは番犬だとしか考えてなくて、縁の下の柱に長い鎖でつながれてたのよね」

「えっ。犬小屋もなし？」

「そ。ただし、縁の下は割と広かったし、鎖も長かったから、自由に歩き回れたとは思うけど。今思うとマルにはかわいそうな飼い方をしちゃってたなと思う。散歩もあんまり行かせなくて、エサも残飯だったし」

「ウンチの世話とかは？」

「マルは縁の下に穴を掘って、そこにウンチをして、上にちゃんと土をかぶせてたのよ。懐中電灯で何回か見たことがあったわ、その痕跡を。小学生の頃」

「へえ」

お母さんがさっき「臭くない？」と聞いたのは、マルの飼い方に問題があって、匂いの記憶が強く残っていたせいらしい。

「意外だよ、お母さんが犬と縁があったなんて」エミがそう言うと、お母さんは「お父さんも結構、犬好きなのよ。最初のうち、子どもがなかなかできなかったから、犬でも飼おうか、みたいな話をしたこともあったし」

「ウソ」

「本当よ。英司が生まれた後も、犬を飼おうかって話になったんだけど、犬は死んだときにつらいわよって私が言ったらお父さん、うーんて言って、そのまま話は立ち消えになった感じだったわね。私はマルが死んだときは喪失感とかよりも、縁の下でひっそり死んでたのがかわいそうで申し訳ない気持ちになって、しばらく引きずっちゃってね。

お父さんは子どものときにネコを飼っていて、近所で車にひかれて死んでたよって友達に教えられて見に行ったんだって」

「うわっ、それはつらいね」

「うん。そういう体験もあって、簡単に動物を飼うべきではない、ちゃんとした覚悟がないとダメだっていう意識があったのよ」

家の中から電子音が聞こえて、お母さんが「あ、レンジでジャガイモ温めてたんだった」と立ち上がり、「エミ、いつまでもこんなことしてていいの?」と言ってきた。

「今日と明日、有休を消化することになったから」

「あら、そうなの」

「うん」

室内用ウイルス除去装置の担当から外されたことなどはもちろん話すつもりはない。そもそもどんな仕事をしているのか、お母さんからもお父さんからもほとんど聞かれたことはないし、エミの方からも言わないできた。エミが「新商品の開発はいろいろと守秘義務があるから、あんまり教えられない」などと事前にバリアを張ったせいもあるだろう。実際、守秘義務はある。

お母さんは「飼い主さんがすぐに見つかるといいんだけど」と言いながら家の中に戻って行った。

お父さんも犬を飼おうと考えていたとは。そんな一面があったということが意外だった。

お父さんは県庁の職員だったときも仕事の話をすることはなかったし、堅物《かたぶつ》だったので冗談めいた話を聞いた覚えもなかった。エミの学校の試験の成績がよくないと、「どこができなかったんだ」と言って、解答の導き出し方だとか記憶する要領などをレクチャーしてもらったことなら度々あったが、途中で「さっきも言っただろう」とか「なんで判らないんだ」などと苛ついた言い方をされるので、エミはそれを避けるために一人で勉強を頑張った面があった。結果的には、お父さんのお陰で自力で勉強するようになり、志望大学に入れた、という解釈も成り立つかもしれない。

ほどなくしてお父さんが自転車を漕いで戻って来た。カーポートに停めてこちらにやって来たときに、お父さんは片手に赤いロープのようなものを持ち、さらにポリ袋を提げていた。隅っこに金属フックがあるのを見て、ロープは犬用のリードだと判った。

「ダメだ、町内会長さんにスマホの写真を見せたけど、この辺にこういう犬を飼ってる人はいないって」

「まじで？」

「まじとか、そういう変な言葉遣いをするな」

「はい、はい」

「町内会長さんはこの辺りで犬を飼っている世帯も、どんな犬かも知ってるそうなんだが、この犬は見覚えがないって。もっと離れた地区から来たんじゃないかって」

「そのリードは？」

「ああ……」お父さんはたたまれた赤いリードに視線を落とした。「しばらく預かって飼い主を探すか、交番に連れて行って引き渡すかは福田さんの判断に任せますって言われて、よかったらどうぞって、貸してもらった」

「ああ……」

「あと、エサや水を入れる容器も貸してもらったよ」お父さんはポリ袋を少し持ち上げた。「実を言うと、町内会長さんに話したら、後を引き受けてくれるんじゃないかと期待したんだがな」

「交番が引き取ってくれるの？」

「ああ、遺失物扱いになるらしい。町内会長さんによると、しばらく警察署内で預かってくれるけど、飼い主が現れなかったら動物管理センターとか、犬や猫を保護する活動をしてるＮＰＯ法人なんかに引き渡されるそうだ」

「何日ぐらいで？」

「そういうのは自治体によってまちまちらしい。市内には一応、ＮＰＯ法人があるそうだから、そこで預かってもらうことになりそうだな」

「ふーん」

「お前、仕事の準備しなくていいのか？」

「ああ、今日と明日、有休を消化することにしたよ」

「あー、そうなのか」お父さんはあまり関心なさそうにそう言い、ポリ袋を下に置いて、リードをマジックの首輪に装着した。マジックがリードに鼻を近づけてくんくんかいだので「メス犬の匂いがするだろう。うれしいか」と笑った。

お父さんがこんな冗談を言ったり、こんな顔をするとは……エミは違和感と安堵感が混ざったような、奇妙な気分だった。

結局、マジックはしばらく福田家で預かって飼い主を探してみる、ということになった。

お父さんがスマホで市内にあるNPO法人を検索し、電話をかけたのだが、施設のケージが満杯状態のため、こちらでもその犬の飼い主を探してみるので、何とかしばらくそちらで保護をお願いできないかと逆に頼まれてしまったのだった。

お父さんは、それを了承し、マジックの写真画像を団体に送り、赤い首輪にマジックと書いてあることや外見的特徴、おとなしい性格であることなどを伝えた。やり取りを終えたお父さんは、「預かるとしてもまあ、今日明日ぐらいのものだろう。暇つぶしにちょうどいいよ」と言った。

エミが朝食の冷凍肉まんを食べているときに、お父さんがマジックの散歩から帰って来たようだった。「おーい、お母さん」と声がかかって、お母さんが呼ばれ、玄関の方で何やら会話があり、その後トイレのドアが開閉する音や水洗を流す音が漏れ聞こえた。

お母さんが戻って来たところで「どうかしたの?」とエミが尋ねると、お母さんは「マジックが外でウンチをしたから、たたんだトイレットペーパーをかぶせて、ポリ袋で包んで持って帰って来たのよ。そうすれば処理できるってことをネットで調べたって」

「どうしてお母さんを呼んだの?」

「一応、要領を覚えといてくれって言われて。夕方の散歩は私かエミにやってもらいたいんだって」

「で、お父さんがウンチを始末する過程を見せられたわけ?」

「そ」とお母さんは苦笑気味の顔でうなずいた。「ポリ袋をひっくり返す要領でトイレットペーパーにくるまれたウンチを便器に落として、流して、ポリ袋はまたひっくり返し直して、たたんでゴミ箱に捨てるまでの過程を」

まさに几帳面《きちょうめん》な性格の元公務員。そんなの、口で伝えるだけで済むだろうに。

エミが玄関の方に様子を見に行くと、土間から廊下に上がったところに広げられた新聞紙の上に金属製の容器が置かれていて、マジックはその容器に入った水を飲んでいた。隣に同じ空容器《からようき》がもう一つある。こちらはエサ用ということらしい。

お父さんの姿がなかったので、ははあ、エサを買いに行ったんだなと思った。

エミが両ひざをついてマジックの首周りや背中をなでたが、マジックは意に介さずという感じだった。ずっと水が飲めなくて、喉が渇いていたらしい。

予想どおり、二十分ほど経って、玄関ドアが開閉する音が聞こえた。洗面所で歯磨きを終えるところだったエミは、玄関に向かった。

お父さんは、片手に持っていたエコバッグから、ドッグフードの小さなレトルトパックを三つ出して、そのうちの一つを開封して容器に入れていた。

お父さんから「おお、これ、頼む」と空になったレトルトパックの袋を受け取り、エミは洗面所にあるゴミ箱に捨てに行った。

再び戻ったとき、マジックはドッグフードを前にして座ったままだった。お父さんが腕組みをしながら「あれれ、気に入らなかったのかな」と言った。

マジックがお父さんを見上げている。エミが「合図をもらってから食べるしつけをされてるんじゃない?」と言ってみると、お父さんは「おー、確かに」とうなずき、マジックの前でしゃがんで片手を広げて出し、「待てよー、待てよー」と言ってから「よし」と片手を下ろした。

するとマジックはドッグフードを結構な勢いで食べ始めた。

「おなか、空いてたみたいね」とエミは率直な感想を口にした。「こんな茶色の、小さな泥団子みたいなものを、美味《おい》しそうに食べて」

「犬にとっては旨《うま》いんだろう」とお父さんが言った。「ホームセンターはまだ開店前の時間だったんで、コンビニでとりあえず適当に買って来たんだ。エミ、それよりこのマジック、おりこうさんだぞ。さっき散歩に連れ出したんだが、民家の壁とか電柱とか、そういうところにはおしっこをしないで、舗装されていない土や雑草を選んでちゃんとやるんだ。あと、そこの児童公園に行きたがる様子だったんで入れてやったら、グラウンドでウンチもしたし」

「へえ」

お父さんは腕組みをして「おりこうさんだよ、このコは」と繰り返した。

退職してよほど退屈な日々だったということか、お父さんはこんな人だったっけと思うほど口が動いている。エミは、お父さんはどちらかというとやっかいごとを引き受けてしまったというより、マジックとの出会いをちょっと喜んでいるように見えた。

その後、エミが〔迷い犬を預かってます〕という内容のチラシを作って付近の家に投《とう》函《かん》してみようか、と伝えると、お父さんは「じゃあ、できあがったら言ってくれ。俺も分担するから」と言ってくれた。

パソコンでチラシの文章を入力し、連絡先としてエミのスマホの番号と〔福田〕という苗字を加えた。字体などもいろいろ試して画面で仕上がりを確認したが、普通のゴチック体に落ち着いた。迷い犬の飼い主を探していることが目的であって、デザインなどを凝る必要はない。

お父さんを呼んで、「こんな感じでいい？」と画面を見せると、「児童公園で発見した日時も入れた方がいいんじゃないか」などと言われ、「ああ、確かにそうだね」と同意すると、それをきっかけに、「飼い主は怪我などをしてないか心配してるだろうから、身体に異常はなくて元気にしてるっていう情報も加えた方がいい」などとさらに提案をもらうことになり、修正をかけた。

マジックの写真画像を大きめに設定し、ようやくプリンターでカラー印刷を開始したのは、昼前だった。

その間に二回ほど、マジックの様子を見に行ってみた。二回とも、お母さんが用意したらしい、たたんだ古い毛布の上でマジックは横向きになってすやすやと寝ていた。二度目に見たときには、マジックが横向きのまま前足の片方で何かをひっかくような動きをしていたのでちょっとびっくりしたが、どうやら走っている夢でも見ているらしかった。犬が見る夢って、どんな内容なんだろうか。

昼食はお母さんが作ってくれた肉うどんを食べた。就職してからはずっと、休みの日も食事の時間がばらばらでエミは自分の分だけをコンビニやスーパーで買って食べていたので、三人でテーブルに着いて一緒に食べるのは、かなり久しぶりである。

食事中、お父さんが「マジックがよくしつけられているところからすると、飼い主さんはちゃんとした家庭で育った常識人だろうね」と言い、お母さんが「大きな会社の社長さんとか？」と聞いたので、お父さんは「カネ持ちだったら雑種犬は飼わないんじゃないかな。マジックは黒柴っぽいけど、多分雑種だ」と応じた。それをきっかけに三人で、飼い主の人物像を想像し合うゲームみたいな話し合いになった。

この家族でこんなに話をしたのって、いつ以来だったろうか。

昼食の間に自動のカラー印刷が終わり、チラシ四十枚ができあがった。お母さんも手伝うと言ってくれたので、三人で分担して近所の郵便受けに投函して回った。

児童公園に近い区域を受け持ったエミは途中で一度、自宅の郵便受けに何かが投函されたことに気づいて不審に思ったらしい初老の女性から「何を入れたんですか」ととがめるような言い方をされ、あらためてチラシを見せながら説明した。すると初老の女性は「あらー、そうだったの。変な宗教の人かと思って、きつい言い方をしてごめんなさい」と一転して笑顔になったため、エミもほっとした。それはよかったのだが、今度はその女性が、以前飼っていたという雑種犬の話を始め、エミはしばらくつき合う羽目になった。その女性によると、飼っていた犬はガンで亡くなったとのことで、異変に気づくのが遅れたことを後悔している様子だった。

その日の夕方になっても、スマホに問い合わせの連絡が入ることはなく、マジックの飼い主は見つからなかった。どうやらマジックは、チラシを配った区域よりも遠くからやってきたらしい。


夕方のマジックの散歩は、エミが受け持つことになり、お父さんから言われたように、ポリ袋と折りたたんだトイレットペーパーをジャージのポケットに入れた。ウンチをするときには、後ろ足を広げて踏ん張るような姿勢になるので、事前に判るから、とのレクチャーまで受けた。エミは心の中で、いちいちそんなことまで、と思ったが、お父さんの機嫌がよさそうなので「うん、判った」と素直にうなずいておいた。同じ言葉でも、双方の精神状態によってはカチンときたり、何とも思わなかったりと変化するものらしい。

お父さんからレクチャーされたとおり、まずは家の敷地内を一周した。マジックは、舗装されていない、雑草が生えている勝手口側でおしっこをした。明らかに用を足すべき場所を心得ている感じである。エミが「マジックはおりこうさんだねー」と声をかけると、マジックはちらと横顔を向けて、小さく鼻を鳴らした。そんなの当たり前でしょ、とでも言いたいように見えた。

朝の散歩のときにお父さんは、公民館の前を通ってパン工場方面を二十分ほど歩いたという。その周辺は田畑が点在していて、農道沿いはマジックがおしっこをしやすい。だがエミは、国道沿いの交通量が比較的多いコースを選んだ。その方が他人の目に止まりやすく、マジックの飼い主やその知り合いなどに見つけてもらえる可能性が期待できると思ったからだった。

国道に出る手前の、雑草が伸びている空き地でも、マジックはおしっこをした。

国道沿いの歩道を歩いていて、マジックは前に出てリードを引っ張るでもなく、遅れて歩くでもなく、エミのペースに合わせて横を歩いてくれていることに気づいた。お父さんのときもきっとそうだったのだろう。お父さんとは歩くスピードがいくらか違うだろうから、マジックはリードを持った人にちゃんと合わせてくれているのだ。

途中、下校中らしい、前方からやって来たランドセルを背負った高学年の女子三人に遭遇した。うち一人がマジックを指さして「わあ、かわいー」と言い、残る二人も「ほんとだ」「わー」と顔をほころばせた。

近づきながらエミが「よかったら触る?」と声をかけてみると、一人が「はいっ」と近づいて来てマジックの前にしゃがんだので、マジックは足を止めた。

その女の子がマジックの頭をなで始めたので、エミが「頭より、首の周りをなでてやった方が喜ぶよ」と言うと、彼女は両手で首周りをなでて、「わあ、ふかふかだー」と笑った。その後、残る二人の女の子も交代でなで始め、「私、実は犬触ったの生まれて初めて」「ほんとに？」「うん」「私のところにはシーズーがいるよ。毛が多いからモップの先が走ってるみたいに見えるの」「へえ、いいなー」などと言い合っていた。

　女の子の一人が「何歳ぐらいですか」とエミに聞いてきたので、今朝、家の敷地内で保護した迷い犬だということ、マジックという名前であることなどを伝えると、「じゃあ、家に帰ったらお母さんに言って、知り合いに聞いてもらいます」「明日学校でもみんなに言おうか」「うん。その話を聞いた人は誰か別の二人に伝えてくださいってことにしたら、すぐに学校中に広まるんじゃない？」「それってチェーンメールみたいじゃない？」「そうだね。だったらついでに、別の二人に伝えないとよくないことが起きるってことにする？」「ダメだよ、そんなの」などと話が続いた。

　別れ際、エミは「明日になっても飼い主が見つからなかったら、また今ぐらいの時間にこの辺を散歩してるからよろしくね」と告げて、手を振り合って別れた。

「マジックちゃん、早くも人気者になったね」

　歩きながら言うと、マジックは少し鼻を持ち上げた。鼻高々ってことか。

　その後も、交差点で信号待ちをしているときには隣に立った同年代の女性から「毛並みがきれいで、おとなしそうなワンちゃんですね」と声をかけられ、年齢を聞かれたので迷い犬だと説明した。そして信号が変わって渡り始めるときに「飼い主さん、見つかるといいですね」と言ってもらい、「はい、ありがとうございます」と応じた。

コンビニの前を通るとき、駐車場からの視線に気づいて、身体が硬くなった。ダボダボのパーカーとカーゴパンツという格好の若い男が二人しゃがんでいる。一人はキャップをラッパー風に横向きにしてあごひげをはやしている。もう一人は金髪の坊主頭で耳には金のピアスが光っている。いかにもヤンチャやってますという感じの二人で、年齢は二十歳前後に見えた。その二人が電子タバコを吸いながら、じっとこっちに視線を向けている。

金髪坊主が「お、犬、犬。犬が人を連れてる」と言い、横キャップが「くっだらねー」と応じて、ひゃははと笑いながら手を叩いている。

聞こえなかったテイで通り過ぎようとしたが、「おねえちゃん、ちょっとだけ触らしてくんない？」と声がかかってしまい、立ち止まった。無視したままの方がかえってまずい展開になるような気がした。

何かあったときは、絶対に自分がマジックを守るんだ。

一人でいるときよりも、なぜか勇気を持てている自分がいることが不思議だった。

エミは立ち止まって、「何？」と応じた。「触らしてって、このコと私のどっちの話をしてんの？」

二人は手を叩いて爆笑した。「ウケるー」「いとおかしー」などと互いの肩を小突いたりし、横キャップはツボに入ったのか、尻餅をついて腹を押さえて笑っていた。

金髪が「ねえちゃんには悪いけどさ、ワンちゃんの方を触らしてほしいんだわ」と言った。「めっちゃかわいいじゃん。男のコかな」

二人が電子タバコをパーカーのポケットにしまいながら近づいて来た。このままだと他人の通行の迷惑になると思い、エミの方から駐車場スペースに入った。

近くで二人の緩んだ表情を見て、本当にマジックをなでたいだけのようだとエミは感じ、ふーっと安堵の息を吐いた。

金髪がマジックの横にしゃがんで、「よしよし。よーしよし」と首周りや前足のつけ根付近をなでた。それを見下ろしている横キャップが「こいつ、犬連れて家出したことあるんすよ」と笑いながらエミに言った。

「家出？」

「そ」と横キャップがうなずく。「小六んときに、父親怒らして出てけって言われて。夜遅くになっても帰らねえんで、警察沙汰になったんだよな」

金髪は「うるせー」と言ったが、怒っている様子ではなかった。

「で、最後は学校にあるつきやまのトンネルん中で、犬を抱いて眠ってるところを発見されて、な」

金髪が再び「うっせーつーの」と返した。

横キャップが「オレにも触らせてくれよ」とマジックをはさんで金髪坊主の反対側にしゃがんで、やはり「よしよし」となでた。横キャップがマジックの首に横顔をすりすりしたが、マジックは嫌がる様子もなくじっとしていた。

「あ、写真とか、いいっすか」と金髪が言い、エミが「いいよ」とうなずくと、金髪はパーカーのポケットからスマホを出して、「お願いしゃーす」と寄越してきた。

リードの輪っかを左腕に通したままの状態でエミは一歩下がり、マジックをなでている二人の姿を撮影した。金髪が「あと二枚ぐらい、いいっすか」と頼んできた。

撮り終えてスマホを返すと金髪は「あざっす」と笑って受け取り、横キャップと一緒に画面を確認し、「イケてるイケてる」「バイブスアゲアゲ」などと言い、さらにマジックだけの写真も数枚撮影した。

金髪が「このコ、黒柴と洋犬のミックスっすよね、多分。何て名前っすか?」と聞いたので、エミは「マジック」と答えた。

「へえ、マジック」

横キャップが「すんげえ、マジック・ジョンソンのマジックだべ」と北関東なまりの言い方をし、金髪も「んだな、たんまげた」と合わせた。おふざけ感は強いが、そんなに悪いコたちでもなさそうである。

そのとき、マジックが口の両端をにゅっと持ち上げて、笑ったような顔をした。「おっ、めちゃかわ」「マジックちゃん、今のもっかいやって」と二人はそれぞれのスマホを向けたが、マジックは応じず、目を細くしてエミを見上げた。金髪が「あー、もう行こうって言いたげー」と構えていたスマホを下ろし、横キャップも「オレはそんなに安くねえぞーってかー、おそれいりやしたー」と苦笑いを見せた。

別れ際、二人は「ありゃっしたー」と軽く頭を下げ、「マジック、じゃあなー」「おねえちゃんもさいならー」などと手を振ってくれた。

帰り道、エミは奇妙な高揚感に満たされていた。

今まで、通りすがりの知らない人からこんな風に話しかけられたことってあっただろうか。あったとしても道を尋ねられたりとか、時間を聞かれたりとか、そんな程度だ。思えば何年も、誰かとの新しい出会いなんて経験していなかった。会社の人たちと、ときどきLINEでやりとりをする旧友たちと、家族としか接触してこなかった。

ところが、マジックと一緒にしばらく歩いただけで、小学生の女の子たちや、同年代の女性や、ヤンチャ系の若者たちが声がかかり、和やかな時間を共有することができた。一人で歩いてたら、絶対に知らん顔ですれ違ってたはずなのに。

どれもこれも、ちょっとした出来事。でもちょっとだけ幸せな気分になれた。

いや、もしかしたらこれって、パラレルワールドに行ってみたぐらいの大冒険なのではないか。

「福田エミ、三十三歳、五月の大冒険ーっ」

エミはオリンピックのスケボーで金メダルを獲得した女子の実況をしたアナウンサーを真似て、小声で言い、ぷっと噴き出した。


帰り道の途中、マジックはエミよりも少し前に出て歩くようになった。もう帰りたいというサインなのか、それともエミの歩き方が遅いのでイライラし始めたのか。

答えは、マジックと昨夜《ゆうべ》遭遇したツツジがある児童公園の前までやって来たときに判った。マジックが公園に入りたがって引っ張ったのでそのまま中に入ると、すぐにグラウンドで後ろ足を踏ん張る姿勢になった。

ああ、そういうことだったのか。エミは「マジック、気づかないでごめんね」と声をかけた。帰ったらお父さんに、後ろ足を踏ん張るよりも前に、マジックは足早になることでウンチのサインを出すことをレクチャーするとしよう。

公園の隅にある低い鉄棒で、男性が斜め懸垂をしていることに気づいた。両手を大きく広げて、ゆっくりした動作で鉄棒が胸に当たりそうになるところまで近づけて、そこでしばらく動作を止めてから、ゆっくりと腕を伸ばしてゆく。見るからにきついやり方をしている感じだった。

マジックのウンチが終わり、エミはたたんだトイレットペーパーをウンチにかぶせて、ポリ袋を手袋にして回収した。

「迷惑にならない場所でちゃんとウンチをして、えらいねー」

心なしかマジックもすっきりしたような顔をしていた。

そのとき、「かわいいワンちゃんですね」と低い声がしたので見ると、斜め懸垂をしていた男性が鉄棒を背にしてこちらを見ていた。背が高くて顔が長く、ちょっと下がり気味の目。何だか怖そうな顔の人という印象を受けたが、穏やかな笑みはすぐにそんな第一印象を打ち消し、むしろ人柄のよさを感じさせた。年齢は……多分、四十以上だろう。薄手の白いパーカーにジーンズという格好で、すべり止めがついた軍手をはめていた。きっちりと分けられたツーブロックの髪型は、男性の仕事と関係がありそうだった。つまり、あまり堅苦しくない仕事だけれど、清潔感や礼儀正しさは求められる、みたいな。

エミが「どうも」と会釈すると、マジックがリードを引っ張ってその男性の方に行きたがったので、「これこれ」とたしなめつつも距離が近づいた。

男性は片ひざをついて、近づいて来たマジックに手を伸ばしてなで回し、「うわあ、かわいい」と笑った。「男の子かー。何歳ぐらいですか?」

「それが、迷い犬なんです」

「えっ」男性は少し驚いた顔になった。「本当ですか」

エミがざっと事情を説明すると、男性は「ああ、そういえばうちにもチラシが入ってましたよ。そうか、あのワンちゃんがこのワンちゃんなのか。確か名前は……」

「マジックです」

「あー、そうそう。マジックちゃん」

「ご近所の方だったんですね」

「ええ。私は五番地に住んでるウラカワと申します」

ウラカワはおそらく浦川と書くのだろう。だが、エミは自分の家がある三番地の住人さえ、半分ぐらいしか知らないので、浦川さんが五番地のどの家かも全く判らなかった。あの辺りは、お父さんがチラシを投函したはずだ。

エミは「私は福田と申します」と応じた。チラシにその苗字は書いてあるが、じっくり読んだりはしてないだろう。

「マジックちゃんは、飼い主さんの家に帰ろうとする素振りを見せないんですか」

「ええ、今のところは」

「かしこそうなコだけどなあ……車にはねられたりして、記憶喪失とか」

その発想はなかった。エミは「あー、その可能性がないとはいえませんね」とうなずいた。「でも、怪我とかはしてないようで」

浦川さんは軍手をはめたマジックの背中を軽くポンポンと叩いてから立ち上がり、

「私の方でも、マジックちゃんを知ってる人がいないか、聞いて回ってみますよ」

「ありがとうございます。よろしくお願いします」

「あと、立ち入ったことをお聞きしますが、もし飼い主さんが見つからなかった場合は、そのままお世話を続けられる感じですか?」

「いえ、現時点では何も決めてなくて」エミはあわてて片手を振った。「飼い主さんは早々に見つかるはずだという前提で預かることにしたので」

「あー、なるほど」浦川さんはうなずいて、「あの、飼い主さんが見つかることを願ってますが、万一なかなか見つからないままで、代わりに面倒を見てくれる人が必要だという状況になったら、ご連絡いただけませんか」と言って軍手を外し、カーゴパンツのポケットから出した名刺入れから一枚を抜いて寄越した。

浦川さんは、浦川内久《うちひさ》という名前で、[SO WHAT]というバーの店長だった。横書きの名刺の下には店の住所や電話番号の他、スマホの番号やメールアドレスもある。店の住所からすると、双葉学院大学にほど近い、今はシャッター通りとなっている商店街付近のようだった。

「あの、それは、つまり……」

「あくまで飼い主さんも新たな引き取り手もいなくてお困りになったような場合の話な

んですがね」と浦川さんは言った。「小六の甥っ子が犬を飼いたがってるんですが、親からはちょっと無理だって言われてて。それで、私のところで飼えば、甥っ子が犬に会いに来られるからいいかなと思ってて、近いうちに保護犬の譲渡会なんかに行ってみるつもりだったんですよ。私自身も前々から犬を飼いたいと考えてたもんで」

「ああ……」

「ここでこうやって、マジックちゃんという迷い犬と出会ったのは、何かの縁かもしれないなあと感じたもので、差し出がましいとは思いつつ」

そういえば、マジックは浦川さんを見て、自分から近づいて行った。理由は判らないが、マジックも浦川さんに何かを感じたということだろうか。

「それはありがとうございます」とエミは頭を下げた。「もしものときは連絡させていただきます。あと、飼い主さんが見つかった場合もお伝えしますね」

「お手数かけますが、よろしくお願いします」浦川さんも頭を下げた。「では、しばらくの間は、新たに飼う犬を探すのは我慢しておくとしましょう」

互いに笑い合ったが、会話が途切れて少し気まずい間ができた。

「あ、それと、気が向いたら店、いつでもいらしてください。こぢんまりしていて一人でも飲めますし、お友達と一緒にいらしても」

「あ、どうも」

「料金も普通のスナックなんかより安いんで、学生もよく来てくれるんですよ」

「判りました。では、機会があればお邪魔します」

明らかな社交辞令を口にしてしまった気がしたが、浦川さんの言葉も似たような感覚のはずである。

互いに「では失礼します」「こちらこそ急に声をかけて失礼しました」と頭を下げ、エミはマジックを連れて歩き出した。浦川さんから「マジックちゃん、バイバイ」と声がかかると、マジックは一度立ち止まって振り返り、しばらく見返した。

小さな飲み屋の店長というのは、それなりに経営は大変なのだろうが、上から不本意な指図をされることもなく、マイペースでできる。エミは今の自分の境遇との違いに、うらやましさを感じた。

「マジックちゃん、あのおじさんのどこを気に入ったのよ」

公園を出たところでそう尋ねてみたが、マジックはちらと見上げただけだった。

そのときエミは、右手に提げているポリ袋の存在に気づいた。

犬のウンチを持ったまま、初対面の男性と立ち話をしていたわけか……。エミは急におかしさがこみ上げてきて、「あははっ」と笑った。

帰宅してエサと水をやると、マジックはまたもやエサをがつがつと勢いよく食べ、水もあっという間に容器を空にした。犬は人間のようにごくごくと流し込むことができず、舌ですくって飲むことしかできないはずなのに、すごいスピードである。食べ終わったマジックはさっそく古い毛布の上で伏せの姿勢になり、舌を出してははあはあと呼吸をしていた。

「息が切れるほど、食べることに夢中になるかね」エミは苦笑し、ドッグフードの袋を手に取り、袋を開けて中の匂いをかいでみた。

特に強い匂いはしなかった。シリアルと乾燥した土の匂いを合わせたような……。

ほどなくしてマジックは大きくあくびをして、横になった。まだ目は開けているが、これから一眠りしそうな感じだった。

エミは両ひざをついて、マジックをなで回した。おなかをさすっても嫌がる様子がない。ということは、気を許してくれているということだろう。

マジックはエサを食べて、眠って、散歩をするだけの生活サイクルだが、どれもこれもちゃんと楽しんでいるように思えた。飼い主が判らなくて、出会った人間によってはひどい目に遭わされていたかもしれないし、車にはねられたりしたかもしれないという状況なのに、何の心配もしていないような顔で、こうやってくつろいでいる。

「マジックさんのシンプルな生き方、すごいねー」

何だかマジックから大切なことを教えられたような気がした。ドッグフードは犬の身体のことを考えて作られているはずだ。だから、たっぷり運動したら、栄養があるものを美味しく感じるのは自然なことだろう。そしてたっぷりと休んで、明日に備える。

エミは、自分はずっと、マジックとは真逆のことをやってきたような気がした。冷凍の肉まんやたこ焼き、コンビニのサンドイッチや菓子パン、スーパーの弁当、そしてスナック菓子やチョコレート菓子。舌は喜ぶけれど、身体が喜ぶとはいえないものばかり食べて、通勤で申し訳程度に歩く以外、運動らしい運動をせず、だから神経は疲れても身体は疲れていないというアンバランスな状態で、ぐっすり眠れず、悪循環に陥っている。

運動不足と食習慣の乱れのせいで自律神経の働きが悪くなって、立ちくらみを起こしたり、肩こりや頭痛に見舞われたり。朝起きたときにはいつもどんよりした気分に囚われる。仕事もこうした方がいいと思ったことを否定されて、さらにストレスが溜まる。

有名企業に就職できて、平均よりも上の給料をもらってはいるが、自分はマジックのように人生を楽しんでいない。つまり幸福な時間を享受できていない。今の今まで、いったい何をやってきたんだろうか。

リバービレッジの技術社員という肩書きを手に入れて、それを失いたくないがために、他のことを次々とないがしろにして、気がついたらこんなに窮屈な人生に陥っている。

マジックはエサと水以外に欲しいものなどなさそうだ。そのエサと水だって、たくさん欲しいわけじゃない。身体に必要な分だけあればいい。

マジックの生き方は、〔おやじ病〕と対照的だなと思った。あれも加えろ、これも加えろと、足し算ばかりの考え方は、人間の欲望が生んだ危険なループなのかもしれない。あれも欲しい、これも欲しい、あそこに行きたい、あれを食べたい。だからたくさん残業して、嫌なことも我慢してせっせと働く。足し算、足し算、足し算。

マジックは逆に、引き算を実践している。欲しいものなんてない。散歩はただでできる。寝る場所も辺りを探せば何とかなる。困ったときは犬好きな人間が何とかしてくれるから、頼ればいい。何と潔いこと。

見習うべきところが多々あるように思えてならなかった。

お母さんが夕食に骨付きチキンのカレーを作るというので、エミは買い出しを担当し、作るのも手伝った。キッチンで一緒に手を動かしながら、夕方のマジックとの散歩中にあった出来事を話すと、お母さんは「へえ。びっくりだね」と言った。

入浴を済ませてリビングに入ろうとしたとき、お父さんとお母さんの会話が漏れ聞こえてきたのでエミはふと立ち止まった。お父さんの声で「エミが」というのが聞こえたからだった。

「確かにエミは、マジックが来てから別人みたいにしゃべってくるよな」

「本当よね。つい最近まで、その日の出来事なんて何も話さなかったのに」

「そりゃまあ、話したくなるような出来事なんてずっとなかったっていう事情もあるだろう。仕事は守秘義務があるっていうし、たとえ聞いたってちんぷんかんぷんで面白くないだろうし。行き帰りは多分、無言で歩いたり電車に乗ったりするだけだし。そもそも普段は生活のサイクルが俺たちとは違っていたからなあ」

「カレー作るのを手伝ってくれながらマジックの話を聞いたとき、私、びっくりだねって言ったんだけど、エミは多分、話の内容に私がびっくりしたと解釈してたみたい」

お母さんはそう言って、ふふふと笑った。

そうなんだ。お母さんがびっくりしたのは、娘の豹変《ひょうへん》ぶりに対してだったのか。

あと、お父さん。マジックがうちに来て、お父さんが変わったと自分は感じていたのだが、お父さんの方も娘に対してそう感じていたとは。

エミはリビングには入らず、いったん足音を殺して脱衣所の前まで戻り、それからわざと足音を大きめにしてドアを引き、「お風呂、お先にー」と声をかけた。


エミは、マジックを見習って生活習慣をあらためることにした。

口に入れる物は栄養価を重視して選ぶようにし、もっと身体を動かすようにする。やるべきことはシンプルそのもので、さほど難しいことではないはずである。なのにずっと行動に移さないでいたせいで、体重が増えて贅肉《ぜいにく》がつき、立ちくらみ、肩こり、頭痛、起床時の心身のだるさにげんなりすることになってしまった。

あまりにも怠惰《たいだ》だった。仕事をしっかりこなしてそれなりの給料をもらうことで、自分は頑張ってきたと思い込んでいたのだが、それが自分への甘やかしにつながっていたのだ。

ネットでいろいろと調べてみた。便利な世の中になって助かる。

その結果、次のことを実践してみようと決めた。

朝食はバナナ二本とゆで卵一個。これだけでタンパク質、ビタミン類、カリウムなどのミネラル分、食物繊維などを摂取できる。特にバナナに含まれるカリウムは筋肉の収縮や神経の伝達を促してくれるという。逆にカリウムが不足すると脱力感や精神の落ち込みを招きやすい。

昼食はこれまで、コンビニのサンドイッチや調理パン、菓子パンなどが多かったが、自家製おにぎり、ツナサラダ、サラダチキン、野菜ジュースなどに変える。

夕食はスーパーの惣菜コーナーで、栄養価を優先させて選ぶ。袋入りのおでん、葉物野菜のおひたし、鶏レバーの煮物、焼き魚など。揚げ物は摂らないようにする。

本当は自炊したり弁当を作って持参したいところだが、さすがにそこまでのことをしようとすると睡眠時間を削らなければならなくなるので、当面は多くを出来合いの食材に頼るしかない。

夕食の後は身体を休める時間になるので、エネルギー源である炭水化物はあまり必要ではなく、ご飯類は少なめにする。夜にご飯や麺類などを摂るのは、太りに行っているようなものなのだ。また、最初におでんの味卵を食べると、消化に時間がかかって胃に長時間残るので、結果的にその後の食欲が抑えられやすくなるという。

マジックとの散歩以外にも、夕食前に身体を動かすことにした。とりあえずは腕立て伏せとスクワットを一セットずつ。最初から多くのノルマを課して挫折するよりも、続けられそうなことをしっかり続けるべきである。

試しに就寝前に腕立て伏せをやってみたが、正式なフォームでは一回もできず、自分の非力ぶりを思い知らされた。まずはひざをついての腕立て伏せとスクワットを、きつくなるまでやる、というルールを決めた。

もう一つ、ネットで調べた肩こり解消運動も締めくくりにやってみることにした。両手に重りを持って立ち、バタフライや背泳ぎのような動きで腕を回すと、僧帽筋という首を支える筋肉の血流が促されて老廃物を除去してくれるので、肩こりがウソみたいに消えるのだという。弟の英司が小学生のときに一時期使っていた片方二キロの鉄アレイが押し入れの中でほこりをかぶっていたので、それを拝借《はいしゃく》することにした。

ほんの一、二分間やってみただけだが、確かに首を支える筋肉がほぐれてゆく感覚があった。こんなことで肩こりが解消できるとすれば、結構なおカネを払ってマッサージに行く必要はなくなるかもしれない。

土曜日になってもマジックの飼い主は見つからないままだった。エミはそのことに、飼い主に何かあったのではないかという不安を感じる一方で、このままマジックがうちの家族になってくれたら、という期待も芽生えて、表現しにくい気持ちだった。

夕方のマジックとの散歩中には、必ずといっていいほどに誰かから話しかけられ、和やかな交流ができた。顔見知りになった小学生女子たちからは「マジックのこと、家族や友達にも話しておいたから、飼い主が判ったら教えてあげるね」と言ってもらい、ベビーカーに乗った男児から「わんわん、わんわん」と指をさされたことをきっかけに若いお母さんと少し話をし、女子高生たちは「わーっ、かわいー」とマジックに手を振ってくれ、児童公園で斜め懸垂をする浦川さんを見つけるとマジックは近づきたがり、互いにあいさつを交わして「マジックちゃんの飼い主、まだ見つかりませんか」「ええ。飼い主さんに何もなかったらいいんですけど」「本当ですね」などと話した。別の犬を散歩させている人と出会うと、互いに笑顔で「こんにちは」とあいさつをし、中にはマジックに向かって吠えてくる犬もいたが、「あー、ごめんなさい」「いえいえ、大丈夫ですよー」などと声をかけ合ったりして不愉快な思いをすることはなかった。マジックの方から吠えることは一度もなく、吠えられても常に平然とやり過ごしていた。何があっても平常心。こういうところも見習わなければ。

土曜日の夕方、マジックと自宅に戻る道を気まぐれで変更したところ、ラーメン店の前に立っていた、リュックを背負った幼稚園か小一ぐらいの女の子から「あーっ」と笑顔で声がかかり、互いに手を振り合った。その女の子と手をつないでいた女性は頭に黒い三角巾を巻いてデニム地のエプロンを身につけていたので、ラーメン店で働いている女性とその娘らしいと判った。

エミは利用したことがないが、ホームセンターに買い物に行くときなどには自転車でこの道を通ることがあるので、昼食の時間帯にはいつも外にまで人が並んでいて、夕方にはもう閉めてしまっている人気店だということは知っている。

何気なく看板を見ると、［つつじ］とあったので、エミは妙な縁を感じた。マジックとの出会いは、急な立ちくらみで公園にあるツツジの植え込みに倒れ込んだことがきっかけだった。

そういえばあれ以来、立ちくらみも肩こりも頭痛もないし、今朝起きたときなどは自然と、うーんと伸びをして、なかなか快適な目覚めだった。マジックを真似たシンプルライフの効果が早くも現れ始めたということらしい。

女の子がマジックを触りたそうに見ていることが判ったのでエミが「触る？」と聞い

てみると、女の子は満面の笑みで何度もうなずいたので、お母さんと笑い合った。一応、お母さんに「触らせてあげていいですか?」と尋ねると、「ええ、ありがとうございます」と歓迎する返事をもらえた。

マジックを女の子の前まで連れて行ってエミはしゃがみ、「首の周りをなでると喜ぶよ」とやって見せた。女の子は片手でまず軽くマジックに触ってから、「ふかふかー。かわいいー」とマジックの首を両手で抱きしめた。お母さんが「これこれ、そんなにぎゅってやったらワンちゃんが嫌だって言うよ」と注意してからエミに「すみません。ぬいぐるみなんかによくこういうことをやるもので」と謝った。まだ三十前後だろうと思われる小柄なお母さんだった。

マジックを見ると、女の子に抱きしめられても全く嫌がっている様子はなく、目を細くしていた。むしろ恍惚《こうこつ》状態のようにさえ見えたので、エミが「喜んでるみたいなので大丈夫ですよ」と応じてから女の子に「ぎゅってしたいよね」と声をかけると、女の子は「うん。かわいいー」とこちらも恍惚状態だった。

やがてスイミングスクールの送迎バスが店の前に停まり、お母さんが「ほら、バスが来たよ」と促すと、女の子は名残《なごり》惜しそうにマジックに手を振った。発進したバスの中からも手を振っていたようだった。

帰宅してマジックにエサと水をやり、自室でひざをついての腕立て伏せ、スクワット、肩こり解消運動を終えたところでスマホに着信があった。

大学時代のキャンプリーダー同好会のときに知り合い、免許を取り立てで人身事故を起こしたあの川野カヨからのLINEだった。彼女とは大学卒業後にもたまに近況報告などの連絡は取り合っている。

［あの御曹司が逮捕されたって。ネットニュースに上がってる。こりゃ実刑だよ、きっと。］

御曹司というあだ名のあの男は、明らかに女子をナンパするためにキャンプリーダー同好会に入ったような軽薄な男だった。高井《たかい》なんとかという名前だったはずだ。いずれは家具メーカーの三代目社長になることが決まっていたその男は、大学時代から高級車を乗り回し、助手席に乗る女性が何度も変わっていた。

キャンプリーダー同好会の女子たちのほとんどは彼を毛嫌いしていたので、さすがに御曹司も歓迎されていないことに気づいて早々に退会してしまったが、大学キャンパス内でその後もしばしば見かけていた。何しろブランドものの服をまとってサングラスをかけていたので否が応でも目立つ。その後は軽音楽部に入って、カネの力でバンドを従えてボーカルをやっていたようである。大学祭の野外ライブでちらっと見たが、いかにもあの男がチョイスしそうな当時流行《はや》っていた洋楽を歌っていた。見物人の中から「カラオケ大会かよ」という揶揄《やゆ》するような声が聞こえたことを覚えている。

ネット検索してみると、すぐに記事が見つかった。違法カジノ店に出入りしていて、億単位のカネをつぎ込んだという。だが逮捕容疑は賭博ではなく、横領だった。会社のカネで違法ギャンブル遊びをしたらしい。既に三代目社長になっていると思っていたが、記事によると副社長だった。二代目社長もさすがにあの息子に会社を任せるのはためらっていた、ということかもしれない。

エミは川野カヨに〔見たよ。成長しない男だね。社員さんや取引先は大迷惑だね。〕と返信した。すると〔リバービレッジは大丈夫だよね。〕と返ってきて、さらに〔多分。でも判んない。私は下っ端だから。〕〔何かあったら会いに行って話聞くから、遠慮しないで連絡しなよ。〕などとしばらくやり取りが続いた。

川野カヨは堅実に理科の中学教師になったが早々に結婚して退職し、今は主婦として二人の幼い息子を育てている。最近、塾講師の仕事を始めたと聞いている。エミが〔ありがとね。まあ、相談ごとがなくても近いうちに会おうよ。〕と送ると、〔OK、OK、OK牧場。〕と返ってきたので失笑した。

日曜日の朝に起床したときにエミは、マジックスタイルのシンプルライフの効果を確信した。

こんなにぐっすり眠れた感覚はいつ以来だろうか。マジックとの散歩や簡単トレーニングのお陰で身体はほどよく疲れ、それが快眠につながったようだ。また、マジックとの散歩中にさまざまな人が声をかけてきてくれて、ほっこりしたひとときを享受できていることも眠りを安らかなものにしてくれているようだった。

そして身体を動かすと、食べ物が美味しい。栄養価を重視して選んだ食べ物は、身体が美味しいと言ってくれている。

その日の朝の散歩は、お父さんに代わってエミが行くことになった。お父さんは今日は、午前中のうちから碁会所《ごかいしょ》でこの地域のトーナメント戦があるというので、交代してくれと事前に頼まれていた。

平日の夕方と違って、散歩中に出会う人たちの顔ぶれが違っていた。国道の交差点で信号待ちをしていたときには、頭や首を大きなスカーフで隠したアジア系の女性がマジックに手を振ったので互いにあいさつをし、「ちょっと触っていいですか」と片言の日本語で言われて「ええ、いいですよ」とうなずくと、彼女はしゃがんでしばらくの間マジックをなでて、「とてもかわいい。ありがとう」と礼を言った。「どこの国の方ですか」と聞いてみると、マレーシア人で、双葉学院大学の留学生だとのことだった。

国道沿いの歩道を歩いていたときには、向かいから自転車に乗ってやって来た初老のおばさんがブレーキをかけて停まり、「あらぁ、うちで前に飼ってたコにそっくり」と目を見張って言った。聞いてみると、そのコも黒柴ふうのオスの雑種犬で、おとなしい性格だったという。マジックが目を細くして見上げるのをおばさんは「あらら、こういう表情もそっくり」と目を細めて笑った。そのコは一度、落ちていた串つきのフランクフルトを丸呑みしてしまって大慌てで動物病院に運び込んで手術をして取り出したことがあるが、それ以外にはトラブルもなく、十五歳で最後は眠るように逝ったという。おばさんはいろいろ思い出したようで途中から少し涙声になっていた。

児童公園でマジックのウンチをポリ袋に回収して、「さ、帰ろうね」と声をかけたとき、パーカーのポケットの中でスマホが鳴った。

ジャズバーの店主で、この公園でときどき斜め懸垂をしている浦川さんからの電話だった。妙な胸騒ぎを感じつつ「はい」と出ると、浦川さんは一呼吸置いてから「あー、どうも、浦川です。あのー、マジックの飼い主、判りましたよ」と言った。

一瞬だけ、周りの景色が白黒になり、このところなかったはずの立ちくらみに見舞われて、少しよろけた。

マジックは目を細くしてエミを見上げていた。何の電話だったかを、まるで理解しているような顔に見えた。

飼い主は、原屋敷さんという高齢女性だが、もとからの飼い主ではなく、マジックが家の敷地内に入って来て、外出するとついて来たりしていたので保護し、本来の飼い主が現れるまでのつもりで預かっている、とのことだった。

住所は、自動車販売店やファミレスなどが並ぶ国道の近くにある住宅街で、西にしばらく進めば森林公園、北に少し行けば椿原小学校がある。エミが散歩中に出会った小学生女子たちはその南隣に当たる黒川小の校区だった。もし椿原小学校の子たちに遭遇していたら、「あっ、見たことある」と声がかかっていたかもしれない。

午後三時に、エミはマジックを連れて、原屋敷さん宅に向かった。国道沿いは車の出入りが多くて歩きにくいだろうと思い、一本南側にある市道を歩いているところである。浦川さんが一緒に来てくれることになり、児童公園前で合流し、先導する形で前を歩いてもらっている。

浦川さんが原屋敷さんの家に電話をかけて確認したところ、しばらく出かける用事があるが、午後三時以降なら家にいる、とのことだったので、その時間に合わせてマジックを送り届けることになったのである。

マジックの飼い主が判明したことを知ったお母さんは、「えっ」と驚いた顔になったあと、「仕方ないわね。元の飼い主さんのところに返すのは当たり前のことだし」と言った。お母さんも、このままマジックが居着いてくれても構わないと思っていたようだった。

多分、お父さんはお母さんよりもさらにマジックへの思い入れがあった。なのでお父さんにも伝える必要はあったが、碁の対戦に影響するかもしれないとお母さんが言うので、碁会所から帰って来てから報告しようということになった。

「マジック、あんた、何で原屋敷さんのとこに戻らないでうちにいたのよ」

歩きながらそう声をかけると、マジックは立ち止まることなくちらと横目で見てきた。少しふてくされているようにも見える。

「福田さんのところが居心地よかったからじゃないかなあ」と前を歩く浦川さんが横顔を向けて言った。「マジックの情報をくれた大学陸上部の後輩によると、どうもマジックには脱走癖があって、ときどきいなくなるそうなんですよ」

「本当に変わったコですね」

「ですよね」浦川さんも同意した。「それにしても、僕の後輩がマジックと接点があったとは、ただただびっくりですよ。昨夜、あいつがうちの店に飲みに来て、ろれつが回ってないしゃべり方で、三月に森林公園でトレーニングしてたら迷い犬に遭遇して、フィジカルトレーナーになってもらった、みたいな訳の判らない話をしたんで、かなりできあがった状態で来やがったなと思ってそのときは適当に受け流したんです。でも、後でその犬のことが何だか気になってきたんで、今朝あらためてLINEで尋ねてみたら、フィジカルトレーナーをしてくれた犬というのがマジックのことだったわけで」

浦川さんは双葉学院大学陸上部のOBとして、現役の大学生選手にときどき差し入れをしたりしているそうで、後輩選手の一人、煤屋さんという男性が三月下旬に何度かマジックに会っていたという。詳しいことはまだ聞いていないのでエミは、「マジックがフィジカルトレーナーをしてくれたと煤屋さんはおっしゃったんですか」と聞いてみた。

「詳しく聞いてみると、マジックはただ黙ってあいつがトレーニングするところを見物してただけらしいんですがね、あいつが言うには、いやマジックはトレーニングの追い込みが足りないぞ、みたいなことを表情や態度で伝えてきたそうで。全力でトレーニングを終えたときには、口の両端をにゅっと持ち上げて、それでいいとほめてくれたって」

「あははは」エミはその様子を想像して笑った。マジックならあり得るかも。

「煤屋は我が大学陸上部の希望の星的な存在だったんですよ。やり投げで標準記録を突破して、国内大会でもトップ争いをするところまできてたんで、オリンピックの強化指定選手にもなってたんです」

「それはすごい」

「僕、近所の児童公園で斜め懸垂をしてたでしょう。子供用の低い鉄棒で」

「ええ」

「あれも、煤屋から教えてもらったトレーニングの一つなんです。いわゆる自重トレーニングっていう、自分の体重を利用したトレーニング方法でして。あと、コンクリートベンチに足を乗っけて負荷を増やすやり方の腕立て伏せとか、ひざをロックしないでテンションをかけ続けるスクワットとか。僕、自分の運動不足が気になってたんで、できればジムに行きたいけど生活サイクルと時間帯がなかなか合わないってぼやいたら、家や公園でもできる自重トレーニングのやり方をいろいろと教えてくれたんです。始めてまだ一年も経ってないんですけど、三か月ぐらい経ったら身体に筋肉がついてきたことを自覚できて、へえ、この年でもまだいけるのかってうれしくなって、頑張って続けてるところなんです」

「へえ」

筋トレの効果がはっきり自覚できるのは三か月ぐらい経ってから、というのはエミもネットで情報を目にした記憶がある。

エミは、この浦川という人とは何だか気が合うような気がするなと思った。何となく、二人で児童公園にいて、交代で斜め懸垂をする様子を思い浮かべた。

「で、煤屋の話に戻りますけど」と浦川さんは続けた。「昨年あいつ、交通事故で左ひざを大怪我して、強化指定選手も、就職予定だった企業の内定も取り消しになっちゃったんですよ」

「えっ……」

「一応、完治して、日常生活や普通の運動は問題ないんですが、左ひざに少し変形が残ったとのことで、以前と同レベルの高度なパフォーマンスは難しいって医者から言われたんです。本人も、ジョギングは何ともないけれど、全力ダッシュすると軸がぶれる感覚があるそうで、現役復帰は半ばあきらめてたみたいなんです」

「そんなときにマジックと出会ったんですね」

「そうなんです。何でも、森林公園でたまたま出会ってついて来たので、無視して軽めのトレーニングでもしていたらいなくなるだろうと思ってたら、むしろガン見されて、もっと本気でやれ、みたいな顔をされたって言ってました。そこで、きつめのトレーニングに切り替えたら笑ったような顔をしてきたとか。また、不思議なことに、トレーニングの終盤になったらいつの間にか消えちゃうそうで、そんなことが三日続いたって言うんです。そして、三日目にようやく、マジックを知ってるという女性が声をかけてきて、原屋敷さんという高齢女性が面倒を見てると判った次第で」

「マジックは本当に脱走癖があるんですね。私との出会いもそうだったみたいだし」

そう言うと、マジックはちらと横目で見てきた。自分の話をしてるだろう、それもどちらかというとネガティブな内容だな、と言いたげだった。

「煤屋のやつ、マジックのお陰で気持ちが楽になったって言ってました。今は体育館にあるジムのインストラクターをしながら現役復帰を目指してるんですよ。以前はやらなきゃいけない、結果を出さなきゃいけないっていうプレッシャーがしんどかったけれど、その荷物を降ろすことができて、今は好きなことを全力でやればいいんだっていう気持ちになれたそうです。あと、マジックのお陰で子どもにスポーツを教えてる同年代の男性とも友達になれたって。その男性、片足が義足なんですけど、心から仕事を楽しんでる様子に刺激を受けたって言ってました」

「へえ。マジック、あんた、他の人も助けてあげてたんだね」

マジックが再び横目で見てきた。まあな、という感じだった。

すると浦川さんが「福田さんもマジックに助けてもらうようなことが？」と尋ねた。

「ええ、それはもう。マジックを見習って、毎日ちゃんと身体を動かして、食べ物は栄養価を重視する。それだけのことをつい数日前に始めただけで、明らかに体調がよくなってきました。マジックは私にシンプルライフの大切さを教えてくれたんです」

「ほう、それはすごい」

「あと、マジックと散歩に出ると、知らない人が声をかけてきてくれるんですよ。一人だったらそんなことってないじゃないですか。でもマジックと一緒だと、普通なら気にも留めないですれ違うだけの人と話ができて、知り合いになったり、友達になったりするきっかけが生まれる。考えてみればこれってパラレルワールドの世界みたいだなって」

エミがそう言って、マジックとの散歩中に出会った人たちを思い出しながら列挙していると、浦川さんが途中で「そのラーメン屋さんって、〈つつじ〉ですか」と聞いた。

「ええ、そうです、そうです。人気店みたいですね」

「あの店は、引き算の美学を体現してるんですよね」

「引き算の美学、ですか」

引き算という単語はエミにとってもここ最近の重要ワードなので、おおっと思った。

「あの店で食べたことは？」

「いいえ、今のところはまだ……」

「メニューがラーメンと、白飯だけなんです。ラーメンは豚骨と鶏ガラの、いわゆる鳥豚骨ってやつですね。トッピングはチャーシュー、メンマ、刻み青ネギ、紅ショウガっていう、本当にシンプルなものです。味はもちろん絶品ですが」

「メニューがラーメンとご飯だけでも、味がいいとお客さんは来るんですね」

「むしろメニューがシンプルだからこそなんですよ。同じものしか作らなくていいから品質を保つことができるし、一品当たりのコストも抑えられるから値段を安く設定できる。他の店は、客の多様な要望に応えようとして、ギョウザだとかチャーハンだとかサイドメニューにも手を出しちゃうから、手間もコストもかかる。そうなると従業員を雇わないと回らなくなるし、品数が増えるとどうしても食材が余って廃棄しなきゃいけなくなる。で、多くのラーメン店は他店との競争に巻き込まれて潰れてしまう」

そういえば、ラーメン店はコンビニと同様、毎年何千店も開業するが、同じぐらい閉店していると聞いたことがある。

「浦川さんは、よく行くんですか、〔つつじ〕には」

「ええ。〔つつじ〕が今の場所に移転する前は、私の店の近くにあったので、その頃から知ってます。〔つつじ〕は、夫婦二人だけで充分に回せてるんで、コスパがいいんですよ。常連客の中には、ギョウザも欲しいとか炒飯も出してくれとか言ってくる人もいるそうですけど、そういうのを食べたいならよその店に行ってくださいって大将は返してるんです。あ、大将っていっても、まだ若いんですけどね、先代の大将の甥っ子なんで。店を移転したのも、娘さんが生まれて、夫婦で子育てをすることを優先するためなんです。だから今は昼だけの営業で。前の店では午後から深夜までやってたんですがね」

「メニューだけでなく、営業方針自体も引き算をしたんですね」

エミは、今の自分に必要なのも引き算なのだと思った。自分の心と身体に悪影響を及ぼすものは、ためらうことなく削った方がいい。安くないおカネを払ってマッサージに行くのではなく、マッサージが必要なくなるような生活をするべきなのだ。

エミは心の中で、大きな決心をした。人生の大きな決断。もう迷いはなかった。

原屋敷さん宅の玄関戸の左側は波形屋根がついていて、コンクリート塀もあるので、雨風がしのげるようになっていた。マジックの犬小屋、というよりダンボール箱で作った子どもの秘密基地のような場所がマジックの住まいだった。

玄関戸を開けて姿を見せた原屋敷さんは、白髪頭を後ろでまとめ、男子用のものと思われるジャージを着ていた。年齢は……喜寿《きじゅ》とか傘寿《さんじゅ》とか、それぐらいだろうか。しかし、背筋はしゃんとしていて、にこにこしながら「すみませんねえ、マジックがご迷惑をかけちゃったみたいで」と、あまりすまなくなさそうに言った。かすれた感じの声だった。

「いいえ。マジックと数日だけ過ごさせてもらいましたけど、とても楽しくて」

エミがそう言ってリードのフックを首輪から外すと、マジックがじっと見上げてきた。言いたいことが判った気がした。エミは両ひざをつき、マジックの首に両腕を回してハグした。ほおを首につけると、温かみと共に拍動が伝わってきた。そのまま「いろいろありがとうね、マジック」とささやくと、マジックはぐるるるっとのどを鳴らした。ああ判ってるよ、あるいは、こちらこそと言いたいのか。

エミが手を離すと、マジックはダンボール箱の住まいの出入り口をくぐって中に入り、敷いてある毛布の上で横になった。

「つながないで、ここに入れてるんですか」と浦川さんが尋ねると、原屋敷さんは「えっへっへっ」と変な笑い方をしてから、「お巡りさんによく注意されるんですけどね。そのうちにマジックが、本来の飼い主さんちがどこにあるかを思い出して、勝手に帰るかもしれないと思って」と言った。

でもやっぱりつないでおいた方がいいですよ、という言葉が口もとまで出かかったが、エミは飲み下した。つないでいなかったから、夜の児童公園で出会うことができたのだ。もしかしたら原屋敷さんは、マジックに不思議な力があることをちゃんと判っていて、誰かを助けるために出かけようとするマジックの邪魔をしない方がいいと考えているのかもしれない。

原屋敷さんが「あ、そうだ」と両手を叩き、「ちょっと待っててね」と言い置いていったん家の中に引っ込み、すぐに紙袋を持って戻って来た。その紙袋をエミに差し出して、「マジックを連れてきてもらったお礼と言ったら何だけど、よかったら二人で食べて」と笑った。

「いえ、そんな」

「同居人さんと一緒に食べようと思って買って来たんだけど、その同居人さんも少し前に同じ物を買っちゃってたから、余っちゃったのよ。だからお願い」

そのとき、何とも食欲をそそる香ばしさに鼻孔が刺激されて、エミは自然と手を伸ばした。「そうですか。ではせっかくですので」と受け取ると、浦川さんも「いい匂い」と笑った。

辞するときに、箱の中にいるマジックに「マジックちゃん、じゃあね。勝手に脱走したらダメだよ、危ないから」と声をかけたが、マジックはもう背中を向けていて、片方の耳を少し曲げただけだった。別れ際はベタベタしない主義らしい。何とも潔い。

歩きながら紙袋を開けると、温かい空気が顔にかかった。

何かのフライみたいなものをはさんだコッペパンが二つ、それぞれ紙に包まれて入っていた。紙ナプキンや、たたんだチラシらしきものもあった。パンにはさまっているのは、見た目と匂いからして、ソースがかかったコロッケのようだった。

エミが紙袋の中身が見えるように傾けて「コロッケパンみたいです」と言うと、浦川さんが「あ、ムラサのコロッケパンだ」と言った。「地元では結構有名ですよ。カタカナでムラサっていう店名なんです。古くなった野球場を解体して、生涯学習センターっていう施設ができたでしょう。あの近くの市道沿いにあって、夕方なんかはいつも人が並んでますよ」

「えーっ、そうなんですか」

「福田さん、よかったら、歩きながらいただいちゃいませんか？　温かいうちに食べた方が絶対にいいですよ」

えっ、と思ったが、幸い、今歩いているのは閑散とした古い住宅街の中。たまにはちょっと行儀の悪いことをしてみるのも面白いかもしれない。

「じゃあ、食べちゃいますか？」

エミが言うと、浦川さんも「食べちゃえ、食べちゃえ」とうなずいた。

片手に持っていた赤いリードをたたんでパーカーのポケットに突っ込み、紙ナプキンを添えて一つを浦川さんに渡した。浦川さんは「一年ぶりぐらいだな、これを食べるの」と言うので、エミが「私は初めてです」と応じると、浦川さんは「それは人生を損してましたね」と笑った。

一口かじって、浦川さんの言葉が大げさではないことを知った。ただのコロッケパンだけど、ただのコロッケパンではなかった。

ジャガイモは完全には潰さないでごろごろした部分が残っていて、カラッと揚がった衣はサクサクで、ソースとの相性もすばらしかった。コッペパンの柔らかさも、コロッケのサクサク感を引き立てている。

ここ数日、揚げ物を食べていないせいで、どこかにそれを欲する気持ちがあったのかもしれない。あと、立ち食いという、ちょっとはしたないことをしているという感覚も、美味しさを増していると思った。

炭水化物のジャガイモに炭水化物のパン粉をまとわせて、炭水化物のパンではさむという、この上ない背徳《はいとく》の食べ物。その美味しさは、お酒やたばこに通じるものがあるのかもしれない。

しょっちゅう食べるのはよくないけれど、たまに食べるのは問題ない。エミは心の中でそう唱えた。

これは決して、自分への言い訳なんかではない。ネットで栄養摂取について情報を集めたときに、週に一回ぐらいはジャンクフードを食べても全く問題はなく、ストレス解消も含めてむしろ身体に好影響をもたらす、という専門家の記述があったのだ。

脂肪分や炭水化物を控える食事習慣は健康維持に有効だが、それが続くと身体は「あまり脂肪分や炭水化物が入ってこないなあ」と気づいて、防衛反応として身体に貯め込もうとし始める。つまり代謝が落ちてくるのだ。なので、週に一回ぐらいは脂肪分や炭水化物がたっぷりの食材を入れてやった方が身体が「何だ、ちゃんと入ってくるじゃん」と安心して代謝を活発化させる、という理屈らしい。

だからコロッケパンは身体にいい食べ物。週に一回ぐらいなら、という条件がつくけど。

「これこそ引き算の美学ですよ」と浦川さんがコロッケパンをかみしめながら言った。

「ムラサはもともとはよくある町のパン屋さんだったんですけど、スーパーやコンビニのパンに押されて潰れかけたことがあったんです。でも結構な数のお客さんたちから、コロッケパンをなくさないで欲しいって頼まれて、コロッケパンだけを売る店になったんです。確か奥さんの実家が肉屋さんで、店頭で売ってた揚げたてコロッケをコッペパンにはさんでみたっていうのが始まりだったんじゃないかな」

「へえ。ちょっとラーメンの〔つつじ〕と共通するものを感じますね」

「ええ。ムラサもコロッケパンに特化したお陰で、スーパーやコンビニと競合することがなくなったし、一種類しか作らなくていいからコストも抑えられて食品ロスも出ない。自然と良心的な価格で販売できる」

それに較べてリバービレッジときたら、足し算ばかりしたがる〔おやじ病〕のおやじばかり。

エミは、〔つつじ〕もムラサも知らないでずっとこの地で生きてきたことに恥ずかしさを感じていた。普段食べているサンドイッチは全国どこでも手に入るコンビニチェーンのものだし、冷凍肉まんだって地域性なんてかけらもない。そういう食べ物ばかりを何の疑問も持たずに買って食べてきた一方で、地元の美味しいB級グルメに気づかないでいた。そこには半ば無意識に、全国で販売されているものの方が上だという歪んだ価値観があったからではないか。

こういうことに気づけたのも、マジックとの出会いがきっかけ。あのコはやっぱり魔法使いだ。

気がつくとコロッケパンはなくなっていた。本当に自分が全部食べたんだろうかと思うぐらいに、ペロッと平らげてしまった。エミは包み紙と紙ナプキンを紙袋に放り込んで、手のひらに収まる大きさにたたんだ。

「自慢話のように聞こえるかもしれませんが、僕も引き算の人生を選んだクチでしてね」国道沿いの歩道に出たところで、浦川さんが不意に言った。「中距離走が得意だったので、大学の先輩からしつこく勧誘されて陸上部に在籍してましたが、当時はそっちよりも実はバンド活動を熱心にやってたんです。子どもの頃からギターをやってたので」

「へえ、そうなんですか」

「好きが高じて卒業後はサラリーマンにならず、プロの世界に入りました。歌手のバックバンドに入って演奏したり、スタジオミュージシャンとしてレコーディングに加わったり。そうするうちに音楽プロデューサー業も手がけるようになりました。でも五年前に、四十になったのを境に足を洗って、小さなジャズバーを始めたんです。収入は以前の四分の一ぐらいに激減しましたけど、一ミリも後悔してませんよ。マイペースでできるし、好きな音楽に囲まれていられるし、気の知れた客といろんな話ができるし」

「仕事のやりがいが違うってことですか？」

「そうです。音楽プロデューサーだった頃は、自分が手がけていたバンドの人気が下がってきたら解散させてピンで使えそうな人材だけ残したり、外国の流行りの楽曲をパクらせたりといったことを何度となくやりました。あるとき急にそういう仕事に嫌気が差しましてね。音楽が好きで業界に入ったのに、気がついたら全然楽しくない。恨みを買うようなことまでして、その見返りとして結構な収入を得ている。自分で自分をごまかして生きてるってことに気づいてたのに、気づいてないふりを続けてたんだなって」

エミはうなずいて「判ります。私も仕事で不本意なことを体験しているので」と言った。

「マイルス・デイビスって、ご存じですか？」

「ジャズトランペットの？　ジャズ界のレジェンドです」

「ええ、そうです。あまり詳しくは知らないんですけど、名前と顔ぐらいは。深夜にやっていた人種差別の歴史を扱ったドキュメント番組で、マイルスさんは自分のコンサートなのに会場警備をしていた白人の警官から中に入れてもらえなかったことがあったとか、何度も差別を受けてきたけれど彼は実力さえあれば白人の奏者をチームに加えたとか」

「よくご存じじゃないですか」

「でも肝心の曲をよく知らなくて」

「そうですか」浦川さんは少し苦笑いをした。「僕はマイルスが体現した引き算の美学から結構な影響を受けたんですよ。小さなジャズバーの店主になったのも彼の導きだったと思ってます」

「へえ」

「マイルスが若い頃は、複雑な演奏をこなすことを競い合うような風潮があったんですが、彼はそのことに悩んでたんです。上手さや演奏の巧みさを競い合っても楽しくないし、それが正解なんだろうかって。そんな様子を知った彼のお父さんは、あ、この人はミュージシャンじゃなくて歯医者さんだったたんですけどね、息子にこう言ったんです。マイルスよ、モッキンバードっていう鳥を知ってるだろう。他の鳥にそっくりな鳴き真似ができる、とても器用な鳥だ。でもモッキンバードは自分自身の鳴き声は持ってないんだ。お前はモッキンバードにはなるな、って」

「おおー」エミは一度立ち止まって少しのけぞった。「いい話ですね」

「でしょう。その後彼は、複雑な旋律を排除して、大胆に引き算をした名曲を世に出して、ジャズ界に革命を起こしたんです」

「複雑な演奏とは真逆の、シンプルな曲を発表したわけですか」

「そうです。当時のジャズ界は、結構な衝撃だったと思いますよ。そんな手があったのかって」

「コロンブスの卵、的な」

「ですね。その曲のタイトルこそ『SO WHAT』なんです」

「あ、お店の」

「ええ」

エミはその『SO WHAT』という曲を知りたくて、ポケットからスマホを取り出した。すると浦川さんから「動画をチェックしようとしてます?」と聞かれたので「ええ」とうなずくと、「よかったら、それはしばらく我慢して、今夜にでもうちの店でお聴きになりませんか。アナログレコードなんですけど、デジタルの音よりも立体感があっていいですよ」

「そんなに違うものですか?」

さすがにそれはただの思い込みではないかと思った。むしろデジタル録音されたものの方が、クリアな音になるのではないか。

「CDなんかだと、容量が六〇〇メガバイトだということはご存じですか」

「ええ……」

「その容量に収まるように、人間の耳には聞き取ることができない高音や低音はカットされてるんです」

「ああ。若い人には聞こえるモスキート音が中高年になると聞こえなくなるっていうのは知ってます。つまりそういう、個人差はあるけれど、人間には基本的に聞こえない音というのがあって、CDではそれがカットされていると」

「そうです。でも聞こえていない音も、実際には耳にちゃんと届いてはいるんですよ」

「ああ……その耳に届いている聞こえない音というのも、アナログレコードにはしっかり入ってて……サブリミナル効果的な」

「そうそう。そういう力がアナログレコードにはあると僕は思ってるんです。まあ、専門家の間でも意見が分かれるところではありますけどね」

そういえば、最近はアナログレコードがブームになっているが、実は年配者よりも、デジタル音楽で育った若者たちがハマっているという。単にレトロ趣味が流行っているだけではなく、若者たちの心を捉える何かがある、ということだろうか。

交差点の信号待ちのために立ち止まったとき、浦川さんがコロッケパンの包み紙や紙ナプキンを手に持ったままだったことに気づき、「あ、その紙ナプキンとか、ここにどうぞ」と紙袋を広げ、「気づかないですみません」と謝った。

「あ、だったらそれは僕が」と浦川さんが片手を差し出したので甘えることにして渡した。

浦川さんは紙袋の中を覗き込んで、「おや、そういえばこのチラシみたいなのは……」とつぶやきながらそれを出して広げた。

犬猫を保護するNPO法人の、手作り感があるチラシだった。ケージに入った犬や猫の写真と共に、〔譲渡会のお知らせ〕とあり、来月中旬に市立図書館に隣接する広場で開催されるらしい。ときどき、フリーマーケットやテントを並べてのグルメフェアをやっている場所だ。

「あの原屋敷というおばあさんも、犬猫の保護活動にかかわってるんでしょうかね」

エミがそう言うと、浦川さんは「そうですね。もしかしたら、マジックと知り合った人たちなら協力してくれるかもって考えてのことなのかな。実際、僕はもう、ここに行ってみようかなっていう気持ちになっちゃってるから」と苦笑した。

それはエミも同じだったので、「私も行ってみようかな。同居してる両親も、マジックがこのまま家にいてくれたらって思い始めてたみたいで、急にいなくなったら寂しく思うだろうし」

そしてエミは心の中で、どうやら家に犬がいてくれた方が、お父さんとの関係もよくなりそうだし、とつけ加えた。

マジックと最初に出会った児童公園が近づいて来たところで浦川さんが、「じゃあ、僕んちはそっちなんで、ここで失礼します」と、四つ角の右側を指さした。

「あ、つき合っていただいて、ありがとうございました」

「いえいえ、こちらこそ。とても楽しい時間で、僕の方こそありがとうございました。久しぶりに食べたムラサのコロッケパンも美味しかったし」

「あー、あれは美味しかったですね」

譲渡会、よかったら一緒に行きませんか——そう言いたかったけれど、自分はそこまでぐいぐい行ける性格ではない。

でも、この人とはもっと仲よくなりたいなあ。一回りぐらい年が違うけれど。

ていうか、この人は独り身なんだろうか。そこを確かめないと。

不思議な感覚だった。浦川さんを男性として見ていることは自覚しているが、いい友達ができてよかったという気持ちの方がちょっと上回っているような……。

「あの、さっき伺った話ですけど、本当に今夜お邪魔していいですか、お店」

「ええ、もちろん。福田さんがマジックと出会ってどんなことがあったのか、もっと詳しく聞かせてほしいと思ってたんですよ」

「あら、そうでしたか」

「あと、実はさっきから、新しいカクテルのレシピを考えてたんですよ。福田さんがいらっしゃるまでに、取り急ぎ作ってみようと思います。カクテルの名前はもちろんマジック」

さすがミュージシャン出身でジャズバーを経営するだけあって、おしゃれなことを。

エミはぷっと噴き出しそうになるのをこらえて、「うわぁ、それは楽しみ」と笑って小さく手を叩いた。

絶対に今夜行こう。マイルスの名曲をバックに、ジャズにまつわるいろんな話を聞かせてもらうとしよう。

自分は長い間、仕事で頭を使うばかりで、本来誰もが持っているはずの知的好奇心というものに重いふたをしてしまっていたように思う。何という時間の無駄遣いをしてきたことか。

浦川さんと別れた後、それまで空模様は曇りだったのが、いつの間にか青空の面積が増えて、視界も明るくなっていた。

児童公園の前を通ったときに、あれ、と思った。

お父さんが一人で園内のコンクリートベンチに座っている。グレーのノーブランドのジャージ姿。あれを着ると囲碁で勝てるというジンクスがあるらしいが、詳しい話を聞いたことはない。

お父さんは片手にジュースらしき缶を持っていた。横には白いポリ袋。コンビニにでも寄って買ったらしいが、お父さんらしくないその姿に違和感を覚えた。

お父さんは背中を丸めて、息を吐き、缶の飲料をぐびぐびと飲んだ。

あれはもしかして……酎ハイ？　ウソでしょ、こんな場所で。碁会所の対局で惨敗したのだろうか。普段のお父さんは公園のベンチなんかでお酒を飲むような人ではないはずである。

気づかないふりをして通り過ぎようかとも思ったけれど、意を決して公園に入った。お父さんには伝えておきたいことがあった。きっと猛反対するだろうし、怒り出すだろうけれど。

お父さんも気づいて、「ああ、飼い主さんのところにマジックを届けて来たのか？」と言った。缶を見る。やっぱり酎ハイだ。

どうしたのよ、こんなところでお酒なんて――と言おうとしたが、先にお父さんが「喜んでくれてたか？　飼い主さん」と聞いた。

「うん。椿原校区に住んでるおばあさんだった。マジックはもともと迷い犬だったらしくて、そのせいかときどき脱走しちゃうんだって」

「そうか……」お父さんは遠くを見るような感じでうなずいてから、「お母さんには内緒にしてくれよ、ここで飲んでたこと」と言ってきた。

「ああ、うん」

「大学で同期だったやつが最近、離婚したんだ。当時はよく一緒に麻雀したり安酒飲んだりした仲だったやつなんだが……奥さんから急に切り出されて、青天の霹靂《へきれき》だったらしい」

「ときどき聞くね。夫の退職金が入るタイミングで離婚して財産分与って」

「そいつもまさにそうだったらしいよ」

何でそんな話を——と思ったが、もしかしてお父さん、自分は大丈夫かと不安を覚えているのだろうか。

「来月あたり、お母さんと近場の温泉に行くことにしたよ。一泊か二泊で。そのときは留守番を頼む」

「いいけど……珍しいね。お父さんとお母さんが温泉旅行なんて」

多分、今まで一度もなかったように思う。

「今から帰るって碁会所を出たところでお母さんに電話をかけたついでにその提案をしてみたら、そんなこと言うなんて珍しいねって笑われたよ。でも、割と喜んでくれたみたいだ。で、切ろうとしたら、マジックのことを知らされてね」

「あー、そうなんだ」

お母さんが熟年離婚を考えていないかどうか確かめるために温泉旅行を提案したということらしい。そして結果はセーフ。そこで一人で祝杯ということだろうか。

「よかったら一緒にどうだ？　もう一個あるから」

ウソでしょ、何言ってんのよ——というべきなのかもしれなかったが、エミは急に、これは面白そうだと思った。

「あ、そう？　じゃあもらおうかな」

そう言って、お父さんの隣に腰を下ろした。お父さんとこんなシチュエーション、生まれて初めてのことだ。

歩きながらのコロッケパンの後は公園で酎ハイ。とんだ素行不良女だ。

缶酎ハイはアルコール度数が９％もあるやつだった。レモンサワー。プルタブを引いて口をつけ、少し飲むと、すぐに胃にじゅわっと染みる感覚があった。

「碁はどうだったの？」

そう聞いてみると、お父さんは「準決勝で負けたよ」と言った。

「それって、結構すごいことなんでしょ。ベスト４に入ったってことだから」

「ああ、これまでの最高記録だ」

「へえ、おめでとう。なのにこんな場所で一人で祝杯？」

「祝杯っていうか……何となくってところかな。俺、もともとこんなことをする人間じゃないんだよ」

「知ってるよ」心の中で、お堅い公務員だった人なんだから、とつけ加えた。

「何だか、コンビニの前を通ったときに、変な衝動にかられちゃってね」

「どういう感情？」

「エミ、今まですまなかったな」

「へ？」

「お前や英司に対して、頭ごなしに何でも否定するような言い方をしてきたように思う。マジックにそのことを気づかされたよ」

「マジックに？」話がちょっと見えない。

「午前中の散歩は俺が担当してただろう」

「うん」

「知らない人たちが気さくに話しかけてくれてね。かわいいワンちゃんですね。賢そうですね。何歳ぐらいですか。黒柴ですか。ちょっと触ってもいいですか。すれ違うだけの他人のことなんて気にかけたこともなかったし、お互いにそうだろうと思い込んでいたけど、マジックがいると、いろんな人と心穏やかに話ができる」

「うん。それは私もしっかり体験したよ」

「マジックのお陰で、エミとも何か急に、よくしゃべれるようになったよな」

「そうだね。お父さん、ずっと話しかけにくい人だったから」

「いや、申し訳ない」お父さんは前を向いたまま頭を下げた。「仕事を辞めて、碁ぐらいしかすることがなくなって、自分は長い間、肩書きのお陰でみんなに気を遣ってもらっていたんだということを最近つくづく思い知らされた」

「……気づいてはいたんだ」

「ああ。思い返せば、エミや英司に対しては学校の成績や進学先、就職先のことばかり気にして、どんなものに興味を持っているのか、どんな一面を持った人間に成長したのか、そういう大切なことを知ろうとしなかったダメな父親だった。事なかれ主義ってやつかな。長年公務員をやっていて、自分を疑いもしなかった。ところが退職したら、誰も俺に対して敬意を示すような態度を取ってくれなくなって……催眠？　暗示？」

「マインドコントロール？」

「そうそう。退職してようやくその組織のマインドコントロールってやつが解けたよ。でもお前たちに今さらこれまでのことは水に流してくれ、なんて虫のいいことは言えなくて」

「もしかして、マジックのお陰で、変わろうと決めたの？」

「まあ、そんなところだ。マジックがいてくれると、お前ともギスギスしないで話すことができたし、初対面の人とも友好的に話せた。変化を起こすために年齢なんて関係ないぞって、マジックから教えてもらったよ。実際、散歩中も家の中でも何度かマジックからじっと見つめられる瞬間があってね。あんた、もっと力を抜いて生きなよ、正しいかどうかよりも、面白いかどうかを重視して生きてみたらどうだ。その方が楽しいと思うぜ――そんなふうに言われてるような気がしてきてな」

「あー、判った」エミは手に持っていた缶酎ハイを少し持ち上げて笑った。「だから今までの自分がやりそうにないことをやってみようと思ったわけね。こんな場所でお酒飲んだりしてたのは」

お父さんは照れたようにこめかみを片手でかいた。

「今まで、周囲の人たちが眉をひそめるようなことは徹底して避けてきた人生なんで、その反動ってやつかな。碁の対局でまずまずの結果を出すことができて、お母さんと温泉旅行に行くことになって、その直後にマジックとはお別れすることが決まって、そんなときに、川沿いの遊歩道にあるベンチでワンカップを飲みながら競馬新聞広げてるじいさんを見かけてね。そのじいさん、結構楽しそうな顔をしてたんだ。その直後にコンビニの前を通ったもんで、いろんな感情が混ざり合って、急に自分がずっと非常識だと思ってたことをやってみたくなったたっていう」

公園で缶酎ハイを飲むぐらい、それほど非常識なことでもないように思うが、お父さんにとっては結構なチャレンジだったのだろう。

エミは「まあその気持ち、判るよ」と酎ハイを少し飲んだ。「私も出勤するときに、急に反対方向の列車に乗って、見知らぬ町の海岸辺りでお酒でも飲んでやろうかっていう衝動にかられたこと、あるから」

「仕事、しんどいのか」

お父さんがこちらを見た。こんな心配そうな表情を見せるのは珍しい。

「仕事の量とか、そういうことじゃないんだ。今まで言ってなかったし、聞かれてもいなかったけど、室内用のウイルス除去装置っていう製品の開発を担当してて」

「ほう」

「大勢の人が安価に購入できるよう、工夫して設計したんだけど、上層部からは、花粉やほこりなどを除去する機能も加えろって言われて。でもそれをしたら商品化までにさらに時間がかかるし、値段も上がってしまうから私は猛反対したのよ」

「うむ」

「そしたら開発チームから外されちゃったよ」

「本当か……」

「せっかくの機会だから言うね」エミはいったん缶酎ハイをぐびぐびと飲んだ。「リバービレッジ、辞めることにした」

「えっ」

「あの会社、私は終わってると思う。経営陣が新しい発想を持った人たちに入れ替わったりしない限り、穴の空いた大型船みたいなもので、ゆっくりと沈んでゆくと思う。お父さんのコネのお陰もあって就職できたことは判ってるけど、私はもっとやりがいのある仕事がしたい」

「当てでもあるのか?」

「アゼイリアが求人してるから、面接を受けようと思ってる」

「アゼイリアって……最近ちょっと評判の」

「うん。社員がどんどんアイデアを出せる企業風土があって、社長が即決してすぐに商品化する、あのベンチャー企業。採用してもらえる保証はないけど、チャレンジしたい」

お父さんも自分を変えたくてチャレンジしたよね、と口にしようとしたけれど、茶化すようでよくないと思い直してやめておいた。

「エミ、すまんな。本当に」お父さんは顔をくしゃっとさせて、泣きそうになるのをこらえるような表情で下を向いた。「お前がそんなに仕事で悩んでいたことすら、俺は気づいてやれなかった」

「いやいや、別に気づかなくていいよ、そこは。私の問題なんだから」

「教えてくれてありがとう」お父さんは鼻をすすって、缶酎ハイを一口飲んだ。「一大決心だな。頑張れよ」

おー、猛反対すると思ってたのに、賛成したよ、この人。

エミは心の中で、マジック様、これもあなたのお陰です、ありがとね、と手を合わせた。

気がつくと、アルコール度数の高い缶酎ハイがほとんどなくなっていた。たくさん歩いた後だったせいかアルコールによる浮遊感があり、何となく笑い出したい気分だった。

「あ、そうだ、お父さん。新しく犬を飼わない？　保護犬の面倒を見ているＮＰＯ法人が譲渡会を市立図書館横の芝生広場でやるんだって」

「あー、悪くないね。犬がいたくれたらいいことの方が多いってことをマジックから教えてもらったし、にぎやかになるし」

「英司が帰って来たときにびっくりさせようよ」

「いいねー」お父さんが子どもみたいな笑い方をした。「犬がいてくれたら、あいつとの関係もよくなりそうな気がする」

「よし、決まりね。マジックに似た感じのコがいたらいいんだけど」

明日リバービレッジに辞表を提出してやる。古川課長や他の面々がどんな顔をするか、見ものだ。

エミは「よっしゃ」と口にして、缶酎ハイの最後の一口を飲み干した。

そのとき、空に一本の飛行機雲があることに気づいた。その飛行機雲は一直線に真上を指していた。

アジサイ

「クイズ大会と紙芝居以外に、誰かアイデアはありませんか」

公民館の広い畳の部屋で、ホワイトボードの前に立つ六年生男子の粟生《あおう》くんが尋ねたけれど、体育座りをする下級生たちは誰も何も言わなかった。

五年生の希《のぞみ》は、内心ため息をつきながら、早く終わってほしいなと思っていた。

日曜日の午後に集まったのは、同じ町内の小学生七人だった。毎年、八月最後の日曜日に、小学校の体育館で校区まつりが開かれるのだが、そのときに町内ごとに何か出し物をすることが恒例になっている。児童の数が多い町内では合唱や楽器演奏などをすることが多く、児童の数が少ない町内でも保護者が熱心だったりすると手品やダンスを披露したりする。

しかし、この町内は児童の数が少ない上にリーダーシップを発揮する大人もいないせいで、クイズ大会と紙芝居を毎年交互にやってばかりだった。

一応、全員参加が原則なので、クイズ大会のときは一問ずつ出題者が交代する。紙芝居のときは一、二枚ずつ読んだら交代。クイズ本も紙芝居も、市立図書館で借りてきたものを使うので、前日ぐらいに読む練習をするだけで何とかなる。

去年はクイズ大会だった。正解者に渡す景品はみんなが持ち寄った不要のマンガ本や絵本など。もらって喜ばれるのはマンガ本だけれど、下品なギャグマンガを受け取った女子が顔をしかめたりする場面もあった。

隣に座っていた一年生女子のアイちゃんが、お下げ髪の先っぽを片手で持って小さく振りながら鼻歌を歌っていたので、希は人さし指を口に当てて見せ、小さく頭を横に振った。アイちゃんは首をすくめて舌を出した。

「僕がこの町内に引っ越して来たのは最近だけど、去年はクイズ大会をやったんだよね。町内会長さんは、クイズとか紙芝居でいい、みたいなことを言ってたんで、今年は紙芝居でいいですか？　紙芝居のときは、二つやりたいと思います」

粟生くんがそう言うと、三年生男子の木山《きやま》くんが「一つは怖い話がいいな」と言った。

「市立図書館の紙芝居、怖い話のコーナーもあるし」

何人かの女子が「やだー」「楽しい話がいい」と文句を言った。

ため息をついた粟生くんと目が合ったので、希は小さく両手のひらを見せて持ち上げた。

この流れだと、紙芝居で決まりそうだが、問題はどんな内容の紙芝居にするかだ。二つやるとしても、男子向きのものと女子向きのものがあったりするし、低学年のコも上級生も楽しめるものを選ぶべきだ。

でも最終的には、六年生の粟生くんに一任、ということになるのだろう。去年のクイズ大会のタネ本も、二人いた六年生が借りてきたものを使った。

「何もやらないっていう選択はダメ?」と四年生女子の阿賀井《あかい》さんが遠慮がちに言ってから「ダメ、だ、よ、ね」と苦笑いをした。

希にもその気持ちは判る。そもそも校区まつりの出し物なんて、子どもたちが自発的にやりたいと言って始まったことではなく、大人たちが勝手に決めたことだ。まつりの最後に袋一杯のお菓子が配られるから、それが目当てで参加しているようなものだ。何回もみんなで合唱やダンスの練習をして披露しても、手を抜いても、もらえるものは同じ。だったら手を抜いた方でいいと思うのは、自然なことだろう。

でも、ダンスだったら……。

いや、やっぱりダンスはダメ。希は頭に浮かんだその選択肢を二重線で消した。二年生のときからダンス教室に入っていて、クラスの女子たちからせがまれてやって見せると、すごい、すごいとほめてくれる。でもダンス教室に行くと、もっとすごいコが何人もいて、とてもかなわない。だから今年の三月にダンス教室は辞めてしまったし、今は一人での練習もやっていない。

そもそも、自分一人が踊れたって仕方がない。初心者のコたちに合わせた振りつけをやることになるから、どうせたいしたパフォーマンスにはならないし、やらされたコたちもちっとも楽しくないだろう。

「クイズだったら、どんなのをするの？」と一年生女子のアイちゃんが尋ねた。

すると三年生男子の木山くんが「パンはパンでも食べられないパンは？」と言った。

アイちゃんが「フライパン。そんなの簡単じゃん」と答えると、木山くんは「ブップー。フライパンもヤスリで削って粉にして、ちょっとずつなめたり食べ物に混ぜたりしたら、最後には全部食べられまーす。正解はこの国、日本。英語でジャパン」と言って、へらへら笑った。アイちゃんが「そんなのずるだー」と口を尖《とが》らせた。

「じゃあ、これは判る？」と粟生くんが言った。「あんパンと、食パンと、カレーパンの三人が歩いていました。後ろから、おーいと呼びかけたら一人だけ振り返りました。さて、それはだれでしょう？」

四年生女子の阿賀井さんが「あ、それ知ってる」と言ってから、半笑いで口チャックの仕草をした。

アイちゃんが「あんパン？」と首をかしげながら答えると、阿賀井さんは待ってましたとばかりに「答えは食パン。なぜかというと、食パンには耳があるからー」と言った。

アイちゃんはそれでも意味が判らなかったようで、「え？　なんで？」と尋ねた。すると二年生女子のミドリちゃんがアイちゃんに耳打ちする形で教えたが、アイちゃんは「食パンの外側は耳って言うの？　どうして？」と聞いた。

誰も知らないようで、粟生くんも「さあ、それは」と頭を小さく振った。

「確か、端っこにあるから耳と呼ぶようになったはずだよ」

希が言うと、何人かが「おー」と応じた。

知っていたのはたまたまだった。お父さんとお母さんがコロッケパンの店をやっているから、親がパンのことにちょっと詳しくて、ときどきそういうパンにまつわる雑学の話をお父さんから聞かされることがあるのだ。

「あと、こんなクイズもあるよ」と四年生女子の阿賀井さんがアイちゃんに言った。「お日様とお月様とお星様が一緒に旅をしていました。でも明くる日の朝にお星様が目覚めると、お日様とお月様の姿がありません。宿の人に聞いてみると、お二人は今朝早くにお立ちになりましたと言われてしまいました。さてなぜでしょう？」

去年に出したクイズの一つだった。知っているコたちはにやにやしていたが、アイちゃんは「えー、判んないよー」とちょっと怒り気味の顔をした。

「正解は、月日が経つのは早いから」と阿賀井さんが教えたが、アイちゃんは「えー、どういうこと？　もっと判んないよー」とほっぺたを膨らませたので、二年生女子のミドリちゃんがまた耳打ちで教え始めた。

数分後、今年の出し物は紙芝居で、ということになり、何にするかは六年生男子の栗生くんに一任、ということでまとまった。

阿賀井さんが「でも、まだ帰ったらダメなんだよね」と尋ね、栗生くんが「うん。一時間経たないと帰ったらダメってことになってるから」とうなずいた。これも大人たちが勝手に決めたことだった。学年の違うコたちがせっかく集まるのだから、一時間かけてしっかりと話し合いをしなさい、ということらしい。

栗生くんが「じゃあ、何か室内でできるゲームでも——」と言いかけたときに、三年生男子の木山くんが「ブランコ乗ってもいい？」と大声で尋ねた。栗生くんが「まあ、公民館の敷地内から出ないってことなら、いいかな」と答えると、木山くんが「よっしゃー」と立ち上がり、勢いよく玄関に向かった。

それにつられて他のコたちも「私もー」などと言いながら次々と出て行った。公民館前はちょっとした広場になっていて、普段は駐車場に使われているけれど、その広場の隅には、ブランコ、うんていと合体したすべり台、鉄棒などがある。

希が外に出たときには既に二つのブランコは三年生男子の木山くんと四年生女子の阿賀井さんが乗っていて、一年生女子のアイちゃんと二年生女子のミドリちゃんは交代ですべり台をすべり始めた。栗生くんはブランコをしている木山くんに「他のコがやりたいって言ったら途中で代わってあげてくれよ」と言っていた。

「村佐さん、うんていしたいんで、下でついててくれない？」

三年生女子の共井《ともい》さんからそう言われて希は「へ？」と聞き返した。

「うんてい。途中でダメそうになったら助けてほしいの」

「ああ……」降りるときに、抱き止めてほしいということか。希は「判った。任せて」とうなずいた。

共井さんがうんていのはしごを登っているときに「初めてチャレンジするの？」と聞いてみると、「うん。学校にあるやつは怖くてできないけど、ここのならできる気がするから」と共井さんは答えた。学校にあるうんていはここにあるのよりも長くて、大人でも足がつかないぐらいに高い。希は「絶対にできるよ。頑張ろ」と励ました。

共井さんは、一つ目のバーに片手をかけた状態で何度も「ふう、ふう」と息を吐くばかりでなかなか始めなかったけれど、いざ宙に浮いてぶらさがると、比較的あっさり向こう側までたどり着いた。一つずつのバーをいったん両手で握る堅実なやり方で、見ていて危なげがなかった。希が「やったー」と両手を上げると、共井さんはうれしそうにハイタッチに応じた。

共井さんは続いて、鉄棒で連続逆上がりをした。成功してすぐに着地すると思ったら、空中でさらに連続逆上がりが始まった。特に勢いをつける感じでもなく、両ひざがひょいと鉄棒を乗り越えると全身がくるっと反転する。それが二回、三回、四回……。それに気づいたミドリちゃんがすべり台から下りて立ち上がり、「わっ、すごい、すごい。共井さん」と指さした。

五回以上の連続逆上がりを終えて共井さんが着地したところで希は「すごーい、共井さん。私なんて一回しかできないよ。すごい運動神経じゃん」と拍手をした。

共井さんは少し息を切らせながら、「最近まで一回もできなかったんだけど、コムギハラ先生にやり方を教わったら、連続もできるようになったの」と言った。

「コムギハラ先生？」

「うん、体育の家庭教師の先生。駆けっこが速くなる方法とか、縄跳びの連続二重跳びとか、バドミントンとか、鉄棒とか、ドッジボールとか、体育が上手くなるように教えてもらってるの」

「へえ。男の先生？」

「うん。若くて背が高くて、面白いしゃべり方をするけど、教えるのがすっごく上手なの。学校の先生は駆けっこが速くなる方法とか、教えてくれないけど、コムギハラ先生は、判りやすい説明で教えてくれるの」

「ふーん。その先生、ダンスも上手い？」

「ダンスは知らない」共井さんは小首をかしげた。「教わったことないから。でも、コムギハラ先生だったらダンスも上手いよ、きっと。片足が義足なのに、速く走る方法だって教えられるんだから」

「えっ、片足が義足なの」

「うん。バイク事故でそうなったって。でもコムギハラ先生は義足を私たちにわざと見せて教えてくれるの。目の悪い人がメガネをかけるのと同じで、義足は恥ずかしいことじゃないんだって言ってた」

「コムギハラってどんな漢字?」

「小麦粉の小麦に原っぱの原」

「ふーん……」

逆上がりが一回もできなかったという共井さんを、たちまち連続技までできるようにしてあげたのが本当だとしたら、すごいことだ。希は、その先生にダンスを教えてもらうというのはどうだろうかと思った。ダンス教室はもう辞めたし、自分には無理だともうあきらめていたけど……。

共井さんが不意に「村佐さん、ダンスできるの?」と聞いてきた。

「少しはね」

「見せて、見せて」

「えーっ、ヤだよ」

「お願いっ」共井さんは両手を合わせた。「見せてくれたら、ダンスも教えてくれるかどうか小麦原先生に聞いてあげるから」

　このコ、小三にしては交渉が上手いな……。

「じゃあ、他のコたちが気づかないうちに、ちょっとだけね」

「うん」

「それと、大きな声は出さないでね。こっそりやるから」

　希はそう言って、周囲を見回し、他のコたちがこちらを見ていないことを確かめてから、その場で簡単なヒップホップダンスの振りつけを披露した。

「わーっ、すごい」共井さんが尊敬の目を向けて拍手をしてきたので、希は「やめてよ、恥ずかしいから」と片手を振った。

　やってないコたちはしばしばこういう反応をくれる。うれしいことはうれしい。でも、ダンス教室に行ったら、もっともっと複雑でアクロバティックなダンスができるコたちがいるので、できないコを相手にダサいことをしているような気持ちになってしまう。もし上手いコが見てたら、たいしたことないのにちやほやされていい気になってるって思われるんじゃないかって考えてしまう。

　共井さんから今やった振りつけを教えてほしいとせがまれ、希は動きを分解して一つ一つを順番に見せながら真似をさせて教えた。共井さんは逆上がりはすごいけど、ダンスのセンスは今ひとつのようで、動きにぎこちなさがあった。誰でも得手《えて》不得手《ふえて》があるということだ。

振り付けを教えながらふと見ると、粟生くんは木山くんを相手にテニスボールで素手のキャッチボールをしていた。ボールは公民館に備え置きのやつだろう。粟生くんは「そう、身体の真ん中で取るようにすると、取り損ねても身体のどこかに当たって、後ろにそらすことがないからな」などと木山くんに教えていた。

何度か児童公園で、粟生くんがどこかのおじさんとキャッチボールをしているのを見たことがある。あのおじさんは粟生くんのお父さんではない。粟生くんのお父さんはメガネをかけていてベース型の顔だったはずだ。でも最近、粟生くんと一緒にいるところを見かけるようになったおじさんは、顔が長くて背も高い。

粟生くんの両親は最近離婚して、粟生くんはお母さんと一緒にこっちの町内に引っ越して来たのだと、夕食のときにお母さんが言っていた。お母さんは近所のおしゃべり好きおばさんたちと仲がいい。ＰＴＡの役員もしているせいか、希は学校の先生からあまり強く叱られることがないように感じている。お父さんが言うには、お母さんの顔が広いお陰で店のコロッケパンもよく売れているのだという。

あと、お母さんが言うには、粟生くんは浦川という、お母さんの旧姓に変わりそうになったけれど、お母さんは最終的には仕事の関係もあって、粟生という苗字のままでいくことにしたらしい、とのことだった。それまで粟生さん、と職場で呼ばれていたのに浦川さんに変わったら離婚したことを宣伝して回るようなものだし、名刺を作り直したり取引先に迷惑をかけたりするからだろうっていう話だった、でも希は、粟生くんのことも考えてのことなんだろうとそのとき思った。苗字が急に変わったら周りのみんなから「どうして?」と聞かれて、親が離婚したことをいちいち説明しなければならないし、もしかしたら離婚の理由まで聞かれるかもしれない。

あの顔の長いおじさんは、もしかして、粟生くんの新しいお父さんになる人なんだろうか。キャッチボールをしているときの粟生くんは楽しそうだったから、本人がそれを歓迎しているのだとしたら別に構わないけれど、今度はいよいよ新しいお父さんの苗字に変わってしまうかもしれない。別にそのことも希には関係のないことなんだけど、粟生くんが誰かから変なことを言われたりしないか、ちょっと気になる。

粟生くんは吹奏楽部に入っていて、トランペットがものすごく上手い。しかも顔の作りが六年生の中ではかなりいい方なので、希のクラスの女子の間でもよく粟生くんの話が出る。特に全校集会で粟生くんのクラスが『私のお気に入り』と称して一人一人が気に入っているものを順番に発表したときに、粟生くんは「親戚のおじさんにもらったトランペットが僕のお気に入りです」と話し、みんなの前で演奏したときは希も鳥肌が立つぐらいにすごかった。タイトルは判らないけれど、聴いたことがある有名な曲だった。あのときを境に粟生くんのファンはどっと増えたようである。

希ちゃんって、粟生くんと同じ町内なの？　——最近、何人かの女子からそう聞かれた。そして、「そうだけど」と答えるたびに変な間ができるのがちょっと嫌だった。相手の女子は、希が粟生くんと同じ町内らしいと聞いて、単にそれが本当なのかどうかを確かめるために質問してくる。だから「そうだけど」と返されると、それ以上尋ねることも話すべきこともなくなる。それで変な感じになる。

辺りが暗くなったように感じたので見上げると、もともと曇天《どんてん》だった空模様が、さらに怪しくなっていた。天気予報はどうだったろうか。

そのとき、すべり台の方から「わっ、犬だー」「犬が入って来たーっ」という声がしたので見ると、赤い首輪をした黒柴っぽい犬がいつの間にか敷地内に入って来ていた。すべり台から降りたところだった二年生女子のミドリちゃんは「怖いーっ」と悲鳴を上げて、すべり台のへりを両手でつかんで登り始めた。それを見た犬が、すべり台の降り口のところに行って、ミドリちゃんのお尻を見あげている。

辺りを見回したが、犬の飼い主らしき人の姿はなかった。

「逃げた方がいいよ」「いや、おとなしそうだよ」「怖いよ」「大丈夫じゃね？」などといった声が上がった後、粟生くんが「みんな、念のためにちょっと下がって」と言った。

粟生くんが代表して犬に近づこうとしたとき、すべり台の上にいた一年生女子のアイちゃんが「この犬、見たことあるよ」と言った。「女の人が連れて歩いてて、私が手を振ったら、触らせてくれた」と三年生男子の木山くんが言った。

「ウソだよ、そんなの」アイちゃんがほっぺたをふくらませた。

「ウソじゃないよ」

「じゃあ、この犬の名前は何ていうんだ？」木山くんがさらに聞いた。

「名前は知らない」

「飼い主はどこの誰だよ」

「女の人。おばさんとおねえさんの間ぐらいの感じの人」

「何だよ、それ」木山くんが口もとをゆがめた。

アイちゃんがためらいなくすべり台をすべり降りたので、何人かが「あっ」「危ないよっ」と声を上げたが、下に到着したところで近づいて来た犬をアイちゃんは両手でぎゅっと首を抱きしめた。

ちょっとしたどよめきが起きた。

すべり台の上からミドリちゃんが「大丈夫？　咬《か》まない？」と聞いたが、アイちゃんはそれには答えず、「やっぱりこのコだ、ふかふかした感じが同じだし、顔も同じだし。お母さんとスイミングのバスを待ってたときに会ったコ。やったー、うれしいよーっ」とほおを犬の首にすりすりさせた。犬は驚いたり怒ったりすることなく、立ったまま目を細くして、アイちゃんのハグに応えていた。

栗生くんも犬に近づいてアイちゃんと反対側にしゃがみ、犬のあごまわりをなでたり背中をぽんぽんと軽く叩いたりしてから、「おとなしい犬みたいだな。うん、大丈夫そうだ」と言った。

他の子たちも近づいて、犬を取り囲んだ。三年生男子の木山くんが犬の頭をなでると、栗生くんが「犬は頭とか尻尾を触られるのは嫌がるから、首周りとか胸の辺りを触ってやった方がいいぞ」と注意した。

順番に犬に触ってゆく流れになり、三年生女子の共井さんがおっかなびっくりの感じで片手で軽くなでた後、希も犬に触った。友達の家にいる小型犬なら触ったことがあるけれど、これぐらいの大きさのは初めてなので、ちょっと緊張した。

手のひらに、柔らかい毛の感触と温かみを感じた。犬は目を細くしたまま感情を示さない感じだったけれど、触りたいのなら触ってもいいよ、という態度のように思えた。

「黒柴っぽいけど、少し洋犬の血が入ってるみたいだな」と栗生くんが言った。「オスの雑種、ミックス。年はよく判らないけど……この落ち着き方からすると、割といってるのかもね。変な匂いもしないから、飼い主の家の中で飼われてるんじゃないかな」

四年生女子の阿賀井さんが「栗生くん、すごーい。シャーロック・ホームズみたい」と言った。

「犬に詳しいんだね」と希が声をかけると、栗生くんは「親戚のおじさんが最近、犬を飼い始めたんで、僕もときどきおじさんが散歩に連れ出すのにつき合ったりするうちに、少し犬のことを知るようになって。そのおじさんが飼ってるのは柴犬っぽい雑種犬。薄茶色の。まだ子どもで、この犬よりもうんとちっちゃいコ」と言った。

「おじさんって、粟生くんと公園でキャッチボールしてた人？」

「あ、知ってるの」粟生くんは希を見てかすかに笑った。「僕のお母さんの、お兄さん。そういや、村佐さんが自転車で通るのを見た気がするよ、そのとき」

何だ、新しいお父さんになる人じゃなくて、おじさんだったのか。

「あっ、お手をしたよ、この犬」と三年生男子の木山くんが言ったので、犬の周りから散りかけていた他の子たちも再び集まって来た。「本当？」「お手。あ、ほんとだ、賢い」「じゃあお代わりは？」などという声が上がり、代わる代わるいくつか試してみた。

結果、お手、お代わり、お座りはしたけれど、伏せはやりかけて立つ姿勢に戻った。それを見た粟生くんは「家の中で飼われてる犬だから、外で伏せはやらないようにしつけられてると僕は見た」と言い、木山くんは「確かにそれっぽいね」とうなずいた。

「ミドリちゃんだけ触ってないね」とアイちゃんが言うと、まだすべり台の上にいたミドリちゃんが「私はいい」と頭を横に振った。アイちゃんが「大丈夫だよ」と言っても、四年生女子の阿賀井さんが「かわいいよ」と言っても、ミドリちゃんは頭を横に振った。

粟生くんが「飼い主の人が近くにいないか、ちょっと見てくるから村佐さん、その間みんなを頼むよ」と言ったので、希は「あ、うん」とうなずいた。

栗生くんは公民館の敷地外に出て、道の前後を見回してから、すぐに戻って来た。

「それらしい人はいないね。でも多分、近所にいる犬だと思う。遠くからやって来たりしたら、それなりに汚れたり匂いがつくだろうし、途中で犬が嫌いな人から追い払われたりして、警戒心を持つようになるだろうからね」

阿賀井さんが言ったとおり、栗生くんはシャーロック・ホームズみたいだった。このことが知れたら、また女子たちの人気が上がりそうな気がする。

「あ、そうだ」と栗生くんが手を叩いた。「木山くん、首輪に小さな金属プレートみたいなの、ついてない？　予防接種をした印なんだけど、そこに書いてある数字を市役所に問い合わせたら、飼い主が判るはずだよ」

「まじ？」と木山くんは言い、「ちょっと待って」と犬の首輪をつかんで少しずつ回して観察した。

木山くんは「金属プレートはないけど……」と言ってから「カタカナでマジックって書いてある」と続けた。

「まじ？」と栗生くんが急に大きな声を出し、どれどれと首輪に顔を近づけた。希が「どうかしたの？」と尋ねると、栗生くんは「多分、おじさんが知ってる犬だよ、このコ」と言った。「おじさん、五月頃に、マジックって首輪に書いてある黒柴ふうの迷い犬を、飼い主さんのところに届けたって言ってたから。おじさんに聞いたら多分、飼い主も判るよ」

「もしかしたらだけど」と三年生女子の共井さんが言った。「私も見たことある犬かも。あのね、おばあさんが連れて歩いてるのを夕方に何回か見たことがある。でもこの犬かどうかはよく判んない。似てるだけの別の犬かもしれないけど」

そのとき、ぽつぽつと水滴が顔にかかり、乾いていた地面が点々と濃い色に染まり始めた。遠くでごろごろと音が鳴り、雨はたちまち強くなってきた。

「うわっ、これは来るぞっ」空を見上げてから粟生くんがみんなに言った。「公民館に戻ろう」

みんなが「わーっ」「きゃー」と言いながら公民館に戻り、畳の間《ま》に上がって、粟生くんがみんなを指さして数えてから「よし、全員いるな」とうなずいた。すると四年生女子の阿賀井さんが「粟生くん、このコもついて来ちゃったよ」と玄関土間の方を指さした。

マジックがちょこんと座って、はあはあと舌を出しながら、みんなを見上げていた。その様子はまるで、ねえねえこれから何する？　とでも言いたげだった。

雨は急激に強くなり、木造の古い公民館は屋根が震えているのではないかというほど雨音が響いていた。

何度か外がピカッと明るくなり、しばらく経って地鳴りのような音が耳に届いた。一年生女子のアイちゃんは平気そうだったけれど、二年生女子のミドリちゃんは耳を両手で塞いで「いやーっ」と叫んだので、三年生女子の共井さんがミドリちゃんの肩に腕を回して「大丈夫だよ、大丈夫」と言った。

「ねえねえ、何かマジック、部屋に上がりたがってない？」と四年生女子の阿賀井さんが言った。「何かを期待してるような顔で、ずっとこっち見てるし」

確かにマジックは玄関土間にちょこんと座ってはいるが、もの欲しそうな顔つきで畳の部屋にいるみんなを見ていた。エアコンはあるけれどリモコンは鍵がついた引き出しに入っていて、子どもだけで使うことができないので、少しでも涼しくなるよう、網戸の窓は全開にされ、木の引き戸も開いたままにしてある。そのため、マジックは部屋に上がろうと思えばいつでもできる状態だった。

「上げてあげようよ」阿賀井さんが粟生くんの方を向いて言った。「雑巾《ぞうきん》で足を拭けば大丈夫じゃない？」

「うーん」粟生くんは思案顔になって腕組みをした。「勝手に部屋に犬を上げたって知られたら、怒られると思うんだよなー」

「みんな、大人には言わないって約束しようよ」と阿賀井さんがみんなを見回した。「ね。

この七人だけの秘密の約束」

アイちゃんが「秘密の約束？」と食いついて、「素敵っ」と拍手した。

希も「普段から家の中で飼われてるみたいなんだったら、大丈夫じゃない？　足を拭いてあげたら。雨が止むまでの間だけでも」と賛成した。

木山くんが「ウンチしたらどうする？」と言うと、粟生くんが「大丈夫だよ。したくなったらそわそわし始めるからそういうのは判る」と答えた。

結局、女子勢の意見に反対する声は上がらず、本当に秘密にしようね、ということを粟生くんが念押しして、マジックを畳の間に招き入れることになった。言い出しっぺの阿賀井さんが洗面所で雑巾を濡らして絞り、マジックの足の裏を拭いた。マジックは要領を心得ているようで、一本ずつ足をちゃんと持ち上げておとなしく足を拭いてもらっていた。

やはり畳の間に上がりたかったらしい。木山くんが「マジック、よかったな。俺たちの仲間入りだぞ」と言うと、マジックは口の両端をにゅっと持ち上げた。

「あっ、笑った」と木山くんが指さし、他のコたちも「うん、笑ったように見えた」「確かに笑ったよ」と言った。その瞬間を見ていなかったミドリちゃんが「えーっ、私も見たかったー。マジック、もっかい笑って。ねえ、お願い」とマジックに向かって両手を合わせたけれど、マジックは目を細くしてミドリちゃんを見返すだけだった。

アイちゃんが「またマジックが笑うようなことをしないと」と言うと、木山くんが変顔をマジックに見せたり、志村けんの変なおじさんダンスをしたりしたけれど、マジックはやっぱり目を細くして見ているだけで反応しなかった。変なおじさんダンスはアイちゃんとミドリちゃんにはウケていた。

続いて木山くんが、「マジック、これで遊ぼうぜ」とテニスボールをマジックに見せて、ひょいと畳の上に転がした。

ところがマジックは全く興味を示さず、木山くんに向かって首をかしげた。木山くんが「おい、犬って、ボール遊びが好きなはずだろ。もっかい投げるから取って来いよ」と再度ボールを転がしたけれど、マジックはあくびをして伏せの姿勢になった。アイちゃんがマジックに近づいて、「眠いんだよね、マジック」と背中をなでた。

「黒柴の血が濃いみたいだから」と粟生くんが言った。「洋犬みたいに遊び好きじゃないんだよ。おじさんが飼ってる犬も柴犬の血が濃い雑種だけど、やっぱりボールを投げても追いかけないし、甘えてきたりもしないし。これから散歩に行けると判ったら喜んでその場をぐるぐる回ったりぴょんぴょん跳んだりするんだけど、遊びはしたがらないよ」

「犬って、そんなに性格が違うのかぁ」

希がそう言うと、粟生くんが「柴犬は特にちょっと変わってるんだって。あまり飼い主の言うことを聞かないから」と答えた。

「つまり、バカってこと？」と木山くんが聞いた。

「言うことを聞かないからバカだと決めちゃダメだよ。柴犬は、飼い主よりも自分の判断の方が正しいと思ったらそうする。むしろ頭がいいとも言えるんだから」

希を含めた何人かの「へえ」が重なった。

「あーあ、マジック、寝ちゃったよー」木山くんがつまらなそうに言った。「遊ぼうと思ってたのに。つまんねー」

「そういえばおじさんが言ってたけど」と粟生くんが片ひざをついてアイちゃんと一緒にマジックをなで始めた。「このマジック、不思議なことを起こす犬なんだって。おじさんの知り合いがそれを体験したそうだよ」

「不思議な体験って、どんな？」と阿賀井さんが聞いた。アイちゃんも「不思議な体験って、どんな？」と復唱した。

「あんまり詳しいことは聞いてないし、おじさんからの又聞きだから、どこまでが本当なのかよく判らないんだけど……やり投げ選手の男の人が足の怪我でもう引退しようと思ってたけど、マジックにトレーニングコーチをしてもらったお陰で調子がよくなって、またチャレンジしてみることにした、とか」

何人かがいっせいに「えーっ」と笑った。木山くんが「犬がやり投げのコーチって、それはないって」と片手を振った。「どうやってお手本を見せるの？　ボールも追いかけないのに」

阿賀井さんも「犬がやり投げできたらすごいけど、持てないし投げられないよ」と笑っている。

「いやいや、多分そういう意味じゃないと思うんだけどね」粟生くんも苦笑していた。「だから詳しいことは聞いてないって言ったじゃん。あと、別の女の人は、マジックが間に入ってくれて、ずっと苦手であまりしゃべってなかった自分のお父さんと仲よくなれたり、会社を変えることができたとか。その女の人、前の会社ではストレスが溜まってたけど、新しい会社は楽しいって」

「ワンワンワン、あんたたち仲よくしなさいよ」木山くんが裏声で言った。「ワンワンワン、社長さん、この女の人を雇ってあげなよ」

「だから、そういうことじゃないって」粟生くんは面倒臭そうに片手で払い落とす仕草を見せた。

アイちゃんが「女の人の会社って、お菓子を作る会社？」と尋ねた。「それともおもちゃを作る会社？」

「いや」粟生くんが頭を横に振った。「確か、家電製品とか日用品なんかを作る会社だったと思う」

「ニチヨウヒン？　日曜日に使うもの？」

するとと木山くんが「そうそう」と笑った。「よそ行き用の服とかね」

阿賀井さんが「変なことを教えちゃダメでしょ」と注意し、アイちゃんに「家の中で普段使ったりするもののことよ」と訂正した。

「私、大人になって働くんだったら給食を作る会社がいい」とアイちゃんが言った。「美味しい給食を作って、学校に届けるの。給食を運ぶトラックも運転するの」

木山くんが「普通ならシェフとか、パティシエとかじゃね？」と笑うと、アイちゃんは「いいのっ、給食も美味しいんだからっ」と言い返し、ほっぺたを膨らませた。

「給食で思い出したけど」と阿賀井さんが言った。「きなこ揚げパンって、めっちゃ美味しくない？　給食メニューで私ダントツなんだけど」

「俺は揚げギョウザだな」と木山くん。「あと唐揚げ」

「あー、いいね、揚げギョウザ」と粟生くんも同意した。「焼きギョウザなら家で食べるけど、揚げギョウザは珍しいからね。あのパリパリの皮の食感は、焼きギョウザとは別の食べ物って感じだし」

共井さんが「私は冷凍みかん」と言うと、ミドリちゃんも「あっ、私も」と手を上げたが、また木山くんが「そんなの家でも食べられるじゃん」とへらへら笑いで言った。

「家で食べられるかどうかは関係ないでしょ」と共井さんが言い返した。「好きな給食メニューの話をしてるんだから」

木山くんは「へいへい、さいでげすか、すいやせんでした」と、ちょっとおふざけの入った謝り方をした。

ミドリちゃんから「アイちゃんは給食、何が好き？」と聞かれ、アイちゃんは「うーんと、わかめご飯」と答えた。木山くんがまた何かいじろうとしてにやけ顔になったが、栗生くんが、一年生の女の子だぞ、という感じのアイコンタクトを送り、木山くんは「わかめご飯。しぶいねー」と苦笑いをした。

「村佐さんは何が好き？」と共井さんが尋ね、ミドリちゃんが「冷凍ミカンだよね？」と言った。

「私は……シチュー、かなあ。あと、カレーとソフトめんとか」

「あーっ、カレーとソフトめんっ」と木山くんが両手で頭を抱える仕草をした。「それを忘れてたーっ、なんたる不覚。不覚を深ーく反省」

「あ、めんつながりで思い出した」と阿賀井さん。「焼きそばの日もテンション上がるー」

「あー、またもや不覚」木山くんががっくりと片ひざをついた。「焼きそば様を忘れていたとは。家でたまに食べる焼きそばとも、カップ焼きそばとも違うあの給食やきそば様」

「私は焼きそばよりラーメン食べたい」とミドリちゃんが言った。

「給食にそんなのないだろ、ラーメンはすぐにのびちゃうんだから。はい、給食にないのを言ったから反則負けー」木山くんが笛を吹く仕草をして、ピーッと口で言いながらミドリちゃんを指さした。

「給食の話じゃなくて、今食べたいって言ってんの」とミドリちゃんがあごを上げて言い返した。「アイちゃんちのラーメンが食べたい。この前家族で行って食べたら、すっごい美味しかった」

「アイちゃんちって、ラーメン屋さんだったの？」と阿賀井さんが尋ねると、ミドリちゃんが「うん。お薬屋さんの近くのラーメン屋さん」と答えた。

「あ、〔つつじ〕かー」と粟生くんが言った。「あそこのラーメンは確かにむっちゃ旨いんだよな。一回食べたら、また何日か経つと食べに行きたくなる味だよな。へえ、アイちゃんのお父さんとお母さんだったのか、〔つつじ〕で作ってる人」

希は、〔つつじ〕に行ったことがなかったので、そんなに美味しいの？と聞こうとしたが、出かかった言葉を飲み込んだ。

家業の話題になったら、そのうちにムラサのコロッケパンの話になるかもしれない。阿賀井さんや共井さんたちにも知られて、自分がコロッケパン屋の娘だということが広まるのは勘弁してほしい。

スイーツ店とか、普通にパン屋さんとかだったらいいのだけれど、コロッケパン屋というのはどうも格好悪いっていうか、ダサいっていうか……。

三年生のときにはクラスの意地悪な男子からコロッケパンというあだ名をつけられ、嫌でしょうがなかった。一度、授業中に当てられて答えを考えているときに、「お前、アガってるだろう、コロッケパンだけに」と言われたり、わざと希に話しかけてきて返事をすると「そうナリか」と『キテレツ大百科』に出てくるコロ助の口調を真似たりされた。コロッケとコロ助のつまらないダジャレだ。そういうコロッケいじりを男子がやっていることに気づいた男の先生が「家の職業をからかうようなあだ名をつけるのはいじめだぞ」と学級会で男子たちに怒ったせいで、その後はコロッケパンというあだ名は使われなくなったけれど、学級会を通してクラス全員に家業がコロッケパン屋だと知られることになってしまい、一部の女子グループからも意味ありげな笑い方をされた時期があった。幸い、体育の授業がダンスだった日を境に、みんなの態度が変わってくれたのだけれど。

コロッケパン屋の話が出ないよう、希はみんなから離れて、公民館の裏手に面した窓の方に移動した。

窓の外はまだ強い雨が続いていた。公民館の裏手のコンクリート塀の前には、青紫色のアジサイがたくさん咲いていた。

木山くんが「マジックさーん、不思議な力があるっていうのなら、雨を止めて、天気にしてくれよー。ダメだ、完全に寝ちゃってる」と言い、共井さんが「犬も夢とか見るのかなあ」と聞くと、阿賀井さんが「見るって、テレビでやってたよ、確か」と答えていた。

「ここの土は酸性だな」とすぐ後ろから声がしたので振り返ると、栗生くんが斜め後ろに来ていて、アジサイを見ていた。「土の成分でアジサイの花の色が変わるって、知ってた？」

「何か、聞いたことある」希は少しドキドキしながら答えた。「お母さんが園芸の番組見てて、そんな話を専門家のおじさんがしてたような」

「土がアルカリ性だとアジサイは赤っぽくなる。赤っていうよりピンクかな。で、土が酸性だと青っていうか水色になる。土がどっちにも偏ってなくて中性だったらアジサイは薄紫になる。ここにあるのは薄紫と水色の間ぐらいだから、やや酸性ってところだな。酸性とかアルカリ性というのは聞いたことある？」

「温泉の水が酸性だとかアルカリ性だとか、タイプがあったような気がするんだけど」

「そうそう、それそれ。日本の土は基本、酸性なんだってさ。だからアジサイは水色系を見かけることが多い。でも、アルカリ性の成分が多い土で育てたら、アジサイもピンクに変わっていくんだ。酸性とアルカリ性の話は六年になったら理科で習うよ」

「ふーん」

「この前、二時間ドラマでやってたんだけど、庭のアジサイが前はピンクだったのにいつの間にか水色に変わってたっていうくだりがあったよ。どういうことか判る？」

「うーん……粟生くんは判ったの？」

「まあ、ドラマを見てたから、話の流れで判った感じだけどね」

「土が酸性に変わる何かを混ぜたってことよね」

「混ぜたっていうより、埋めたんだけどね」

「埋めた……」

「じゃあ、ヒントね」粟生くんがかすかに笑った。「その二時間ドラマは、遺産相続でもめる話で、相続人の一人が行方不明になってました」

「それはヒント出し過ぎだよぉ」希は苦笑いをした。「あんまり口で説明したくないものがそのアジサイの下には埋められてたわけね」

「そういうこと」

粟生くんと顔を見合わせて笑った。他の女子たちが見たら、妬まれるだろう。

「アジサイの下に何が埋まってるの？」とミドリちゃんが聞いてきた。いつの間にかすぐ後ろで会話を聞いていたらしい。

「何も埋まってないと思うよ」希は笑って答えた。「でも、人間の死体が埋まってたら、アジサイは青くなるんだってさ」

ミドリちゃんは一瞬きょとんとなってから、目を丸くして「ここのアジサイ、青いよ」と言った。

粟生くんが「雨が上がったら掘ってみようか？」と言うと、ミドリちゃんが目をむいて見返してきたので、希が「冗談よ、冗談。何も埋まってないよ」と笑いかけた。するとミドリちゃんは窓の外のアジサイをじっと見つめてから「マジックの飼い主が埋まってたりして。マジックが穴を掘って埋めたの」とつぶやいた。

希と粟生くんは顔を見合わせた。粟生くんの表情が強ばっている。希は、自分もそんな感じの顔になっているだろうと思った。

「怖い話をされたから、怖い話返しー」とミドリちゃんがどや顔で言ったので、希は粟生くんと同時にふうと息を吐いて笑った。ミドリちゃんも案外、強いところがあるようだ。

「ミドリちゃん」と後ろからアイちゃんが呼びかけた。「マジック寝てるから、今なら触れるんじゃない？」

そういえば、敷地内に現れたマジックをみんなが順番になでたけれど、ミドリちゃんだけは怖がって触らずじまいだった。ミドリちゃんは「えーっ」と言ったけれど、思い直したようで、「本当にまだ寝てる？」と言いながらアイちゃんの方に向かった。

栗生くんも「ちょっとトイレ行ってこよ」と言い置いて、玄関土間の方に行った。希は、残念な気もしたが、緊張が解けたような気分になったことも確かだった。女子にモテる栗生くんとしばらく二人だけで話をしたんだから、そりゃ仕方ない。

小さな拍手が起きたので見ると、「ミドリちゃん、触れたね。ふかふかでしょ」「うん。かわいいね」とアイちゃんとミドリちゃんが笑って話していた。

その後しばらく経って、雷の音は聞こえなくなり、雨も一時期よりは少し弱まったようだったが、窓から空を見上げると、雲の切れ間のようなものがなく、まだ降り続けそうに思えた。

淡い青紫のアジサイが、雨に打たれて小さな花たちを揺らしていた。

こういうときに、アジサイの葉っぱにはカタツムリがつきものだけれど……探してみたが、見つからなかった。

一度、ものすごく大きなカタツムリがヤツデの葉っぱにいるのを見かけたことがある。児童公園のトイレ横に生えているヤツデだった。天狗の葉っぱとか、天狗のうちわと呼ばれているあの大きな葉っぱだ。

そのとき、「村佐さん」と声がかかり、いつの間にか右横に阿賀井さんが立っていた。真剣な顔つきで「ちょっといい?」と聞かれたので、もしかして栗生くんとつき合ってるのか、みたいな質問ではないかと感じて身体が強ばった。邪推を交えた噂話をしたがる小学生女子は多い。

希が「何？」と聞き返すと、阿賀井さんは「村佐さん、去年の夏休みの自由研究、金賞だったでしょ」と言ってきたので内心ふうと息をついた。

金賞といっても、学年の何人かが金賞、銀賞、銅賞に選ばれて、体育館の壁に張り出されて、消せるボールペンと自由帳をもらったという程度のものである。希は「たまたまね」と応じた
「どんなふうに課題を選んで、どうすればあんなにきれいにまとめられるの？」

「そんなにきれいにまとめたつもりはないけど……」

「去年のフリー参観のときに私のお母さんが、村佐さんの『色のひみつ』をすごく感心してて、村佐さんに教えてもらってあんたも入賞を目指しなさいって言われちゃってるの。私のお母さん、結構ガミガミ言ってくるの、そういうとこ」

「あー、そうなんだ」

『色のひみつ』は、模造紙二枚分にまとめたものだった。色の三原色と光の三原色の違いだとか、暖色・寒色・中間色などから受ける印象だとか、好きな色でその人の性格がある程度判ることなど、雑学の知識がある大人なら知っているレベルの内容である。

正直に教えようか、どうしようか。

希は少しためらったものの、「大人には内緒だよ」と言うと阿賀井さんが「うん」とうなずいたので、「あれね、図書館にある学習マンガに載ってることを適当に選んで書き写しただけなんだ」と教えた。

「えっ、まじ？」阿賀井さんが目をむいた。

「うん、まじ、まじ」希は笑ってうなずいた。「ポイントは、学校の図書室に置いてないネタ本を探すことだね。学校にあったらさすがにバレるでしょ。だから市立図書館で借りたんだ」

「なんだぁー」阿賀井さんはよろけるような仕草をしながら笑った。「村佐さん、すごいって思ってたのに。私のお母さんなんか、村佐さんを見習いなさい、みたいなことを最近よく言うんだよ」

「それは阿賀井さんのお母さん、残念ながら人を見る目がないみたいね」

「ううん、でもある意味すごいよ。どういうふうに作ったら先生たちが喜ぶかを判ってるってことだし」

「いやいや、そこまで計算はしてないし。ただ単に、自分が興味を持った学習マンガを選んで、へえって思ったことを書き写しただけだから。自分が面白いと思ったことだったら、他のコたちも食いついてくれるかもっていうのは思ったけど」

「あー、判る判る」阿賀井さんは大きく二度うなずいた。「私、特に色と性格について書いてあったところ、確かにそうだって思ったし。最近の女子のランドセルって、ピンク系や紫系が主流だけど、私は真っ赤なのがいいって最初から決めてて。『色のひみつ』の中で、赤が好きな人は明るくて活発だけど、おしゃべりで、出しゃばるところがあるとか、理屈よりも感覚で決めたがるとか書いてあって、確かに私はそういうところがあるなあって納得したもん。あと、私のお父さんはジャージでもパーカーなんかでもやたらとグレーを選びたがるんだけど、グレーの人は組織やシステムを大事にするとか、堅苦しいところがあるとか、計算が好きとか書いてあって、まさにお父さんだってびっくりしたし」

「あー、そうなんだ」

希は、自分が好きな色って何色だろうと思った。特に好きも嫌いもないような気がする。赤系か青系かと聞かれてもよく判らないし、暖色系か寒色系かと聞かれても、季節なんかによって選べばいいんじゃないかと思う。そのせいで、特定の色が好きだと迷いなく口にできる阿賀井さんを、ちょっとうらやましく思った。それは、自分の性格はこうだと受け入れているということで、自分が何者かを理解しているということにもなる。

希のランドセルが薄紫なのはおじいちゃんとおばあちゃんに買ってもらうときに何となく選んだけれど、他の女子たちに合わせただけのような気もする。

「色の話をしてたみたいだね」という声に振り返ると、粟生くんが再び後ろに来ていた。

「僕は自分が何色が好きなのか、今ひとつ自分ではよく判らないなあ。ジャージは黒系をよく選ぶけど、こういうシャツも選ぶし」と自身が着ていたレンガ色っぽい赤色のポロシャツのえりをつまんだ。下はベージュのチノパンで、組み合わせは悪くないと希は思う。

「粟生くんは何色でも似合いそうだね」お世辞でなく、希が率直な印象を口にすると、阿賀井さんも「私もそう思う」とうなずいた。阿賀井さんの瞬きの回数が妙に増えているのは、粟生くんと話ができてうれしい気持ちの表れらしい。

「私は金色が好きー」と、いつの間にか近くに来ていたアイちゃんが話に入ってきた。

「金メダルは一番いい色だから」

金色というのは厳密には色ではない。光沢のある黄色、メタリックイエローのことだ。銀色も白っぽいグレーのメタリックカラー、銅色は赤茶色のメタリックカラー。でも、金色は色じゃないよと言ったらアイちゃんをがっかりさせてしまう気がし、世間一般では色の一つとして見られているので、希は「うわあ、一番いい色を取られたー」と笑いかけた。

「ねえ、今は夏でしょ」とアイちゃんは続けた。「ジャジャーン、クイズです。夏の色は何色？」

「それは……人によっていろいろじゃないかな」希は首を少し傾けた。「夏は青空とか青い海とかを連想しやすいから、青とか水色って言う人が多いんじゃない？」

「夏と言ったら海」と粟生くんが言った。「海と言ったらマリンブルー。連想ゲームをしたらたいがいの人は、青とか青緑って言うだろうね」

「私は黄色」とアイちゃんは大きな声で言った。「夏と言ったらひまわり。ひまわりは黄色。おうちの庭にね、ひまわりがたくさんあるの。最近、黄色い花が咲き始めたよ」

「へえ」粟生くんがアイちゃんに笑いかけながらうなずいた。「それは素敵な眺めだね」

「粟生くんは青なのに赤いシャツだー」と、アイちゃんが指さした。続けて「阿賀井さんは赤なのに青いシャツー」と指先を阿賀井さんに向ける。

アイちゃんの言っている意味が判って、上級生たちは「あー」と笑ってうなずいた。確かに阿賀井さんは水色に近い青のTシャツを着ている。白いイルカのイラストが大きく入っていた。

粟生くんが「これは参った」と感心した様子でうなずいた。「粟生だから青か。阿賀井さんも、最初に漢字の情報を頭に入れちゃってたから、赤色っていうイメージ持ってなかったなあ。アイちゃんは漢字をまだ習ってない分、耳から聞いた情報の影響が大きかったから、青色、赤色って結びつけることができたんだね」

阿賀井さんが「もしかして、私が赤色を好きなのって、名前でみんなから阿賀井さん、阿賀井さんって呼ばれてるうちに、催眠術みたいに私って赤色とつながりがある人間なんだって思うようになったのかなあ」と半笑いで言った。

「あっ」と希はアイちゃんを指さした。「アイちゃんだって、色が入ってる。藍色だ」

「アイ色？」とアイちゃんが首をかしげた。

「うーんとね、紺色とか青紫に近い色だけど……」希は辺りを見回してから、阿賀井さんがはいているデニム地のハーフパンツを指さした。「あっ、阿賀井さんがはいてるこれ、藍色に近いかも」

「藍染めって確か――」と粟生くんが言った。「藍という植物の色素を使って染めるんだよね。浴衣《ゆかた》とか、手ぬぐいとか、のれんとか。僕らがああいう色は普通に紺色って言ってるけど、正確には藍色なのかも。ジーンズを染めるのも藍だったよね」

「うん」と希はうなずいた。「外国の藍だから種類がちょっと違うかもしれないけど。ただ、今のデニムは本物の藍じゃなくて合成の染料を使ってるみたい」

「へえ、よく知ってるね」

希は「たまたまだよ」と軽く肩をすくめて見せた。学習マンガに感謝。

粟生くんがさらに「藍色と紺色はどう違うのかな」と聞いてきた。

「藍色と紺色は確か……」希は再び学習マンガで読んだ記憶をたぐった。「紺色の方が濃いっていうか、暗い色だったと思う。藍色の方が明るい色。あと、群青色《ぐんじょういろ》っていう似た色もあるけど、確か藍色よりもさらに明るい色だったかな」

「ふーん。自由研究で金賞を取っただけあるね」栗生くんがいかにも感心したようにうなずいた。「藍色に近い色をそうやって呼び分けてたってことは、昔の日本人にとっては身の回りに多い色だったたってことなんだろうね」

栗生くんも『色のひみつ』で金賞をもらったことを知っていたのか。希は、自分の耳が少し赤くなっていないかが気になった。

「待って、待って」と阿賀井さんが大きな声を出した。「ミドリちゃん。緑色。すごい、名前に色が入ってる人が四人もいるよっ」

それが聞こえたらしく、ミドリちゃんが「私の話？」と言いながら近づいて来たので、アイちゃんが「あのねー、栗生くんが青で、阿賀井さんが赤で、アイが藍色で、ミドリちゃんが緑色だって」と説明した。

「探せばまだいたりして」と阿賀井さんが言った。「村佐さんなんて、紫に近いよね」

「残念ながら、ムラサノゾミだからね」と希は小さく頭を横に振った。「下の名前がキイとかキコみたいにキがついてたら、つなげて紫になるけど、ノだからね。ムラサノ色なんてないし、あんまり惜しくは……」

そのとき、希ははっとなり、「あ、紫あった。ちょっと、さっきのホワイトボードのところに行こう」とみんなに言った。

ホワイトボードは、粟生くんが校区まつりで何をするかという議題について書いた、クイズ大会、紙芝居、という文字が右側に書いてあるだけだった。紙芝居の上に○印がついている。希は「これ、もういいよね」と粟生くんの了解を取り、いったんすべて消した。

続いて希は、自分のフルネームを漢字で横書きした。それを見た粟生くんが「あっ、紫だ」とすぐに気づいた。

「粟生くん、正解」希はペン先を粟生くんの方に立てて軽く振った。「希という字は、希望のキ。だから――」希はいったん〔村佐希〕の下に〔ムラサノゾミ〕と書いてから、〔ノゾミ〕を消して、そこに〔キ〕と書き直した。阿賀井さんが「すごーい、紫だ」と拍手をした。

そのとき、近くの畳の上で横になって居眠りをしていたマジックがむくっと起き上がり、大きなあくびをしてから、希の方を向いて座り直した。

マジックからじっと見つめられて、何かを言いたげに感じた。

次の瞬間、マジックがかすかにうなずいたようだった。

粟生くんもマジックの様子を見ていたらしい。「マジックが反応してるぞ」と指さした。「あっ、もしかして、マジックが持ってる不思議な力って……」

部屋の隅でテニスボールを蹴り合っていた木山くんと共井さんも「何、何?」「マジックが起きたの？」などと言って寄って来た。

阿賀井さんが「えっ、どういうこと？」と粟生くんに尋ねた。

粟生くんから「ね」と言われてアイコンタクトを受けた希は「まだ判らないんだけど、もしかしたらっていう可能性について、今から調べてみようか」と前置きして、ホワイトボードの左側に、七つの色を縦書きに漢字で書いた。

赤、橙、黄、緑、青、藍、紫。

アイちゃんが「赤、黄、緑、青は読める」と言った。

「これはね、虹の色。レインボーカラー。音読みで、セキ、トウ、オウ、リョク、セイ、ラン、シ。何回か繰り返したら意外と覚えられるよ」

木山くんが「呪文みたいだ」と笑って、両手の指をいろんな組み方に変えながら「りん、ぴょう、とう、しゃ、かい、じん、れつ、ざい、ぜん」と唱えた。

粟生くんが「それって、九字切《くじき》りって言うんだっけ？　陰陽師《おんみょうじ》がやってたよね」とうなずき、アニメのタイトルを口にした。希は見たことはないが男子に人気があるアニメだということは知っている。呪術《じゅじゅつ》を操る者たちの戦いの話だ。

話が脱線しそうだったので、希は「虹って、雨が上がった後で、太陽の反対側に現れるのね。詳しい説明は私もできないけど、太陽の光って、実はいろんな色の光が集まってて、それが分かれて見えるときに虹になって現れる、みたいな？」と軌道修正した。

すると粟生くんが「ホースで花壇に水撒きをしたときも小さな虹が見えるときがあるよね。ホースのノズルをミストに設定したりしたとき」と言い、共井さんが「あっ、それ私も知ってる。何回か小さな虹、見たよ」とうなずいた。

「ちなみにだけど、虹の一番外側にあるのが赤色の光で、一番内側が紫の光なんだけど、実は赤色のさらに外側には赤外線、紫の内側には紫外線っていう人間の目に見えない光もあるの」

「家にあるよ、赤外線」とミドリちゃんが言った。「赤外線ヒーター」

「そうね」希はうなずいた。「赤外線はものを温める能力が高いから、暖房器具とか調理器具に使われてるみたいね」

「紫外線は殺菌作用があるんだよね」と粟生くんが言った。「ウイルスを殺す装置とかで紫外線が使われてるって、テレビでやってたよ。あと、紫外線を浴びすぎると皮膚ガンになりやすいから、気をつけた方がいいんだったかな?」

「えーっ、怖ーいっ」ミドリちゃんが両手で口を覆った。

「浴びすぎたら、だから」粟生くんは笑って言った。「普通に生活してるだけなら心配ないよ」

するとホ山くんが「しーんぱーいないさーっ」と、芸人の大西《おおにし》ライオンの真似をし、共井さんとアイちゃんが笑った。

その間に希は、ホワイトボードに〔赤〕と書いた横に、〔阿賀井〕と書き加えた。続けて〔緑〕の横に〔ミドリ〕と書いてから「粟生くん、ごめん。漢字で名字、どう書くんだっけ?」と尋ねると、粟生くんは「自分で書くよ」と手を差し出し、ペンを受け取って〔粟生〕と書いた。ついでに〔藍〕のところに〔アイ〕も書いてくれた。

粟生って、西に米。希は心の中でそう唱えて記憶した。もしさっき自分で書いてたら、〔栗〕と書いてしまっていた気がする。

「はい」粟生くんが希にペンを返してきた。「自分のところは自分で書いた方がいいよね」

希は「ありがとう」と受け取り、紫の横に村佐希と書いて、希のところにキとふりがなをつけた。

共井さんが「わっ、七人のうち五人が虹の色の名前になってる」とホワイトボードを指さし、木山くんが「まじかよ」と驚いた顔になった。

「虹が七色っていうのは日本人の常識だけど」と希はみんなに説明した。「実は国によっては六色だったり五色だったりするのね」

「アメリカは六色だよね」粟生くんが言った。「多分、日本の七色ってのは少数派だよ。でも、七色って言う方が何か格好いいよね。七福神とか七五三とか、日本人は七という数字が好きみたいだし」

ミドリちゃんが「一週間も七日」と言った。一週間という区切り方は確かキリスト教からきたものだけど、今ここでその指摘はしなくていいだろう。

木山くんが「残る二つは……黄色と、もう一つのはどんな色?」と聞いた。「音読みだとトウだけど、訓読みだとダイダイだよ」と希が教えてあげると、木山くんは「あー、だいだい色ね。オレンジ色ってことだよね」と言った。

厳密には橙色とオレンジ色はちょっと違うはずだったが、そこまでの説明は必要ないと思い、「まあ、そういうこと」と言っておいた。

「あーあ」と共井さんがちょっとすねたような顔をした。「私と木山くんだけ、名前と色が関係ないよー。仲間はずれだ」

「待てよ」と木山くんが人さし指を立てた。「俺、木山だから、黄色のキが入ってるじゃん。これってクリアしてね?」

「えーっ」共井さんは不服そうに言った直後に、「あっ、だったら私だって。村佐さん、それ貸してー」と、ペンを手にし、〔黄〕の横に〔共井由紀〕と書いて「ほら、私だって最後にキが入ってるし」と言った。

粟生くんが「おー、確かに」とうなずいた。「だったら全員クリアってことでいいかもね。残念ながら橙色だけ残っちゃったけど」

そのとき、マジックがぐふっと、咳払いのような声を出した。

マジックが目を細くして、じっと希を見上げてきた。

栗生くんが「何か言いたそうだね。不満があるっぽい」と言った。確かにマジックの表情にはちょっとものの申す的な感じがあった。

「何とか橙色をクリアできないかなあ」木山くんが腕組みをしながらホワイトボードを眺めて、「俺の家、庭にビワの木があるんだけど。ビワもオレンジ色っぽいから、俺んちにオレンジがある——ってのは？」と言ってから、誰も返事をしないので「ダメかー」と肩をすくめた。

「木山くんもフルネームで名前、書いてみてくれる？」と栗生くんが言った。木山くんは「はいはい、了解」と希からペンを受け取り、余白に〔木山昇〕と書いた。

「木山くん、ノボルって名前なんだね」栗生くんはそう言ってから「ん？」とホワイトボードを凝視し、「ノボル……おっ、ここにもノボルがあるぞ」と〔橙〕を指さした。「この〔橙〕のつくりの方の〔登〕もノボルだ。しかも〔橙〕のへんは木だ。木山の木と、ノボルが入ってる」

みんながどよめいた。

栗生くんが「マジック、こういうことだよね」と言うと、マジックは口の両端をにゅっと持ち上げた。アイちゃんが「あっ、またマジックが笑ったー」と指さした。

「とうとうここにいる七人で本当に七色達成したね」と希が拍手を始めると、他のコたちも「虹色の七人だー」「すごい、すごい」などと口々に言いながら拍手を重ねた。

「最後の橙色と黄色は、マジックが居眠りを続けてたら、見つけられなかったよね」と粟生くんが興奮を顔ににじませながら言った。「ほらね、マジックってやっぱり、不思議な力を持った犬だったんだよ」

「確かにマジックは、急に起き上がって、私たちに推理を続けろって催促してたよね」と希もうなずいた。「さっき、マジックにじっと見つめられたときは、何だか背中を押された感覚だったし、ぐふって鳴いたときは、まだあきらめるのは早いぞって言われたように感じたもの」

「いやあ、とにかくすごいよ、これは」

粟生くんが両手を上げたので、これはハイタッチだなと希は思い、少し気恥ずかしい気持ちを覚えつつも応じようとしたが、「どうしたの、共井さん」という阿賀井さんの言葉で、上げようとした両手が途中で止まった。

共井さんがうつむいて、片手で目尻をこすっていた。泣いているようだった。

木山くんが「感激して泣くって、女子あるあるー。去年の校区まつりでも、合唱をやっただけなのに終わってから泣いてる女子がいたし」と苦笑いで肩をすくめた。

「違うわよ、何言ってんのよ」阿賀井さんが共井さんの両肩を抱くようにしながら木山くんをにらみつけた。「共井さんは、自分だけが黄色じゃなかったから、他のみんなと較べて仲間に入ってないと思って、悔しいのよ。それぐらい気づきなさいよっ」

粟生くんが顔を少ししかめて、希に向けてうなずいた。希もうなずき返した。

共井さんが黄色に決まったのは、消去法みたいな感じで、残り物を与えたような印象があるのは否めなかった。共井さんの下の名前は由紀で、最後にキがつくから黄色ということになったけれど、それだったら木山くんだって頭にキがついてるし、何だったら希という名前もキと読める。実際、村佐希をムラサキと言い換えたのだから。

要するに、共井さんの黄色だけ、説得力が弱いのだ。お情けで仲間に入れてもらったようで、それが共井さんのプライドを傷つけたらしい。

阿賀井さんが共井さんの両肩を抱きながら「それは悔しいよね」と言うと、共井さんは泣きながら小さくうなずいていた。

マジックが突然、一吠えした。初めて聞く大きな鳴き声に、みんながびくっとなった。アイちゃんとミドリちゃんが同時に「ひっ」「きゃっ」と反応して、さらに二人とも泣きそうな顔になった。

あーあ、せっかく大盛り上がりしそうだったのに。希は心の中で大きくため息をついた。

「マジック、どうしたの？」と希が声をかけると、マジックはさらに、ぐふぅとうなるような声を出して、希をじっと見上げてきた。

「マジックは怒ってるんじゃなくて……」と粟生くんが言った。「まだ何か言いたいことがある……の、か、な？」

マジックの態度には何かがある。何か意味がある。

だとしたら、まだ何か、見落としていたことがある？

希はあらためてホワイトボードを眺めた。

たとえば、共井さんは実は他の色が名前に隠されていて、共井さん以外の誰かが黄色に適任だということに気づいてないとか……。

次の瞬間、「あっ、あったーっ」と大声でホワイトボードを指さしたのは、木山くんだった。「共井由紀の共と由だっ」

すぐには言っている意味がよく判らなかった。阿賀井さんが「どういうこと？」と言ったが、粟生くんは「ん？」と何かに気づいたような反応を見せた。

「ほらっ」木山くんは専用ペンを取って、〔共〕の字をあらためて書いた。ただし、文字の上部分と下部分を少し離して書いた。

さらに木山くんは〔由〕の字をその隣に書いて丸で囲んだ。そして「この隙間に由紀の由を入れる。ほらっ」と、丸く囲んだ〔由〕に矢印をつけた。

その矢印の先は、〔共〕の字の真ん中辺りを指していた。

おおーっ、ほんとだ。

希はちらっとマジックを見た。口の両端をにゅっと持ち上げて、また笑ったような顔になったが、ほんの一瞬のことで、他のみんなは気づかなかったようだった。

「おおっ」粟生くんが拍手をした。「すごいぞ、大発見だ。確かに共井さんの名前を分解して組み直したら、黄の字になる、共井の共と由紀の由で、黄だ」

みんなが「わっ、ほんとだーっ」「へーっ」などと言い、公民館の畳の間が震えているような感覚を味わった。木山くんは顔を紅潮させながら、拍手をするみんなに両手を上げて応え、そのまま粟生くんとハイタッチをした。続いて希も木山くんとハイタッチし、何となくみんなが互いにハイタッチをする流れができた。

希が粟生くんとハイタッチしたとき、手のひらに温かな湿り気を感じた。「すごいことが起きたね」と至近距離で言われ、顔に息がかかるのを感じた。

共井さんは目の周りが少し腫れぼったい感じだったが、一転して興奮を抑えられない笑顔になっていた。

やがてみんなが、マジックの前足を片方つかんで持ち上げ、強引に握手を始めた。阿賀井さんは「マジック、ありがとう」と言い、木山くんは「マジック、あんたはすごい」と声をかけていた。希は握手の代わりに、両ひざをついてハグをした。腕を通じて、マジックの鼓動が伝わってきた。くうん、と小さく声を出したのは、まんざらでもない気持ちを表したように思ったけれど、もしかしたらもういいから手を離してくれという意思表示だったのかもしれない。

その間、マジックはずっと目を細くしていた。感情を見せるのは一瞬だけで、すぐに冷静な態度に戻る。それがマジックスタイルらしかった。

「おーい、みんな、もう一つお知らせがありまーす」と粟生くんが両手でメガホンを作って呼びかけた。「雨が上がりましたーっ」

粟生くんからの提案で、希と二人で、マジックを飼い主さんのところに連れて行くことになった。最初に「村佐さん、この後、時間ある？」と聞かれたときは、心臓がどくんとなってしまった。

雨が上がったので粟生くんがあらためて「では解散しまーす、お疲れ様でしたー」と宣言したけれど、まだみんな興奮冷めやらぬ感じで、名残惜しそうで、アイちゃんとミドリちゃんは伏せの姿勢だったマジックをなでながら何やら話をし、阿賀井さんと共井さんも後で一緒にコンビニにお菓子を買いに行こうと言い合っていた。木山くんは、粟生くんがホワイトボードの文字を消そうとしたのを「あっ、待って」と止めて、自分が消すからと言い、「セキ、トウ、オウ、リョク、セイ、ラン、シ」を繰り返し口にした。呪文のようで気に入り、覚えることにしたらしい。

十分ほど経って、ようやく下級生たちが帰り、粟生くんから「じゃあ、すぐに戻って来るんで、ちょっとだけ頼むね」と言われて希は「うん」と了解した。

粟生くんは急いで自宅アパートに帰っておじさんに電話をかけ、マジックの飼い主さんの住所を教えてもらって再びここに戻って来る。そのときに首輪につけるひもかロープも持ってくる。希はここでマジックと待機——という段取りである。

マジックは、他のコたちが順番になでたりハグしたりしてから別れを告げて出て行くのを、ちょこんと座った状態で受け入れ、黙って見送った。アイちゃんやミドリちゃんは、四年生の阿賀井さんが家まで送ってくれることになった。

「マジック。この後、飼い主さんのところに連れてってあげるからね。それにしてもあんたはまさにマジックを起こすコだね。びっくりだよ、こんなことが起きるなんて」

希はマジックの首周りや背中をなでながら話しかけた。マジックは目を細くして、じっとしていた。

同じ町内といっても、学年がばらばらだということもあって、今までたいしたつき合いはなかった。二年ほど前は、朝の登校は町内ごとに一緒に、ということが決まって、しばらくの間は毎朝みんなが顔を合わせていたけれど、遅刻をするコ、途中で同じクラスの友達と出会って抜けてしまうコなどが多く、また登校途中で悪ふざけをするコを上級生が注意したことをきっかけに関係がぎくしゃくしたりといったことが続出して、町内ごとに一緒に登校という試みはすぐに取りやめになった。なので最近では、校区まつりとその準備のときぐらいしか集まることがない。

マジックがいなかったらきっと今日も、紙芝居をやることが決まっただけで解散して、他のコの名前さえうろ覚えのままだっただろう。でもマジックがいてくれたお陰で、あっという間に七人が仲のいいチームにまとまった。このこともマジックが起こしたマジックだろう。

思っていたよりも早く、粟生くんが戻って来た。走ったらしく、「お待たせっ」と入って来た粟生くんは、はあはあと息が上がっていた。

「飼い主さんの家、椿原小の校区内だったけど、学校をはさんで反対側だったよ。ハラヤシキさんっていう、おばあさんが住んでる家だって。一キロ以上歩かなきゃいけないけど、大丈夫かな？」

そう聞かれて希は「うん、全然大丈夫」とうなずいた。

これから粟生くんと二人で、一キロ以上歩いて、また一キロ以上戻って来るのか。途中で誰かに見られたら……急に心臓の鼓動が速くなってきた。

「犬の首輪につなぐロープって、リードっていうんだけど」と粟生くんが言った。「リードの代わりに使えそうなものが、こんなのしか見つからなくて」とポケットから出したのは、蛍光色のスポーツシューズのひもだった。「スニーカーを買ったときについていたものだけれど、別買いした色違いのひもを使ってるんで、靴箱の中に眠ってたんだ。

二本を結んでつなげたらリードの代わりになると思って」

栗生くんは二本のひもを固結びで一本にし、その端っこをマジックの首輪についているリングに結びつけた。反対側は輪っかを作って、栗生くんが左の手首に通して握った。

マジックは、何をやってるんだ？　という感じの顔をしていたが、栗生くんから「マジック、家に帰るぞ」と言われると、ここから一緒に出て行くということは理解できたようで、素直に立ち上がった。

公民館の玄関ドアを施錠し、鍵はダイヤルロック式の郵便受けへ。鍵を手に入れるには、暗証番号を知っている町内会役員の人に頼まなければならない。今日は子どもたちが話し合いのために集まることになっていたので、事前に栗生くんが町内会長さんから鍵を預かっていたのだ。

「せっかくだから、川沿いの遊歩道を行こうか」と栗生くんから言われて、「うん」とうなずいた。何だかデートっぽい。でもその雰囲気に栗生くんが気づいたら、変な空気になってしまうかもしれないと思い、希は「その方が土手とかでマジックがおしっこしやすいだろうし」といかにも友達に対するような口調を心がけて言った。

一つ、気になることが出てきた。

「栗生くん、もし途中でマジックがウンチとかしたら、どうする？」

わざとウンチという単語を入れることで、デート感を消す意図もあった。

「それは大丈夫」粟生くんは笑って、チノパンのポケットから小さなポリ袋を出した。「この中にはたたんだトイレットペーパーが入ってるから、それをかぶせて、袋の中に回収すればいいから。僕がやるから心配しないで」

「おー、さすが」と希が小さく拍手をすると、粟生くんは「おじさんが飼ってる犬の散歩、ときどきやってるからね」と言った。

空はまだ曇っていたが、淡いグレーに変わっていた。ところどころ青空も見え始めている。この後はもう降る心配はなさそうだった。

車があまり通らない、狭い旧道を通って左折し、川沿いの遊歩道へ。雨がやんだ後に時々感じる、草の強い匂いが鼻の奥に届いた。

川は幅が五メートルぐらいで、遊歩道との間に草が茂っている土手がある。川の水は割と澄んでいて、水の流れによって水草が揺れているのが見える。よく見ると、小魚たちが水草の周辺を泳いでいることが判る。

マジックは遊歩道に入るとさっそく、草むらで片方の後ろ足を上げておしっこをした。粟生くんが「多分このコは、おしっこは土や草があるところでって教えられてるんだと思う。おじさんが飼ってるコも、最初はできなかったけど今はできるようになったし」と言った。

遊歩道はあまり広くないので、粟生くんは希よりも少し前を歩き、シューズのひもでつながれたマジックがその真横にいた。マジックは引っ張って前に行こうとしたり、歩くのを嫌がって足を止めたりせず、ちゃんとリードを持つ人の横を歩いている。飼い主さんがそうなるようしつけたんだろう。

「それにしても、びっくりだったね」と栗生くんが横顔を向けた。「公民館に集まった七人の小学生が、それぞれの名前に虹の色があったなんて」

「うん。きっと他のコたち、家に帰って家族に話してると思う」

「だよね。下級生のコたちが興奮して家族に話す様子が浮かんでくるよ」

「でもそれって、本当にマジックが起こした奇跡なのかなあ」

「どうだろうね。一つ言えるのは、マジックがいたお陰でみんなちょっと話が弾んだから、色の話にもなったわけで」

「ああ……マジックがきっかけを作ってくれたことは確かだよね」

「うん。マジックもさすがに七人の名前が虹の色になってるってことまでは知らなかったとは思うけど、野生の勘みたいなものを何か感じていた、という説なら信じたいね」

「そういえば動物って、大きな地震を事前に察知して移動したり、吠えて飼い主に知らせたりするって言うよね」

「うん。東京にハチ公前っていう有名な待ち合わせ場所があるんだけど」

「名前ぐらいは知ってる」

「モデルになったのは、実際にいたハチ公っていう秋田犬で、毎朝飼い主である大学の先生が出勤するのを駅まで見送って、夕方にはまた駅に来て待ってて一緒に帰ってたんだって。もう百年ぐらい前の話らしいけど。で、あるときハチ公がいつもと違って、出勤しようとする飼い主の人にものすごく吠えたんだって。まるで、今日は行くなって必死で止めるような感じだったらしいよ」

「あ、もしかしてその日、大地震があったとか？」

確か関東大震災というのが百年ぐらい前だったはずだ。

「いや、地震じゃなくて、飼い主の人はその日、大学で教えてる途中に倒れて亡くなったんだ。脳出血だったかな、確か」

「うわぁ……じゃあ、ハチ公、今日はご主人の具合がよくない、危ないって気づいたんだ。だから行っちゃダメって」

「そういうことだろうね。もしハチ公が言葉を話せたら、ご主人もその日は出勤を中止したかもね。で、ハチ公がどうして忠犬と呼ばれるようになったかというと、その後も毎日毎日、駅の前でご主人の帰りを待ち続けたからなんだって。そのことがちょっと評判になって、新聞記者が記事にして、さらに知られるようになったらしいよ」

「ふーん。どれぐらい待ったの？」

「十年ぐらい。駅の周辺の人たちから食べ物もらいながら。最後は駅の近くで死んじゃったって」

「ええっ……」

希は、ご主人が危ないということには事前に気づいたのに、どうして死んだことは判らなかったのだろうと思った。薄々は判っていたけれど、自分が信じることをやめたら本当にご主人は帰って来ない——そんなふうに思ったのだろうか。

話が暗い方向に傾いている気がしたので、希は心の中で、下級生たちのコたちが興奮した様子で家族にさっきの出来事を話す様子を想像してみることにした。

木山くんちなんかは、作り話をしていると思われて本気にされなかったりして。アイちゃんやミドリちゃんも、まだ幼いから、上級生に変な話を吹き込まれたと思われてしまうかもしれない。

だったらあの出来事は、もっと大勢の人たちに伝えた方がいいのではないか。今日の七人がウソつき呼ばわりされないためにも。

そのとき、希の頭の中で、点と点がつながって、「あっ」と漏らした。

「どうかした？」と粟生くんが聞いてきた。

「あのね、粟生くん。さっきの出来事を劇でやったらどうかな、校区まつりで」

「えっ」粟生くんが立ち止まったので、マジックは不思議そうに見上げた。

数秒の間を置いて、粟生くんが「おおーっ、さっきの出来事をそのまんまもう一度、やるってこと？」

「うん」

「木山くんの台詞《せりふ》は木山くんがしゃべったとおりの内容をもう一度言ってもらう。アイちゃんも、ミドリちゃんも。みんな、本人が言ったことを劇で再現するわけか」

「うん。本人が言ったことだから、台詞を覚えるのも難しくないと思うし」

「そうだね。でも、台本はやっぱり作らなきゃいけないよね。さっきのやり取りを、忘れないうちに文章にしておいた方がいい」

「そうだね」

「じゃあ、後で僕がとりあえず下書きをしてみるよ。それを村佐さんに目を通してもらって、足りない部分をつけ加えてもらう」

「下書き、やってくれるの？」

「文章書くのは得意じゃないけど、下級生たちの言葉を思い出して書いてけばいいから、何とかなると思う。いいねー、それ。村佐さん、グッジョブだよ」

栗生くんが予想以上に乗り気になってくれているようで、希も体温が上がってきたような感覚になった。

「確か最初は、村佐さんと阿賀井さんが色の話をしてたんだよね、村佐さんが去年金賞を取った夏休みの自由研究のことがきっかけで」

「そうそう。それで色と性格の話になってたときに粟生くんも入って来て、そしたらアイちゃんは金色が好きだって言ってきて」

「金色って正しくは色じゃないんだよね。あれは要するにメタリックイエロー」

「うん、私もそのときそう思ったけど、アイちゃんの好きな色にケチをつけたくなくて」

「そりゃそうだ」

「そしたら、アイちゃんが粟生くんは青なのに赤系のシャツで、阿賀井さんは赤なのに青系の水色シャツだって指摘して、アイちゃんは藍色、ミドリちゃんは緑色、私は紫って、次々と見つかって」

「その頃になるとマジックも目を覚まして、興味ありありって感じの態度で話に加わってきたんだよね」粟生くんはそう言ってから「しゃべれなくても、マジックは確かに加わってたよ」とつけ加えた。

「木山くんと共井さんが見事に残りの色をクリアしたのは、すごかったよね」

「うん。間違いなくドラマのクライマックスだよ。その直前に共井さんの黄色だけが弱いってなって、共井さんが泣き出したところもラストを盛り上げるために役立ってたよ。ほら、ドラマとかマンガでもよくあるやつ。成功する直前にいったん、やっぱりダメかもしれないっていうくだりを入れるやり方。ああいうのって、背中がかゆいときにかいたら気持ちいいっていうのと似てるよね」

「どういうこと？」

「要するにさ、本当はどこもかゆくないときの方が身体はいい状態じゃん」

「うん、もちろん」

「でもそういうときは気持ちがいいってこともない。どこも何ともないってだけだから、普通の状態」

「うん」

「それに対して、かゆいときにそこをかいたら気持ちいいよね。つまり、どこもかゆくないときよりも、かゆくなってそこをかいたときの方がちょっと幸福感が上回ってるってこと」

「ああ……」

「これはドラマとか、音楽のクライマックスなんかでも応用されてるんだ。ドラマだったら、いったん不幸な状態を見せておいてから、それがクリアできた方が、何ごともなく終わりましたっていうのより、よかったよかったという気持ちを高めることができるわけ。音楽なんかでも、サビの部分の直前はちょっと暗めだったり地味だったりする感じの旋律にしておくとか」粟生くんはそう言ってから、「おじさんからの受け売りなんだけどね。僕とキャッチボールをしてるのを村佐さんが見たっていう、あのおじさん」

とつけ加えた。

「あー、そうなんだ。かゆくないときよりも、かゆいときにかいた方が気持ちいいっていうのは、確かにそうだよね」

「さっきの公民館レインボーカラー事件もまさにそうだったと思うよ」

「公民館レインボーカラー事件……」希は噴き出しそうになりながら、「面白いね、その言い方。劇のタイトルにする？」と提案してみた。

「ダメダメ」と粟生くんは即座に却下した。「そのタイトルじゃ、ネタバレになっちゃうから。あくまで、これから何が起きるか判らないテイでみんなに見せないと。タイトルはもっとそっけないものでいいと思うよ」

あー、そうか。面白いタイトルだけど、ネタバレになったら肝心の劇の面白さが半減してしまうか。

遊歩道ではときどき、散歩をしているらしい年配の人たちとすれ違った。粟生くんが「こんにちは」と声をかけるので、相手の人たちも同じ返事をしてくれる。中には「毛並みのいいワンちゃんね」などと言ってくれる人もいた。

同じ小学校の高学年女子たちには会いませんように。希は心の中でそう唱えたけれど、どこかで見つかった方がいいかもっていう気持ちもあった。

「劇で再現するとなったら、何回か練習しなきゃいけないよね」

希が言うと、粟生くんも「それはやんなきゃだね。夏休みに入ったら、みんなに呼びかけて、また公民館を借りないと」

「集まってくれるかな」

「心配ないよ。きっと大賛成して参加してくれるって」

希は、みんなが興奮して喜んでいたさっきの様子を思い出し、粟生くんが言うとおり、心配する必要なんてないかと思い直した。

そのとき、マジックが急に立ち止まったので、粟生くんは「ん？　どうした？」と声をかけた。「もしかしてウンチ？　そんな感じでもないか……」

するとマジックはその場にちょこんと座って、粟生くんと希を交互に見上げた。目を細くして、いかにも何かを言いたげだった。

あっ。

希が「もしかして、マジックも劇に出てくれるの？」と言うと、マジックは口の両端をにゅっと持ち上げて、笑ったような顔になった。

「これは参った」粟生くんが声を上げて笑った。「このコ、本当にすごいね。そういえば賢い犬って、四十から五十ぐらいの単語は覚えて聞き分けることができるそうだから、二人の話を聞いてて、何となくどういう内容なのかを察したってことかな」そして粟生くんは「これもおじさんから教えてもらった情報だったりするんだけどね」と右手を後頭部にやった。

「私は……子どもの頃に遊んでた大きめの犬のぬいぐるみが押し入れにまだあったはずだから、それをマジック役にしようかって思ってたんだけど……そうか、マジック本人に出演してもらうっていう手があったかー」

「本人じゃなくて、犬だから本犬かな」粟生くんは笑いながらしゃがんで「マジックさん、これからはさんづけで呼ばせていただきます」とマジックの首周りをなでた。

「飼い主さんに頼まないとね、マジックさんの出演」

空が明るくなったと感じたので何となく見上げると、遊歩道の隅に並んでいる桜の枝葉の隙間から、虹が見えた。

希が「粟生くん、ほら、虹」と指さすと、粟生くんも見上げて「あ、本当だ」と言ってから、「せき、とう、おう、りょく、せい、らん、し」と続けて、「確かに呪文みたいでいいね」と笑った。

少し移動して、桜の枝葉が邪魔にならない場所で、あらためて虹を見上げた。きれいな形をしておらず、見えていたのは右半分だけだったけれど、レインボーカラー自体は鮮明だった。虹は太陽の反対側に出るから……こっち側は東の空ってこと。

「虹が出るしくみは、科学的に説明できるけど」と粟生くんが言った。「やっぱり不思議だよね。こんなにはっきりとした原色の列が空中に出現するなんて」

虹の下側に見える、青、藍、紫は境界線が微妙だった。虹は六色以下だと考える国の方が多いのもうなずける。そのせいで、粟生くんの青と、希の紫が隣同士でひっついているようにも思えた。

希は心の中で、アイちゃん、間にいないことにしちゃってごめん、と謝った。

原屋敷さんの家は、さほど苦労することなく見つかったけれど、チャイムを鳴らしても応答がなく、引き戸も動かず、留守のようだった。

玄関の左側、ブロック塀と家の壁の間に、大きなダンボール箱があり、四角い出入り口がくり抜いてあって、中に毛布らしきものが敷かれてあるのが見えた。その手前には金属製のエサ入れと水入れ。エサは空だったけれど、水は入ってた。

マジックは何のためらいもなくその水をぴちゃぴちゃと飲んだ後、粟生くんをじっと見上げた。粟生くんが「ああ、これを外せってことね」と応えてリード代わりに使っていた靴ひもを外すと、マジックはためらいなくダンボール箱の中に入って、横になった。

「おいおい、そっけない別れ方だなあ。最後にハグもなしかよ」

そう言う粟生くんと希は苦笑し合った。

「自分の家に帰って、どっと疲れが出たのかもね」と希が言うと、粟生くんも「まあ、そうか。道に迷って、雨に降られて、初対面の子どもたちにすごいマジックを見せて、また歩いて帰って来たんだから。無理もないか」とうなずいた。

さっきまで強い雨が降っていたのにダンボール箱が濡れていないことに気づいた。見上げると、波形屋根が設置されていて、ブロック塀の上までせり出していた。

「つないでおかないまま帰っちゃっていいのかなあ……」と粟生くんが不安そうに言った。そこで、近所の玄関チャイムを鳴らして、出て来た五十代ぐらいのおばさんにマジックを連れて来たけれど原屋敷さんがいないと伝えると、「あそこの犬はつないでないのよ。前に遠回しにつないでおいた方がいいんじゃないですかって言ったことがあるんだけど、原屋敷のおばあさん、自分は飼い主じゃなくて、迷い犬を保護して預かってるだけだからって。まあ、おとなしいコなんで、そんなに心配はしてないけど、ときどきふらりと出かけて何日か帰って来なかったりするらしいのよね」とのことだった。

粟生くんと、じゃあこのまま帰ればいいか、ということで一致した。

帰る前にもう一度、ダンボール箱の中で寝入っているマジックに「マジックさん、じゃあ行くね、バイバイ」と手を振ったが、マジックは背を向けたまま、耳の片方をぴくんと動かしただけだった。聞こえたよ、じゃあね——という感じだった。別れ際はべたべたしない主義らしい。

帰りはマジックがいないせいで、何となく粟生くんと横に並んで歩くことになった。

粟生くんは「また脱走しないかなあ。車も走ってるから危ないよね。大丈夫かなあ」

としきりに心配するので、希が「原屋敷さんが帰って来るまで待ってみる?」と提案してみると、粟生くんは「うーん……」となってから、「いや、それはいいかな、やっぱり。近所のおばさんも、前からマジックはつながれてないって言ってたし。原屋敷さんが帰って来たとしても、お礼を言われて僕らは帰るだけで、マジックはどうせつながれないまんまなんだし」と言った。

「またあらためて原屋敷さんに頼みに行かなきゃだね、マジックを劇に出演させてくださいって」

「あー、そうだね。じゃあ今度は僕が一人で行こうか?」

「いや、私は大丈夫だよ。またつき合うよ」

希はそう言ってから、原屋敷さんが留守だったお陰でもう一度、粟生くんと一緒に往復することができるんだと気づいた。

もしかして、これもマジックの不思議な力なんだろうか。だとしたら、マジックの余計なお節介に感謝。

粟生くんと並んで歩けるのはいいことだったけれど、話題がなくなってしまい、無言の時間が続いた。なので、そのうちに粟生くんが「僕はちょっとこっちの方に用事があるから」と言って別れることになるんじゃないかという気がしてきた。来る途中は結構いろいろしゃべってたけれど、そのせいでもう話すことがなくなってしまってる……。

交差点で信号待ちになったとき、国道の向こう側で女子たち三人の自転車が左から右に渡って行くのが見えて、少しヒヤッとした。名前は知らないけれど、六年生の女子たちだ。

横目で粟生くんの反応を確かめると、粟生くんは空を見上げて「虹がちょっと見えにくくなってきたなあ」とつぶやいた。確かに、鮮明だった色が薄くなってきていた。

粟生くんが不意に、小さな音でメロディーを口ずさみ始めた。歯の隙間から音を出しているようだった。

希が「あ、その曲、聴いたことあるよ」と言うと、粟生くんが「これはジュディ・ガーランドっていう人が歌った『虹の彼方に』っていう曲。『オズの魔法使い』っていう、かなり昔の映画で使われたんだ」と言った。「虹を見てたら何となく虹の歌が浮かんできちゃって」

「ふーん。粟生くん、古い映画とか見るの?」

「おじさんが割とDVDを持ってるんでね。特にミュージカル映画とか、主題曲とか挿入曲とかが有名な映画の」

「トランペット、そのおじさんにもらったたって、全校集会の発表で言ってたよね」

「うん。吹き方も教えてもらったんだ」

「へえ。おじさん、音楽の先生?」

「いや、そうじゃなくて、昔からギターとかサックスとかをやってて、今はジャズバーを経営してる人」

「ジャズバー？」

「要するに、店内でお客さんにジャズを聴かせながらお酒を飲んでもらう店ってこと」

「ふーん」

希にはあまりリアルな想像ができなかったが、何となく、マフィアみたいな帽子を目深にかぶったダークスーツのおじさんたちが葉巻を吸いながらウイスキーを飲んでる様子を思い浮かべた。でも多分、実際はそんな感じではないのだろう。もっと普通のスナックの店内に近いのかもしれない。スナックの店内も、ドラマとかで知ってるだけだけど。

交差点を渡った後、希は「粟生くんが全校集会のときにトランペットで演奏したの、何ていう曲？」と聞いてみた。

「ああ。あれは『マイ・フェイバリット・シングス』っていう曲だね。日本語にすると『私のお気に入り』だね。『サウンド・オブ・ミュージック』という映画のなかでジュリー・アンドリュースっていう主演女優さんが歌った有名な曲だよ。あと、ジャズの世界では、ジョン・コルトレーンっていう超有名なサックス奏者による曲としても有名なんだ」

「私もあのとき、聴いたことがあるって思った。あ、だからその曲だったんだね。粟生くんのクラスの発表テーマが『私のお気に入り』だったから」

「そうそう、そういうこと」

「トランペット、すっごい上手いよね。毎日練習してるの？」

「毎日ってわけじゃないけど、ユーチューブとかでプロの演奏を見て、ちょいちょいやってるよ。おじさんが教えてくれたのは最初の基本だけなんで」

「家で練習するの？　トランペットって音が大きいけど、大丈夫なの？」

「ミュートっていう、音を小さくする道具があるんだ。ラッパの穴にはめ込んで。バイクや車にも、マフラーっていう音を小さくする部品がついてるだろ。あれと理屈は同じだよ」

「ああ……そういえばたまにものすごく大きなエンジン音のバイクが通ったりするけど」

「あれはわざとマフラーを外してるんだ。違法改造ってやつだね」

「中学に行ったらまた吹奏楽部に入るの？」

「いや、多分入らないと思う。吹奏楽部ってほら、先生が曲を決めちゃうから。やらされる音楽って、あんま楽しくないからね」

「一人でずっとやるの？」

「おじさんから、一緒にジャズユニットをやらないかって誘われてて。ジャズだったらどの曲でもやってみたいから、入れてもらおうかなって思ってる」

「へえ。すごいね」

川沿いの遊歩道に再び入り、来た道を戻る形で歩いた。音楽の話がきっかけで粟生くんとの会話がまた始められたことに、ほっとした。

「村佐さんも、ダンスすごいじゃん」

粟生くんから急にそんな言葉が来たので、希は「えっ。すごくないよぉ、全然」とあわてて片手を振った。

「雨の日の昼休みに体育館で、何人かの女子に振りつけを教えてたのを見たことがあるんだけど、村佐さんだけ動きが違ったよ。結構本格的にやってるでしょ」

「本格的っていうか……ダンス教室に通ってたことがあるだけだから」

「今はもうやってないの？」

「うん、やめた。ダンス教室に行ったら、もっとすごいコたちがいっぱいいて、私なんてダメだって思い知らされたから。すごいコたちはブレイキングっていって、びっくりするぐらいアクロバティックな動きができたりするし」

「あー。逆立ちして頭だけついて回転したり、片手だけで倒立したりっていう」

「そ。私はそんな運動神経ないから。立った状態で手足を動かすおとなしいダンスしかできなくて」

「好きで始めたけど、だんだん教室に行くのがしんどくなって」

　粟生くんから無言で見られている気がしたけれど、希は前を向いたまま歩いた。何となく、ネガティブなことを言われそうな予感があって、身構える気持ちになった。

　しばらくそのまま歩いていると、粟生くんが「ぼくのおじさん、ジャズバーの経営を始める前は、音楽プロデューサーという仕事をしてたんだけど、もっと若い頃はプロのギタリストで、割と有名なバンドのサポートメンバーとしてライブに加わったり、レコーディングに参加したりしてたんだって」と言った。

「へえ。すごい人なんだね」

「そのおじさんが言ってたけど、自分なんかよりもギターが上手くてかなわないって思った人がいくらでもいたって」

「えっ」

「ものすごく複雑な奏法をすぐにマスターしたり、自分で曲を作れたりする人たちが周りにいて、おじさんはとてもかなわないと思ってたんだ。でも、何年か経って気がついたらみんなやめて、いなくなってた」

「えーっ、どうして？」

「おじさんがすごいと思ってた人たちも、実は自分なんかプロの世界では通用しないと思ってたんだろうって。おじさんも自分はプロにはなれないと思ってたけど、うちのサポートメンバーにならないかって声をかけられたらとりあえず、はい喜んでって答えて、必死に練習したって。おじさんは演奏技術はそれほどでもなかったけれど、ボーカルとか、他のメンバーを引き立てる演奏を心がけたんだ。そうしたら、あいつがいるとやりやすいって言ってもらえて、いろんなところから声がかかるようになったと言ってたよ。リハーサルとかでメンバーやスタッフが衝突して現場がピリついたりしたときは、飲み物なんかを買って来て、ちょっと落ち着こうか、みたいな役割も買って出て。演奏が上手いだけの人が生き残れる世界じゃないんだよね、要するに」

「ふーん」

「好きなものを好きでいれば、いつか何かが起きる。他人と競い合う道しかないってわけじゃない。これ、おじさんの言葉」

希はその言葉を心の中で復唱してみた。

そういえば最近、アニメオタクだった男子高校生が好きな作品の舞台となった場所に出向く〔聖地巡礼〕をしたかったけれど、おカネがないので自分のサイクリング車で険しい山道を何度も越えて行き来するようになった結果、脚力がついて、自転車競技部にスカウトされてインターハイに出てみたら、競技の戦術とか何も判っていないのに上位入賞してしまったという話をバラエティ番組でやっていた。ニキビ面のそのお兄さんは、他の誰とも競い合わずに、ただその日のうちに〈聖地巡礼〉を終えて帰らなければならなかったからひたすらペダルを漕いでいただけだった。そもそも自転車競技なんて興味すらなかった。

そのお兄さんは、もし最初から自転車競技部に入っていたとしら、他のコたちの体力や自転車に対する情熱に圧倒されて、やる気を失ってやめていたでしょうね、と言っていた。〈聖地巡礼〉という大好きなものがあって、そのためにひたすらペダルを漕いでいたら、インターハイで活躍という〈何かが起きた〉のだ。

希は、ダンスは今でも好きなんだよね、と自問してみた。

ダンス自体が嫌いなわけじゃない。ダンス教室で上手いコたちと較べられたり、自分で較べたりして、それがしんどくなっただけ。

好きなことをやめる必要なんてないはずだ。粟生くんだって、ユーチューブ動画を見てトランペットの練習をしている。誰かと上達を競ったりはしていない。

アクロバティックなヒップホップダンスだけがダンスじゃない。

いろいろ検索してみようか、ユーチューブ。家族共用のノートパソコンがあるから。周りのコたちと同じダンスじゃなくて、もっと夢中になれて、自分に向いているダンスが見つかるかもしれないし。

何だか、目の前にあった壁がすーっと消えて、新しい道が現れたような感覚だった。

前方から、ラブラドールらしき大型犬を連れたアロハシャツのおじさんがやって来たので、希の左側を歩いていた粟生くんが道を空けるために希の後ろに並んだ。おじさんは身体が大きくて、麦わらの中折れ帽をかぶっていて、口の周りがひげだらけで、首に金色のチェーンつけていて、ぶすっとした顔だったので、希は少し緊張した。

近づいて来たラブラドールが舌を出してはあはあ言いながら希を見上げてきたので、反射的に犬に向かって手を振ると、遊んでもらえると思ったのか、飛びかかるような感じで前足を浮かせて距離を詰めて来た。おじさんが「あ、こらっ」とリードを引っ張ったので、希にはぎりぎり前足が届かず、ラブラドールが着地した。

「驚かせてごめんね」おじさんが苦笑いになった。「このコ、こう見えてもまだ子どもで、出会った人はみんな遊んでくれると思っちゃってて」

「へえ。かわいいですね」希はおじさんの態度にほっとしながらしゃがんでラブラドールに微笑みかけた。粟生くんが「触ってもいいですか」と尋ねると、おじさんが「いいよ。このコは首のつけ根をポンポン叩かれるのが好きなんだ」と言った。

粟生くんと一緒に、ラブラドールをなでたり首のつけ根を軽く叩いたりしようとしたけれど、マジックと違ってラブラドールは粟生くんの脇の下に頭を突っ込んだり、希の手をなめてきたりした。身体は大きいけれど確かにやることが子どもっぽかった。

栗生くんが「ありがとうございました」と立ち上がったので希も倣《なら》って同じ言葉を口にした。おじさんは「こちらこそ、ありがとねー」と片手を上げて、ラブラドールに「ほら、行くよ」と声をかけて歩き出した。

ラブラドールが一度、名残惜しそうに振り返ったので、希は手を振って見送った。

「犬が間にいると」と栗生くんが歩き出した。「知らない人と話をすることって、結構あるんだよな。さっきの人なんて、犬を連れてなかったら絶対に避けて通るよ」

「栗生くんも、犬の散歩のときにさっきみたいなこと、よくあるの?」

「あるある。小さなコが触りたがって、触らせてあげたらその子のお母さんからお礼を言われるし、決まった時間に決まった場所を通ることが多いから、女子高生のお姉さんグループがしょっちゅう触りに来るし。他の犬を連れてる人ともあいさつをするし、ときどき立ち話になって、しつけの方法とか、どこの動物病院の先生が親切だとか情報交換したり」

「おじさんの犬の散歩に一緒に行く感じ?」

「最近は、朝の散歩はおじさんがやって、夕方は僕が一人で行くこともあるよ。マイルスをマジックに会わせたら、意気投合してマブダチになりそうな気がするよ。あ、マイルスっていう名前なんだ、おじさんの犬。ジャズ界のレジェンド、トランペッターのマイルス・デイビスから取った名前」

「へえ」マイルス・デイビスという名前は聞いたことがあるかも。でも希にとってはほとんど知らない世界だった。

希は、粟生くんがいつもどの辺を散歩しているのかを聞きたかったけれど、さすがに口にはできなかった。あまりぐいぐい行くと、かえって避けられるようになるかもしれない。なので希は「じゃあ、今日もこの後、散歩に連れ出すんだね」と誘い水を向けてみたけれど、粟生くんは「うん」と答えただけで、場所や時間の情報はつかめなかった。でも、近所だから、そのうちに会えるだろうと思った。

「結構歩いたよね」と粟生くんは話題を変えた。「疲れたんじゃない？」

「ううん、大丈夫」

「おなか減ったー」粟生くんは独り言っぽくつぶやいてから、「そうだ。後でムラサのコロッケパンを買って食べようかな」と続けた。

「えっ」

「村佐さんのお父さんお母さんが作ってるんだろ、あれ。旨いんだよなー。僕は土曜日の午後にはたいがい買ってるよ。おじさんがやってるジャズバーの開店前に、店の中でトランペットの練習をさせてもらって、帰り道にムラサのコロッケパンを買って食べる。トランペットを吹くとおなか減るんで、なおさら旨い」

「まあ、美味しいのは美味しいけどね」希は本来はありがとうと言うべきだと思ったけれど、「コロッケパン屋の子っ言われて、いろいろからかわれてきたから、私はあんまり知られたくないんだ」と言った。

「どんなふうにからかわれるの？」

「授業中に当てられてすぐに答えないでいると、お前アガってるんだろう、コロッケだけにって男子の一人から言われて、みんながどっと笑ったことがあって。あと、コロ助のしゃべり方をされたり。それをきっかけに、他の女子たちも私の方をにやにや見ながらひそひそ話をして。将来の夢を学級新聞にみんなで書いたときは、私はパティシエって書いたのに、誰かがそれを線で消して、コロッケパン屋って書かれたり」

「ふーん。それは腹立つね。じゃあ、学級新聞か何かで宣言したら？　コロッケパン屋をバカにする人は、買いに来ないでください、みたいな」

「ええーっ」

「まあ、実際にそこまでしなくてもいいけど、想像してみなよ。村佐さんをからかった男子は百パー、ムラサのコロッケパンが大好きなんだと思う」

「そうかなあ……」

「絶対だよ。僕が買いに行くときもよく、部活とか塾帰りの五、六年生男子と出くわすから。みんな大ファンなんだよ。ほら、よくあるじゃん。高学年ぐらいの男子って、好きな女子にわざと嫌がることをするっていう。きっとそれだよ」

まじかあ……。でも考えてみれば、給食でコロッケやメンチカツが出たときなんかに、男子はよく手で裂《さ》いたコッペパンにはさんで、ドラえもんの口調で「こういうときにはこれ。コロッケパンー」などとはしゃいだりしている。

ムラサのコロッケパンがなくなったら、悲しむコたちは案外多いのかも。

川沿いの遊歩道が終わり、国道沿いの歩道に出た。もうすぐ粟生くんと一緒に歩く時間も終わりだ。

少し歩いて、人気があったはずのスイーツ店の前にトラックが停まっていることに気づいて、希は「あれっ」と声にした。

おじさんたちが店の中から大型の調理器具らしきものを運び出している。トラックの近くにはその他、テーブルや椅子、冷蔵庫なども置かれていた。

「あー、閉店したんだね」と粟生くんが言った。「この道、マジックを連れて原屋敷さんちに向かうときにも通ったけど、そのときは気づかなかったなあ。まだトラックが来てなかったからかな」

「あのお店、シュークリームとかアップルパイとか、むっちゃ人気があったのに……」

希も何度か食べたことがあり、中で働いているパティシエのお姉さんたちの調理服なんかも格好よかった。店員さんもきれいなお姉さんで、上品な感じだったのに。将来の夢をパティシエにしたのは、まさにこの店の影響だったのに。

頭の中で、どうして、どうしてという言葉が反響した。

「競争が激しい世界だからね」と粟生くんは言った。「最近、近くにコンビニが二つできたせいかもね。ほら、最近のコンビニって、スイーツに力を入れてるから。ニュースでもやってたけど、コンビニが近くに出店するとスイーツ店や飲食店がお客さんを取られて潰れることって、多いらしいよ。飲食店のランチを食べるよりコンビニで買った方が安いし、いろいろ選べるからね。しかも大手コンビニの食べ物は結構美味しいし」

「がーん……」

「そんなにショックだったの？」

「うん」

半ば無意識に足を止めて、トラックに調理器具などが運び込まれる様子を眺めていた。

「ムラサは絶対に大丈夫だよ」

粟生くんのその言葉に、一瞬ぽかんとなった。

どうやら粟生くんは、このスイーツ店が閉店したことで、ムラサもそのうちに潰れるんじゃないかと不安になっていると思ったらしい。

違う、違う、そういう意味じゃなくて——と希が言うよりも先に粟生くんが「そういえば、コロッケパンを買いに行ったときに村佐さんを見かけたことってないよね」と言った。「もしかして、コロッケパン屋の娘だってことを隠したくて、店には行かないようにしてるとか？」

「まあ……とっくにバレてるから、今さら隠したいも何もないんだけど、わざわざ広めたくはないっていうか。ハンバーガーやホットドッグを売ってる店だったらまだいいんだけど、コロッケパンというのはやっぱりちょっと」

「そうかなあ。ムラサのコロッケパンは、その辺のファストフード店のハンバーガーやホットドッグなんかに負けてないと思うけど」

いや、美味しさの問題じゃなくて。やっぱりダサいっていうか……。

「それに、私が店の近くをうろうろしてたら、クラスの男子とか、女子のお母さんなんかに会ったときに、変な空気になるだろうし。別に仲がいいわけでもない男子にわざわざあいさつするのは変な感じだし、でもしなかったら無視した、みたいになるし、誰かのお母さんにあいさつしても、会話が続かなくて気まずくなるし」

「ああ……そういうのは判るよ」粟生くんはうなずいた。「この前、僕もスーパーで同じクラスの男子のお母さんに会って、何度か家に遊びに行ってたんであいさつしたけど、特にそれ以上話すこととかなくて、互いに黙っちゃって。そういう気まずい空気って、確かに避けたいよね」

「そうそう、そういうこと」

何とか共感してもらえたようで、ほっと胸をなで下ろした。

自分たちの町内に入るまで、その後の会話はなくなった。そして、いよいよお別れというときになって粟生くんが「じゃあ、台本書くから、後で読んで、つけ加えたり直したりするの、よろしく」と言った。

希が「うん。あと、他のコたちに劇をしようって、伝えなきゃだね。女子は私が言っとこうか?」と返すと、粟生くんは「ああ、じゃあ頼むよ。木山くんは僕が伝えとくから」と言った。

粟生くんはこの道を右。希はもう少しまっすぐ。粟生くんの方から「じゃ。今日はお疲れさん」と手を振ってきたので、希も「あ、うん。お疲れ様」と振り返した。

いったん行きかけた粟生くんが横顔を向けて「お店に買いに来てるお客さんたちの顔とか、あんまり見たことない?」と言ってきたので、希は「え?」と聞き返した。

「こっそり観察してみるといいよ。ムラサはさっきのスイーツ店と違って、絶対に潰れない。お客さんたちの様子を見たらはっきりと判るから」

希は「どういうこと?」と問い返したが、粟生くんは「じゃ」ともう一度手を振ってからきびすを返し、すたすたと遠ざかって行った。

自宅は、コロッケパン屋の店舗とつながっているので、お店から自宅に入ることもできるが、希はずいぶん前から、裏通りに面した自宅玄関からしか出入りしないようになった。店が面している市道もできるだけ歩かないようにしてきた。お父さんもお母さんも、希が意識してそうしていることは気づいていないようで、特に何か言われたりはしていない。お父さんもお母さんも、いい意味で子どもに干渉してこないタイプなので、そこはありがたい。

市道をはさんだ向かい、カットハウスの近くに電柱があったので、その陰からムラサの様子を窺ってみた。

カットハウスの店内にある壁の時計をガラス越しに見たところ、午後四時過ぎだった。小腹が空く時間帯のようで、おそろいのブレザーの制服を着て、紺色のスクールバッグを肩から提げた高校生らしきお兄さん数人のグループが、一人一個ずつコロッケパンを買っていた。

ムラサの店は、お客さんを中に入れるのではなく、店頭で窓越しに注文を受けて商品を渡したり精算したりするようになっている。頭に白い三角巾《さんかくきん》を巻いたお母さんが笑顔でお兄さんに話しかけ、お兄さんはうなずいているようだった。顔なじみらしい。

お兄さんたちはさっそくコロッケパンの包み紙を開いて、かぶりつきながら歩き出した。そのうちの一人が何か言い、他のお兄さんたちがコロッケパンを噴き出しそうになって、片手で口を押さえたり、変なことを言ったお兄さんを小突いたりした。

声が聞こえるよう、希はいったんそこから離れて少し歩いてから市道を渡り、ムラサに近づいた。店に向かって左隣は以前はメガネ屋さんだったけれど今は駐車場に変わっており、停まっている数台の車の中に大きなワンボックスカーがあったので、その陰から観察してみることにした。

しばらくして作業服を着た頭の薄いおじさんがやって来て、「こんにちはー」と言うと、お母さんの「あら、いつもありがとうございますー」という声がした。ここからだとお客さんの横顔は見えるけれど、お母さんの様子は判らない。

お母さんが「今日はどうしましょう？」と尋ね、おじさんは「十五個頼むわ」と言った。奥からお父さんの「いつもありがとうございます」という声が聞こえた。

「ここのコロッケパンを差し入れて、それから残業を頼んだら、みんな聞いてくれるんだわ」と言っておじさんが大きな声で笑った。「コロッケパンさまさまよ」

お母さんの笑い声と共に、揚げたてのコロッケのいい香りが届いた。お父さんは奥で次々とコロッケを揚げて、お母さんが紙に包んだり袋に入れたりしたりしながらお客さんの相手をする。コロッケにソースをかけたりパンにはさんだりする作業は、手が空いている方がやる。多分、いちいち声をかけたりしなくても効率よくやっているのだろう。あうんの呼吸というやつだ。

おじさんがたくさんのコロッケパンが入った紙袋を受け取り、「ありがとー」と歩き出した。お母さんの「ありがとうございましたー」という元気な声。遠ざかってゆくおじさんの後ろ姿は、うきうきしているように見えた。

中学生と思われる、リュックを背負ったお兄さんも常連のようで、お母さんから「今から塾?」と聞かれて「はい」と答え、さらに「部活はもう辞めたんだっけ?」と聞かれて「夏休みの途中まではやります」「ああ、そうなんだ。最後の水泳の試合になるんだね」「はい。県大会に進むのが目標なんですけど、無理っぽいです」といったやり取りが続いた。奥からお父さんの「県大会に進めたら、一週間の無料サービスをしてやるよ」という声がかかり、お兄さんは照れ笑いをしながら「あ、はい」とうなずいていた。

お父さん、家では梅干しを入れた焼酎のお湯割りを飲みながら、録りだめした大河ドラマとかスポーツ番組を見てるばっかりで、あんまりしゃべらないのに。希は意外な一面を見た気がして、これがいわゆるスイッチのオンとオフというやつかと思った。

今度、店の手伝いをさせてもらって、オンのときのお父さんと話をしてみようか。でも、お母さんから「そんなことしなくていいから勉強してなさい」と言われそうな気がする。

そうだ、親の仕事について調べる宿題が出た、みたいな説明をすればいい。

その後も、事務服を着たおばさんが六個注文したり、低学年ぐらいの男の子二人を連れたお母さんが四個買ったり、店の前に停まったワンボックスカーから降りて出て来た作業服姿の若いお兄さんが十一個注文したりした。そのお兄さんは待っている間、後ろからやって来た車に頭を下げて、追い越して行くよう誘導していた。

みんな、この後コロッケパンを食べるのが楽しみで仕方がなさそうに見えた。

粟生くんが言ったとおりだった。ムラサは潰れる心配なんてない。

閉店したあのスイーツ店は、内装もおしゃれだったし、ガラス越しに見えた調理服姿のパティシエさんも販売担当のお姉さんも格好よかったけれど、買いに行くといつもちょっと緊張させられた。ムラサとは全然違って、気さくにお客さんと話をするような雰囲気じゃなかった。

ムラサのコロッケパンが人気なのは、味だけじゃなかったんだ。

自分は結構、すごい商売をやってる夫婦の娘なのかも。

希はムラサからそっと遠ざかり、もう一度、公民館に向かった。急に薄紫色のアジサイに会いたくなったからだった。

今日はマジックきっかけで本当にいろんなことがあった。七人の名前にそれぞれ虹の色が入っていることが判ったり、校区まつりでそれを劇にしようかって話になったり、粟生くんと二人で歩きながらいろんな話をしたり。

そして、ムラサのコロッケパンのすごさとか、お父さんやお母さんのことを実はよく判っていなかったんだと気づかされた。

あと、アジサイだ。アジサイは確か漢字で書くと、紫が入っていたはずだ。紫は村佐希の色。マイ・フェイバリット・カラー。だから薄紫のアジサイは、マイ・フェイバリット・フラワーだ。二つの〔私のお気に入り〕が見つかった。大きくて目を引く花じゃなくて、小さな花が集まっているところも自分に合っていると思った。大きな花は咲かせられないけれど、小さな積み重ねによって、大きな花とはまた別の存在感を見せることはできる。

ダンスの練習、ネットで動画を検索してみよう。今流行ってるダンスだけがダンスじゃない。他のコたちが知らないような振りつけを一つずつ、コツコツ身につけていったら、もしかしたらマイ・フェイバリット・ダンスにたどり着けるかもしれない。

他のコと較べる暇があったら、ほんの少しでいいから昨日の自分を超えられるようにこつこつ続けてみよう。好きで始めたダンスをずっと好きでいたいから。

考えてみたら、アクロバティックな動きができて、希があこがれと妬みを持っているコたちだって、そういうコばかりが集まった大会などでは、ほとんどが敗退して挫折感を味わうことになるのだ。今はあのコたちもダンスが大好きで、みんなからすごいと言われているけれど、椅子取りゲームに残れるのはほんの一握り。あのスイーツ店だって、あんなに美味しくておしゃれだったのに閉店してしまった。

ムラサのコロッケパンは、やり方が違っている。もしお父さんとお母さんがハンバーガーやホットドッグの店をやっていたとしたら、大手のチェーン店にお客さんを奪われて続かなかったかもしれない。毎日毎日こつこつとコロッケを作り、ソースをかけてパンにはさみ、丁寧に紙に包む。そして一人一人のお客さんの顔を見て笑顔で話しかけ、お礼と共に見送る。近いところに結構な〔先生〕がいたではないか。

自分にとってのコロッケパンを探そう。それを探さなければならない、じゃなくて、探す楽しみができた。わくわくする楽しみだ。

公民館の敷地内に入った。今は誰もいない。ブランコの上の支柱や鉄棒に、雨のしずくがついている。低学年の頃は、鉄棒のしずくを指でトゥルルルルッと払い落とすのがなぜかお気に入りだった。

敷地内の水たまりをよけて公民館の裏に回った。

一畳分ぐらいのスペースに密集して、小さな薄紫の花を咲かせているアジサイたち。まだ雨に濡れていたせいで、しずくも薄紫にきらきら光っていた。

かすかにだったけれど、声が耳に届いた気がした。

あら、会いに来てくれたのね、マイ・フェイバリット・ガール。

コスモス

「そもそも、どうしてあんなものを芝生広場に作ったんですか」

電話の相手は中高年の女性のようだった。言い方に結構な棘《とげ》があり、またもやアンチのクレームだ。市役所公園管理課主査の重橋福男《しげはしふくお》は内心ため息をつきつつ、「タカラガイのオブジェを生涯学習センターの芝生広場に設置した経緯については、市内全戸に配布している市報でもお伝えしているかと」と、穏やかな口調を心がけて答えた。

「どんなお伝えだったんですか？　私は読んでませんけど。市報を読むことは市民の義務なんですか？」

「いえ、決して義務ではありません。市報でお伝えしたことをざっと申し上げましょうか？」

「そうしていただけますか」

「以前から市内各所で縄文時代の集落跡が発見されてきたことはご存じでしょうか」

「それぐらいは知ってます」

「それで、五年ほど前にですね、老朽化《ろうきゅうか》して解体した市民球場の跡地から、新たに集落跡が発見されまして、発掘作業などの結果、タカラガイを使った縄文時代の装飾品が二百点ほど見つかったわけです。その他、弓矢の矢じりですとか、土器なども――」

「だからといって、税金を使ってあんな不気味なオブジェを設置することはないでしょう」

「不気味かどうかについては、人それぞれかと」

「あなた、名前は？」

そらきた。クレーム電話の市民はしばしば、名前や身分を聞いてくる。後で誰それがこんなことを言った的なことになるぞという脅しである。

「私は公園管理課主査の重橋と申します」

「主査？」

「要するに係長職です」

「では重橋さん、あなたはあのオブジェを見て、不気味だとは思わないわけ？」

「ええ。大きさは実際のタカラガイとは違って、かなりのサイズではありますが、本物のタカラガイをリアルに再現したものです。生きているタカラガイはこういう姿をしているんですよと広く知っていただくいい機会かと思いますが」

「はっ」相手はあきれたような声を出した。「そりゃあなたは市役所の人間だから、口が裂けても不気味だとは言えないんでしょうね」

「いえ、私は不気味だとは全く思ってません」

福男は心の中で、確かに不気味だよねー、と笑った。福男の主観でも、あれは不気味な代物である。大型のイノシシぐらいある、あのでかさがよくないのだろう。

「そもそも、あれがどうして生涯学習センターの芝生広場に設置されなきゃいけないんです？　百歩譲って、博物館ならまだしも」

「それは、その地でタカラガイの装飾品が出土したため、興味を持っていただくことが、生涯学習の趣旨にも沿ったものだと――」

「孫が怖がってるんです」と相手の女性は言った。「せっかく生涯学習センターという立派な施設ができて、最近までずっと整備中だったせいで入れなかった芝生広場がようやく利用できることになったと思って喜んでたら、孫があれを怖いと言って、近づきたがらないんですよ」

「あー、あの近くにお住まいで」

だとしたら福男の自宅からも近いということになり、知り合いの可能性がある。

「そんなことはどうでもいいでしょう。私の身元を調べようとしてるんですか」

「いえ、決してそんなつもりでは。貝類の図鑑をご覧いただければ、生きているときのタカラガイの写真も載っていると思いますので、お孫さんと図書館などで、タカラガイについて一緒に学ばれてみてはいかがでしょうか。縄文時代にはブレスレットやネックレスなどに用いられたぐらいですから、実はとても美しい生き物だということをお孫さんに——」

「何を学ぶかを、あなたにとやかく言われる筋合いはありません」

ちらと課長席を見ると、辻《つじ》課長と目が合ったが、素知らぬ顔で書類に視線を向けられた。

責任逃れの辻。ミスター事なかれ。

陰でそう言われていることに彼は気づいているのだろうか。

その辻課長の専用固定電話が鳴り、受話器を耳につけるなり、彼の顔が曇った。辻課長は市民からの一般の電話には出たがらないが、直《ちょく》でかかってくる電話も歓迎されざるものが多いようである。福男は、ザマアミロと思った。

「あー、どうも失礼しました。言い方がよくなかったようで」福男は努めて明るい口調で言った。「では、お孫さんが近くを通りたがらない、という点については確かに承りましたので」

「承りました、じゃないでしょう。撤去してください」

「いえ、それはちょっと」福男はパソコンの横にあったファイルを広げてめくり、タカラガイのオブジェ関連のクレーム対応マニュアルに目を落とした。「市民の方々からのご意見はさまざまですので、広く伺った上で判断しなければならないわけでして」

「あんなものを喜んでる市民がいるもんですか」

「いえ、そんなことはありません。タカラガイの装飾品が出土した町を象徴するオブジェでいいと思う、ですとか、インパクトがあっていいといったご意見もたくさん頂戴しております」

「たくさんって、何件ぐらい」

「今すぐに正確なことは、申し上げられませんが。ご意見をいただくのはうちだけではなく、市民相談室ですとか、生涯学習センターですとか、市長秘書室なども承っているようですので。もちろんあまり感心しないというお声も頂戴することはありますが、現時点ではそれほどの数ではありません」

電話の向こうから盛大なため息が聞こえ、相手の息が耳にかかったような気分になった。

「市政を見守る会、という市民団体からもらったチラシを今、見てるんですけど」相手は急に声を低くした。「議会の承認を得ないで、市長の独断で設置を決めたそうですね」

「公園の設置物については基本的に建設部長の決裁で決めることになってまして。何もかも議会に諮《はか》らないといけないとなると、一年中議会を開催しなければいけなくなりますし、現実的ではありませんので」

「オブジェを作った業者、市長の娘婿《むすめむこ》が経営する立体看板を作る会社だって、チラシに書いてありますけど、本当なんだったらこれ、税金の私物化じゃないんですか？」

「それはですね……」手のひらに冷や汗がにじみ出るのを感じた。「おっしゃるとおり、製作を請け負ったのはカワハラという立体看板を作る会社ですが、市内で他に、低予算であのクオリティのオブジェを作ることができる業者っていないんですよ」

「チラシによると、高級車が買える金額ですね」

数字を口にするより、他のものと較べた方が攻撃力が増すと思ってのことだろう。

「あの大きさとクオリティであれば、それぐらいはかかります。カワハラさんも最初は嫌がって、入札にも参加してなかったんです。どの業者も手を上げなかったので、市側から随意契約の形で頼み込んで作ってもらったんです。予算内で何とか作ってもらえましたけど、全く儲かってませんよ。確かカワハラさん、変な疑念を持たれないよう、SNSで費用の明細を公表してるはずですが」

「その内容って、信用性はどうなんですかね」相手の女性は、ふんと鼻を鳴らしたようだった。「市民団体の人たちも、あんな不気味な代物を税金を使ってわざわざ設置したことに憤《いきどお》っていて、撤去を求める署名活動を始めたそうなので、私も喜んで名前を書かせていただくことにします。公園管理課のシゲハシさんに電話で問い合わせをしたけれど、誠実とは思えない対応だったということも、市民団体の方々に伝えておきますから」

福男が「あの――」と言っている途中で電話は切られた。

向かいの席にいる女性職員の畑津《はたつ》さんが「またタカラガイのクレームですか」といかにも同情するような顔で言った。「このところ、毎日何件かありますよね。市政を見守る会が組織的にやってる気がしませんか」

「どうでしょうかね」

畑津さんは、機嫌が悪いときは八つ当たり気味の物言いをしてきたり、手がつけられないほどヒステリックになるときがあるが、今日は大丈夫らしい。福男よりも十歳近く年上の五十代後半。中間管理職の立場としては特に扱いに注意しなければならない相手である。彼女は職員組合では女性部の何とか委員長、的な肩書きを持っている、いわゆる反体制派なので、もしかしたら市政を見守る会ともつながっていて、何らかの意図があってこういう話しかけ方をしてきた可能性がある。

畑津さんはさらに「今の電話も名乗らなかったんでしょう」と言ってきた。

「ええ。孫が怖がるから撤去しろと言ってました」

「市役所の電話機もいい加減、ナンバーディスプレイ機能ぐらいつけるべきじゃないですかね。それをしないから、匿名で言いたいこと言ってくるんですよ」

やっぱり畑津さんは怪しい。ナンバーディスプレイ機能が近いうちに導入されるかどうかを探るための誘い水のように感じた。

福男は「まあ、それをやろうとすれば、市民を監視するのかみたいなことを言われるだろうし、予算もかかるから」と、無難な返答をしておいた。

さきほどのクレーム内容をパソコンに入力した。毎週月曜日の朝に、箇条書きにしたクレーム一週間分を庁内メールで建設部長と部内の各課長に報告しており、部長からは市長や副市長らにも上げてもらっていることになっているのだが、もしかしたら部長の段階で取捨選択したり、内容に手を加えてから市長に届いている可能性はある。お役所仕事あるあるだ。

「重橋さん」と声がかかったので顔を上げると、辻課長が手招きしていた。

こっちは忙しいっての。用があるならそっちから来いよ。福男は心の中で毒づきながら席を立った。

「また市民から、タカラガイのオブジェについてのクレーム電話でしたよ」

面倒な仕事を振られたくないので、機先を制するつもりで福男の方から先に言った。遠回しに、課長の方でも市民からの電話対応をしてもらえませんかね、という嫌みを含ませたつもりだった。

「それはご苦労さん」辻課長は機械的にうなずいた。「気持ち悪いとか、行楽目的で人が集まる芝生広場にふさわしくないとか、そういうやつ?」

「孫が怖がってるから撤去してくれと言われました」

「それはひどい要求だね。最後は何とか引き下がってくれた？」

「いいえ」福男は頭を横に振った。「市政を見守る会が始めたらしい、撤去を求める署名に応じると言って切られました」

「そんなの、数は集まってないだろう」

「でも地元のテレビや新聞が取り上げるようになるとやっかいですよ。そのうち議会で説明を求められることになるかもしれません」

「えーっ、それ、俺がやんなきゃいけないの？　建設部長がやることだよね」

知るか、そんなこと。建設部長だってそんなのやりたくないに決まってるんだから、辻課長よろしく頼むと言ってくるに決まってるだろうに。福男は「直接の担当課長がやる流れになるんじゃないですかね」と冷めた口調で返した。

「あーあ、なんであんなものを設置したのかねえ」辻課長は両手で頭を抱えた。「市長の鶴の一声で決まったんだったら、市長が議会にちゃんと説明するべきじゃないか」

それを部下の係長職に言っても仕方がないだろうに。福男は「はあ」とあいまいに相づちを打った。

「あ、そうそう、それはそうと、だ」辻課長は福男を見上げで、「ちょっと座ろうか」と壁際に立てかけてある折りたたみ式パイプ椅子の方にあごをしゃくった。

福男はため息を飲み込みながら、パイプ椅子を取りに行き、課長席から少し離すことを意識して、腰を下ろした。

「生涯学習センターの館長から、さっき電話でさんざん嫌みを言われたよ。あのオブジェについてのクレーム電話がうちに来て迷惑してる、公園管理課ではどういう対策を考えてるのかって」

「あー、そうですか」

「そりゃ市民にとっては、生涯学習センターの隣にある芝生広場だから、生涯学習センターの管轄だと思うよね。ていうか、同じ市役所なんだから、そういうのは一致団結して、あっちでも対応してくれりゃあいいじゃないの」

だからそれは先方に言いなさいよ、部下じゃなくて。福男は「はあ」とうなずいた。

生涯学習センターが完成し、稼働を始めたのは八月からだったから、つい二か月ちょっと前のことだった。その一方で芝生広場の整備は遅れて、先週やっと立ち入り禁止の看板が撤去されて、市民が自由に利用できるようになった。タカラガイのオブジェは、それに合わせて、芝生広場の東の隅、生涯学習センターに近い場所に設置された。

計画段階では、芝生広場も生涯学習センターが管理する方向で話が決まりかけていたと聞いている。ところが建設部長が「いずれ市民の要望などで遊具を設置することになるかもしれないし、ああいう施設は公園管理課で一括管理した方がややこしくなくていいのではないか」みたいなことを市の幹部会で発言したせいで、公園管理課の所管になったのである。建設部長は自分たちの〔縄張り〕を拡張できて予算が増額されることでいろんな業者に対して顔が利くようになる、という皮算用があってのことだろうが、余計な仕事を背負い込むのは現場の職員たちである。

辻課長がさらに、生涯学習センターの館長は口調は穏やかだがものを頼むというより指図をするような言い方をしてくるとか、個人的な知り合いには優先的に館内の施設利用を許可しているらしいといった悪口を言い始めたので、福男は「あの」と遮って、「お話はなんでしたっけ」と尋ねた。

辻課長は一瞬ぽかんとしてから、「ああ、悪い、悪い」と笑った。「タカラガイについて市民からクレーム電話がかかってきたときの対応マニュアル、生涯学習センターの総務にメールで送っといてもらえる？　あの館長、最初はクレーム電話は今後、公園管理課の所管ですのでそちらにかけ直してくださいという対応を取らせてもらう、なんて言ってくるもんだからあわてちゃったよ。俺が迷惑かけてすみませんってさんざん謝って、対応マニュアルがあるのでご参照いただけませんかと下手に出たら、何とか了解してくれたんだわ。所管は公園管理課だってことは電話の相手に伝えますからって釘は刺されたけど」

それだけの要件なんだったら、いちいち手招きなんかしないで、自分の席から「対応マニュアルを生涯学習センターの総務にメールで送っておいて」と指示すれば終わりだろうに。しかもおそらくこのもみあげ白髪ハゲ男は先方に、あたかも自分が対応マニュアルを作ったかのような説明をしたに違いない。福男が残業してほぼ一人で作ったあのマニュアルを。

市役所ってどういうところですか？

市役所というところはね、非効率な仕事をしたがるおじさんが集まったところだよ。

福男は、職場見学に来た小学生にそんな返答をする自分の姿を想像してみた。

定時に仕事を終えることができ、福男は自転車に乗って市役所庁舎から、娘のみおが待っている保育園へと向かった。

妻の夏帆《かほ》は、二人目の子の出産に備えて隣県にある実家に帰省中で、福男は現在、公園管理課主査の仕事をしながら、みおを保育園に送り迎えしたり、慣れない家事をこなす日々である。

夏帆の出産を見越して、福男は市職員の子育て支援制度を申請、定時に帰れる職場への異動を希望した結果、市民健康課から公園管理課に異動できたわけだが、タカラガイオブジェのせいでかえってストレスの多い仕事になってしまった。

保育園に到着し、グラウンドの隅に自転車を停めて、みおがいる部屋へと向かった。

みおはいわゆる年中さんだが、午後三時以降は年長さんたちと一緒の部屋に移動して、おやつを食べさせてもらい、その後はそれぞれの迎えが来るまで保育士さんに絵本を読んでもらったり室内ゲームをしながら待機していることが多い。

大きなサッシ戸越しに中を覗くと、いつもと同じく、ベテランの長内《おさない》先生が大きな絵本を広げて園児たちに見せながら朗読していた。小さな椅子に座っている園児たちはこちらに背を向けているので、福男がやって来たことには気づかない。

長内先生が「みおちゃん、お父さんがお迎えに来たよ」と言い、みおだけでなく他の園児たちも振り返った。福男が片手を振ると、男児の一人が「みおちゃんのお父さんだー。他のお父さんと違って、ほっぺたにぶつぶつがあるー」と指さしたので、長内先生が「これ、それはギザギザ言葉の悪口でしょ」と叱った。

みおは部屋の隅に置いてあった園児用リュックを取りに行き、大声で「長内先生さようなら、みなさんさようなら」と頭を下げて、サッシ戸を開けて出て来た。福男が「お世話になっております、ありがとうございました」と会釈したが、長内先生は本を持ってこちらに近づいて来て、「連絡帳に書いておきましたが、今日ちょっと、男の子とトラブルがありまして」と言ってきた。

「はあ、どういう……」

「いえ、ちょっとしたことなんですけど」長内先生は苦笑い気味の表情を見せた。「お友達と一緒に砂場でお団子を作ってたのを男の子に踏み潰されちゃったそうで、みおちゃんが怒ってその子に砂を投げつけたら、少し目に入ってしまいまして」

ええっ。みおが「わざとじゃないし」とほっぺたを膨らませている。

「そういうのは、わざとやったことになるの」福男はちょっと怖い顔を作った。「相手の子が目を怪我してたら大変なことになってたんだぞ」

「大変なことになってないもん」

「腹が立つことがあったら、口で言いなさい、砂なんか投げちゃダメだ」

「口で何ていうの?」

「んー……ダメーって」

するとみおは、「ダメー」と言いながら右手を大きく振りかぶって頭を叩く仕草をした。お笑いコンビのトム・ブラウンがやるツッコミだ。こういうことは教えなくてもすぐに覚える。福男は「ダメーは口だけ。手は出さないの」とさらに注意した。

笑いをこらえている様子の長内先生に「あの、その男の子は大丈夫でした?」と尋ねた。

「しばらく泣いてましたけど、水道水で洗った後は、幸い特には」

するとみおが「ショウくん、片方の目が赤かったけど、帰るときは普通に戻ってたよ。みおが目が赤いのが治ってよかったねって言ったのに、ショウくん無視した」と言った。

情景が目に浮かぶ。みおは自分に対して何かされても我慢できるようだが、姐御肌《あねごはだ》気質があるようで、仲のいい友達が何かされたら手が出てしまうところがある。

福男は「それはどうも、ご迷惑をおかけしてしまいまして——」と顔をしかめてみせ、「相手の親御さんに連絡して、謝っておいた方がよろしいですね」と続けたが、長内先生は「いえ、それは大丈夫です」と片手を振った。「ショウくんの連絡帳にも経緯を書いておきましたので、納得してもらえるかと」

今はプライバシー保護の観点から、保護者の連絡先一覧のようなものは配られず、園内でのトラブルは園が保護者に伝えて解決することになっていると聞いたことがある。福男は「あ、そうですか、それはどうもありがとうございます」と再び頭を下げた。

他の園児たちが「長内先生、続き読んでー」「先生、お話ー」などと文句を言い出したので、福男は「ごめんねー、ばいばーい」と園児たちに手を振って、みおの手を引いたが、みおから「お父さん、靴のはき替え、まだだよっ」と言われた。

自転車の後部に取り付けてあるチャイルドシートにみおを乗せ、家に向かった。走りながらみおに、ケンカになっても物を投げたり手を出したりしないことをあらためて約束させた。みおは「はい、はーい」と返した。明らかに夏帆の口調の真似だった。

信号待ちで止まったときに、みおが「お父さん、お母さんは今日、帰って来る?」と聞いてきた。

「今日は帰って来ないよ。代わりにまたスマホの画面でお母さんに会おうね」

「スマホはやだ。本当のお母さんがいい」

「スマホに映るお母さんも本当のお母さんでしょうが」

「本当のお母さんは触《さわ》れるもん」

「みお。お母さんは、赤ちゃんを産むために頑張ってるんだから、我慢しようよ。お母さんがいなくて寂しいのは判るけど、もうちょっとで終わるから。それまでお父さんと力を合わせて頑張ろう」

「ミッション？」

「そう、重要なミッションだ。それをクリアしたら、お母さんは赤ちゃんを連れて帰って来るから」

ミッション。夏帆がリモート会話でみおに対して何度となく使っていた言葉である。ミッションという用語が毎回のように出てくる人気アニメ作品があるそうで、夏帆はみおに何かを頼むときに「ミッションだよ」と口にするのだ。みおも、アニメの主人公のような気分になるようで、ミッションということならとその気になってくれる。

みおは「判った。ミッションなら頑張る」と言ってから、「お父さん、今夜のご飯は？」と聞いた。

信号が青になったので福男は漕ぎ出しながら、「みおが好きなギョウザにしようか。ギョウザとサラダ」と提案してみると、みおは「いいよ」と答えた。

福男は食事を作るスキルがあまりないため、夏帆がいない間は冷凍食品のギョウザや唐揚げ、レトルトカレー、スーパーの惣菜などに頼っている。幸い、みおはそういった食べ物を喜んでいるようなのだが、食育という点では多分よくないのだろう。

市道に入り、コロッケパン屋のムラサの前を通るときに、ムラサの奥さんが販売窓口で何やら作業をしているのが見えた。みおが店に向かって「おばちゃーん」と手を振ると、奥さんは顔を上げて、笑顔でみおに手を振り返した。

みおはムラサのコロッケパンも大好きで、福男にとっても慣れ親しんだ味なので、何日か前も夕食に、コロッケパンとツナサラダを用意した。

ムラサの奥さんは、小学校のPTA役員をしている他、市政を見守る会のメンバーでもあり、タカラガイのオブジェが設置された経緯や費用などについて説明を求める要望書には、発起人の一人として名前があった。最近になってその要望書について市側が納得のいく回答をしなかったとして、今度は撤去を求める署名活動まで始めている。人づてに聞いたところによると、奥さんは決して積極的にそういう活動をやっているわけではなく、常連客とのつき合いで、頼まれて仕方なく引き受ける面があるそうだが、福男が公園管理課に異動になったことは既に知っているようで、先日コロッケパンを買ったときの態度にぎこちなさ、居心地の悪さを感じた。笑顔にちょっと緊張が混じっていたようだったし、言葉も少なめだった。

みおが「パンだけです、あとはいけません、いけません」と、聞いたことがある絵本の一節を口にしてから「コロッケパンのいいにおい」と続けた。

「それは……何の絵本の真似だっけ?」

「チョコレートパン」

「ああ、そうか」

確か、チョコレートの池があって、パンが入ってチョコレートパンになる話だった。他の動物たちも池に入りたがるけれど、チョコレートの池は、パンだけですと叫ぶのだ。

みおは就寝時に絵本を読んでくれとせがむのだが、好みが偏っていて、大人にとっては意味がよく判らないものばかり何度も読まされている。昨夜は、頭がゴムでできている、ゴムあたまポンたろうの話を三回繰り返して読むことになり、みおは満足そうな顔ですやすやと寝入ったが、福男の方は、ゴムあたまポンたろうって何なんだ、どっから湧いてきた話なんだといったことが気になって、寝つきがよくなかった。

自宅に到着し、カーポートの隅に自転車を停めて、みおを降ろした。カーポートには軽自動車が一台あるが、平日はあまり使うことがない。

自宅は小ぶりな二階建ての中古物件である。売りに出されていたものを、みおがまだ生まれていないときに購入した。新築に較べるとローンの支払いは楽だが、階段を上り下りするときにきしむ音がしたり、サッシ窓が少し歪《ゆが》んでいるのか開け閉めしにくいところがあったり、外壁の塗装が色落ちしていたりしていて、これからローン以外の出費がいろいろとかさみそうである。

みおの手を引いて玄関に向かおうとしたが、軽自動車の裏側で何か気配のような、小さな足音が聞こえたような気がしたので振り返った。

「わっ」と後ずさった。みおも「ワンコがいるーっ」と叫んだ。

黒っぽい犬が軽自動車の陰から姿を見せて、ちょこんと座った。赤い首輪をつけているところを見ると、飼い主とはぐれたか何かでここに迷い込んだものらしい。いわゆる中型犬の大きさで、おそらく十キロちょっとぐらいだろう。黒柴という種類が確かこういう感じで、頭や背中が黒くて、顔や腹側が白くて、その境目辺りが薄い焦げ茶になっているはずである。だが目の前にいる犬は、黒柴にしては少し顔が長く、洋犬の血が入っているのかもしれなかった。

とりあえず、犬がうなったり警戒心を見せる様子がなく、おとなしそうに座ってくれたことに安堵した。

「おい。どっから来た？　飼い主は？」

そう声をかけると、犬は小首をかしげ、みおが「お父さん、ワンコに聞いても意味判んないでしょ」と言った。

「いや、犬は賢いから、言葉の意味は判らなくても、目の前の人間が困っていたり、喜んでいたり、怒ってたりするのは判るもんだよ」

「お父さん、ワンコに喜んでる？　怒ってるの？」

「どっちでもなくて、困ってるの。みお、先に玄関の方に行ってなさい。咬みついてくるかもしれないから」

「ワンコは賢いってお父さん言ったじゃん。賢かったら咬んだりしないし」

理屈っぽいところは夏帆譲りかもしれない。福男は「じゃあ、お父さんの後ろにいなさい。いいね」と言い、しゃがんで片ひざをついた。

すると、何か勘違いしたようで、犬は遠慮なく近づいて来て、福男の顔に鼻先を近づけてくんくんさせ、さらに股間にまで鼻先を突っ込んできた。

確か犬は、相手の匂いをかいで、性別や年齢などの情報を得るんだっけか？

みおが福男の背中をつかみながら「ワンコ、何してるの？　お父さんによしよししてほしいの？」と聞いたので、「そうみたいだね」と首の横をなでてみた。

犬は嫌がる様子もなく、鼻先を再び持ち上げたので、福男は首に片腕を回して「よしよし」と胸の辺りを軽く叩いた。手のひらに温かくて柔らかな感触が伝わってきて、この犬に危険性はないどころか、かなり友好的な態度を見せてくれていることが理解できた。

触った手のひらをかいでみたが、変な匂いはしなかった。毛のつやもいいので、ブラッシングなどの手入れを受けているらしい。

「悪いワンコじゃないみたいだね。おとなしくていいコだ」

するとみおが「みおも触りたいっ」と言い、福男の背後から一歩出て、手を伸ばして少しだけ犬の頭に触れた。触りたいが、ちょっと怖くもあるらしい。

「犬は、上から頭を触られるのは好きじゃないと思うよ。首をぎゅっとしてあげたら？」と言うと、みおは左手で福男の袖をつかみながら、右手で犬の首をなでてみて、「かわいい」と安堵の笑顔になった。それからは福男の袖から手を離し、犬の首に両手を回してハグし、「ふかふかー」とうっとりした顔をした。子どもは適応するのが早い。

犬は目を細くして、されるがままだった。表情はクールだったが、尻尾を見ると立てて振っていたので、スキンシップを喜んでいるようだった。

みおは、いったん気に入るとそれに固執するところがある。同じ絵本ばかり読んでくれとせがむのと同様、犬のことが気に入ったようで、「みおちゃんだけです、あとはいけません、いけません」などと言いながら、犬の首周りをなでたり、背中をぽんぽん叩いたり、両手で顔をぎゅっとつかんだりしていた。嫌がってるよ、と注意しかけたが、犬は尻尾を振り続けていたので、言葉を飲み込んだ。

みおが触っている間に犬の下腹部を見て、オスだと判った。年齢はよく判らないが、この落ち着き方からすると、そこそこの高齢なのかもしれない。

そのとき、赤い首輪に何か黒い文字らしきものが見えたので、片手でつかんで顔を近づけた。〔マジック〕と書いてあった。それがこの犬の名前らしい。

もしかしたら飼い主の連絡先なども首輪に記されているのではと思い、首輪を順繰りに回してみたが、他に情報になりそうなものは何もなかった。

「ワンコの名前はマジック。ほら、首輪に書いてある」

福男がその部分を見せると、みおは「マジックってどういう意味？」と聞くので「手品とか、不思議な、とか、そういう意味かな」と答える。

「えっ、手品？　マジック、手品できるの？　やって、やって」

「犬に手品はできないよ」福男は失笑した。「ただそういう名前だってこと。保育園の長内先生は別に幼くないだろ。それと同じこと」

みおが不意に「マジック、お手」と片手を出した。するとマジックは迷わずその手のひらに前足を載せた。

「お父さん、マジックが手品したよ」

「それは手品じゃなくて、しつけ」

「しつけ？」

「そ。犬は賢いから、お手とかお座りとか、練習させたらできるようになるの」

「お座り？」みおの表情が変わり、「マジック、お座り」と言うと、マジックはまたもやその場に座り直した。みおは目を丸くして「みおがしつけたんでしょ、今」と言うので福男は前からしつけられてたんだよ、と教えようとしたが、みおがかなり喜んでいる様子を見て気が変わり、「みおはしつけが上手いなあ」と感心するふりをした。夏帆がいなくて寂しい思いをしているので、少しはいい気分にさせてやりたい。

みおはその後、「マジック、ジャンプ」「マジック、こんにちは」などと命じて、自らお手本の動作を見せたが、さすがにマジックもそれには対応できず、きょとんとしてみおを見返すのみだった。

だが、みおが「こんにちは、こんにちは」と言うたびに頭を下げて見せると、最後はマジックもほんの少しだけ、みおに合わせて頭を上下させた。みおが「お父さんっ、マジックがこんにちはしたよっ」と興奮した様子で叫んだ。

もしかしたら単に、みおの動きにつられて頭が動いただけかもしれなかったが、福男は「すごい、すごい。みおはしつけの天才だ」とおだてた。

だが、いつまでもここで迷い犬を相手に油を売っているわけにもいかない。

「みお、そろそろおうちに入ろう。ワンコも多分、自分のおうちに帰りたいと思ってるよ」

福男は言いながら立ち上がると、みおは「マジック、おうちはどこ？　お父さん、マジックをおうちに連れて行ってあげようよ」と言った。

まずい流れになりつつあった。確かにここに放置しておくのは、娘の相手をしてくれた犬に対して冷たすぎるかもしれない。このまま犬を放っておいて、もし近くで車にひかれでもしたら大変だ。それをみおが知ったら、一生もののトラウマになる。

「マジックのおうちがどこなのか、お父さんも判らないから、犬を飼っているご近所さんに聞きに行ってみよう」

そう提案すると、みおは「みおも行くーっ」と片手を上げた。

いったんマジックを家の中に入れ、玄関土間で待たせておいて、犬用リードの代用になりそうなものを探した。みおが「短くなって使ってない縄跳びがあるよ」と言い出し、それはいいかもしれないと思って持ってこさせたところ、何とかなりそうだったので、グリップ部分の片方を外してロープだけにし、マジックの首輪についている金属リングにくくりつけた。反対側はグリップ部分を残して、それを握ることにした。

その後、みおと一緒に、犬を飼っているご近所をマジックを連れて四軒巡ったが、いずれも見たことのない犬で飼い主も判らない、という返答だった。

いったん家に戻ることにして帰る途中、横を歩いていたみおが「お父さん、マジックのおうちが判るまで、うちにお泊まりさせる？」と聞いてきた。

「お泊まりって……保育園のお友達じゃないんだから」

「だって、帰るおうちが判らないんだよ」

「交番に連れて行った方がよくないかな」

「交番って、お巡りさんがいるところ？」

「そ」

「お巡りさんのところにお泊まりをさせるの？」

「えーと……どうだっけ」

福男は口ごもった。交番で預かった後、動物管理センターに移されて、一定期間経っても引き取り手がいなかったら——という話をみおにするのはまだ早いだろう。最近は、ボランティア団体などが保護を引き受けてくれて、新たな飼い主を探してくれたりもするらしいが、ケージが満杯だったり活動資金が不足していたりといった問題を抱えているケースが多いと聞いている。

家に戻り、福男は靴を脱がないであがりかまちに腰を下ろした状態でスマホから妻の夏帆に電話をかけた。「お母さんに相談してみようね」と言うと、福男の真似をして隣に腰を下ろしたみおは「みおもお母さんと話すっ」と言った。

目の前に座っているマジックは、目を細くして福男を見上げていた。飼い主が見つからない上に初対面の人間の家に入れられたというのに、この落ち着きぶり。なかなか肝が据わったやつである。

夏帆は、実家のソファで推理小説を読んでいるところだった。ざっと経緯を説明する途中、みおが横から「お母さーん、マジックっていう名前の犬だよ」「おとなしくておりこうだよ」などと口をはさんでくるので、かえって話し終えるのに時間がかかった。

夏帆は動物好きな方なので、その犬を見たいと言った。福男がスマホのビデオ通話機能を使ってマジックを映すと、夏帆は「あらー、かわいいね」と言い、それに反応したみおがマジックの首に抱きついて、スマホに向かってVサインをし、乳歯が取れて前歯がない口を開いてにかっと笑った。夏帆は声を出して笑った。

「ほんと、おとなしそうだね」と夏帆は言った。「みおとはもう、ずっと前からの仲よしみたいに見えるよ」

「交番に連れて行くっていう手もあるけど……残念な結果になってしまう可能性がゼロではないよね」

「そうね。交番に引き渡したら、かえって心配になっちゃうかもしれないしね」

「数日ぐらいなら、うちで面倒みる覚悟で、飼い主を探してみようかと思うんだけど」

「みおは、目の周りがかゆくなったり、咳が出たりとかはしてない？」

「いや、全然」

「じゃあ多分、アレルギーの問題はないよね」

「うん」

「でも、大丈夫？　朝と夕方に散歩に連れ出したり、ウンチの世話をしたり」

「まあ、数日なら」

「リードがないんだったら買わなきゃだよ。ドッグフードとか、それを入れる容器とか」

「たいした値段でもないだろ」

「まあ、そうだとは思うけど」

みおが「お母さん、マジックをお泊まりさせてもいいでしょ」と横から入ってきて、「一生のお願い」と両手をぱちんと合わせて拝む姿勢を見せた。

結局、夏帆からも「みおも寂しい思いをしてて、気が紛れていいと思うから、私からもお願いします」と言われ、家で預かって飼い主を探すことになった。

マジックを玄関土間に待機させて、みおを自転車のチャイルドシートに座らせてホームセンターに行き、ドッグフードと専用の容器、リードを買った。選んでいるときに店員さんが近くにいたので、ウンチの処理はどうすればいいのかを尋ねてみたところ、専用の道具も販売はしているが、多くの飼い主さんは、たたんだトイレットペーパーをかぶせて、小さめのポリ袋に回収し、自宅のトイレに流しているようだと教えられた。

帰宅すると、マジックは廊下に上がって寝転んでいた。みおが「マジック、ご飯だよー」と声をかけると、起き上がって近づいて来た。床の上でマジックの爪がカチャカチャと音を立てた。

先に散歩に連れ出してからエサを与えた方がいいかもしれないと思ったが、もしかしたら長時間何も食べていなくて空腹かもしれないので、とりあえずはある程度の量を食べさせてやることにした。自転車を漕ぎながらみおにもそう言ってある。

廊下の隅に新聞紙を広げて、その上に容器を置き、ドッグフードと水を入れた。容器はひっくり返りにくい形になっていて、片方にエサ、もう片方に水を入れるよう、二つの丸いへこみがある。

みおが「マジックの代わりにみおが言ってあげる。いただきまーす」と両手を合わせると、マジックはきょとんとした顔でみおを見て、それから福男を見上げた。福男が「よし」とうなずくと、マジックはドッグフードをもそもそと食べ始めた。

みおが「マジック、美味しい?」と尋ねたが、マジックは返事をしなかった。しかしみおは別に機嫌を悪くするでもなく、「おなかが空いてたのかなー」と微笑みながら、マジックの横に両手をついて食事を眺めていた。福男は何となく、幼いながらもみおに母性らしきものが早くも目覚めているように感じた。

暗くならないうちに散歩に連れ出すべきだったので、エサ入れが空になったところですぐに散歩に出かけることにした。みおには録画してある子ども番組を見ながら待っててもいいと言ったが、「みおも行くっ」と元気よく片手を上げた。

リードはマジックの首輪に合わせて赤色にした。ウインドブレーカーのポケットには、たたんだトイレットペーパー二つと、小さめのポリ袋を入れた。

玄関ポーチを下りて出発しようとすると、マジックはぐいとリードを引っ張り、家の裏側に回り込もうとした。みおが「マジック、お散歩はそっちじゃないよ」と言ったので、福男は「まあ、マジックの行きたい方に行かせてみようよ」と提案し、マジックに任せることにした。

何かそれなりの理由があるかもしれないと思っていたら、マジックは舗装されていない、雑草が生えているスペースで後ろ足を上げておしっこをした。みおが「そんなところにおしっこしたらダメっ」と言ったけれど、福男は「いいんだよ。マジックは多分、土があるところでおしっこをしたかったんだ。土はおしっこを吸って、匂いも消してくれるから」と説明した。みおは「ふーん」とうなずいた。

マジックが意図して敷地内の土があるところでおしっこをしたことは、その後外に出て、電柱や民家の塀などには全くおしっこをしようとしなかったことで判った。福男がそのことをあらためてみおに話して聞かせると、みおは「マジックはおりこうなんだねー」と歩きながらマジックの頭を軽くなでた。

散歩コースは近所の児童公園に行って帰ってくればいいと思っていたが、マジックはなぜか児童公園には入りたがらず、さらに先に進もうとしてリードを引っ張った。それまでずっとリードを持つ福男の横を行儀よく歩いていたことを思えば、今回の行動にも何か意味がありそうな気がした。

「みお。マジックはあっちの方に行きたがってるみたいだけど、どうする？　ちょっと帰るのが遅くなるかもしれなくなるけど」

そう聞いてみると、みおは「マジックのおうちがそっちにあるかもよ」と言った。

おお、確かに。

四歳児の推理力に負けてしまった。福男は苦笑いをしながら小さく舌打ちした。

マジックが引っ張るのに任せて進んだ。住宅地を抜けて、河川沿いに入ったところで「みお、疲れてない？」と聞いてみると、「平気、平気。マジックのおうちを見つけるミッションだから」と返された。

途中でだんだんとざらついた気分になってきた。生涯学習センターにどんどん近づいている。芝生広場にはあのタカラガイのオブジェがある。

マジックが途中で左折したため、ますます嫌な予感がしてきた。生涯学習センターはもう目と鼻の先である。みおが「マジックのおうち、この辺なのかな」と言ったが、マジックは振り返ることなくひたすらリードを引っ張った。

マジックが生涯学習センターの敷地内に入ろうとしたとき、福男は「なんでだ？こっちに民家はないぞ」とあわてたが、みおが「行かせてあげた方がいいよ。マジックは賢いんだから」と言い、とりあえずは従ってみることにした。ここを通り抜けて、裏側の出入り口を抜けた住宅地に目的地がある可能性も否定できない。

みおがあのオブジェを見たら、どんな反応を示すだろうか。今日のクレームにあったように、怖がって帰りたいと言い出すかもしれない……。

最近一般開放されたばかりの芝生広場は、整った芝生が青々としていて、ぱっと見ると一瞬、湖のようにも感じられる。広さは小中学校のグラウンドぐらい。外周は木々が植えられていて、その手前は遊歩道があり、広場内をぐるりと一周することができる。遊歩道沿いにはベンチや花壇が何か所かあり、花壇にはピンクや白のコスモスが咲いている。そしてタカラガイのオブジェは、生涯学習センター建物の隣、ここから見て右斜め前方向にある。

遊歩道には、ウォーキングやジョギングをする年配者が何人かいた。芝生広場では、ラジコンの四駆を走らせている少年や、数人の子どもたちに駆けっこをさせている長身の若い男性がいた。公園管理課の担当者として、こうやって有効利用されている様子を見ると、作ってよかったんだという気持ちにはなる。

この芝生広場は、遊歩道なら犬を連れて歩いてOKだが、芝生の中に入れるのは禁止ということになっている。そのため出入り口や、広場のあちこちにそのことを伝えるプレートが設置されている。

マジックは芝生広場を突っ切って進もうとしたようだったので、福男は「マジック、芝生の中はダメっ」と引っ張り返して遊歩道を歩かせた。マジックは素直に従ったが、このまま進むと結局はあのオブジェに近づくことになる。

「お父さん、ピンクと白のお花が咲いてるよ」

みおが珍しそうに見ていたので、福男は「コスモスっていうお花だよ」と教えた。

「コスモス？　ウルトラマンのお花？」

最初は意味が判らなかったが、ウルトラマンシリーズにそういうキャラクターがいたことを思い出した。

「ウルトラマンのお花か」福男は違うよとは言わず、「そうかもね」と答えた。

コスモスは日当たりと水はけがよければ、やせた土地でもよく生育する花なので、市内のあちこちの公園に植えられているが、一部の環境保護団体から何度かクレームを受けている。コスモスは外来種であり、自然繁殖する可能性があるので、自治体が率先して拡散するのはけしからん、コスモスは本来は日本にいてはいけない植物だというのが彼らの主張である。

今のところ、コスモスを植えることについては肯定的に捉えている市民の方が圧倒的に多いようだが、今後世論が変わってゆく可能性もあるのだろう。ウルトラマンも宇宙の彼方から飛来した存在なので要するに外来種であり、みおがコスモスをウルトラマンのお花と形容したのは、偶然にしては相通ずるものを感じる。

あのタカラガイのオブジェにますます近づいてきた。コンクリートの土台の上に載っているのだが、上に登ったり触角などの細長いパーツを折られたりしないよう、コスモスの花壇の中に土台がある。多くの市民からは支持を得ているが一部から公共の場所に植えるべきではないという声が上がっているコスモスの中に、一部市民から撤去しろというクレームが届いているタカラガイのオブジェというのは、思えばシュールな光景である。そして、そんなものの担当者になってしまった中年男がここにいる。

オブジェの存在に気づいたみおが「お父さん、あれなあに？　怪獣？」と指さした。

福男は、みおが少しでも興味を持ってくれることを期待して、すぐに説明するのではなく、「おっ、何だろうね。確かに怪獣みたいだね。近くに行って見てみようか」と応じた。

「生きてる？」

「どうかな。動かないみたいだね。生きてはいないかな」

確かに子どもからすると怪獣だろう。オブジェは大型のイノシシぐらいの大きさがあり、タカラガイの貝殻部分は茶色や白の模様が美しい光沢を放っているものの、下部分は巨大なウミウシのようで、黒い触角やグレーのひだの部分がリアルに再現されている。水溶き片栗粉でも塗ったかのように、ぬめっているように見える。しかもひだはめくれ上がって貝殻の下半分を覆い隠しているせいで、貝殻の美しい部分が少ない。本物の生きているときのタカラガイがこういう状態で動き回っているのだが、一般市民がタカラガイと聞いて頭に思い浮かべるのは、絶対にこれではない。宝石のような、さまざまな模様の貝殻のことだ。

オブジェ自体の重量は軽くて、大人一人でも持ち運ぶことができるという。何しろ中身は気泡《きほう》が入った軽い素材の合成樹脂である。その表面をガラス繊維でコーティングすることで硬くて丈夫なものになり、スプレー塗料で色をつけ、模様を描いてある。ボルトで固定しているのは、風などで動かないようにである。立体看板などは発泡スチロールをガラス繊維でコーティングして作るそうで、さらに軽いのだという。

タカラガイのオブジェは生きた状態のリアルな姿を、というのは、市長の意向だったとも、製作を請け負ったカワハラの経営者の提案によるものだったとも聞いている。責任の所在をあいまいにしたがるのはお役所仕事あるあるだ。

オブジェの目の前にやって来たみおは、まじまじと眺めて、「お父さん、これ、ヨウム？」と聞いた。

「ヨウム？」

「青い森のアストリッド」

「ん？」

「アストリッドが森の中で出会う、森に棲んでる生き物。見た目は怪獣みたいだけど、心は優しいの」

そういえば、みおが配信動画でときどき見ているアニメ作品にそんなのがあった。福男は断片的にしか見ていないが、他人と話すのが苦手な女の子が主人公で、家族を亡くした後、一人で森に住み始める話だったはずだ。

「ヨウムに似てるんだね」

「ちょっと違ってるけど、親戚かも」

チノパンのポケットからスマホを出して、ヨウムについて検索してみたところ、確かにちょっと似た感じの怪物が現れた。ヨウムは貝殻ではなく、とげとげした鎧《よろい》のようなものをまとっているが、ウミウシのような本体部分はよく似ている。

みおが怖がってる様子がないことにほっとしながら、福男は「じゃあ、このコも心が優しいんだね、きっと」と言っておいた。

くうん、という声がしたので視線を下ろすと、マジックもお座りをして、タカラガイのオブジェを眺めていた。

「マジックも気に入ったみたいだよ」と言うと、みおがマジックの前に回り込んで見てから、「本当だ。うれしそうにしてるよ」と驚いた顔になった。

福男も前に出て、マジックの表情を確認した。目を細くして、じっとオブジェを見上げているその様子は、ただ単に見ているのではなく、明らかに美術品を鑑賞しているかのような、どこか陶酔しているような感じがあった。

「マジック、そんなに気に入ったのか、これを」と声をかけてみると、マジックは横目でちらと福男を見て、再びオブジェの方に視線を向けた。鑑賞してるんだから邪魔するなと言われたような気がした。

一応の説明はしておくかと福男は思い、「これはタカラガイっていう、海に住んでる貝を大きくした置物なんだってさ」とみおに言った。「本物のタカラガイは、指先ぐらいのちっこいやつだけどね」

福男は言いながら、スマホでタカラガイの写真画像を探し、みおに見せた。

そのとき、ウォーキングをしていたらしい年配夫婦と思われる男女が「これ、気持ち悪いわね」「ああ。税金でこんなものを作って、あきれたもんだ」と言いながら福男たちの背後を通り過ぎて行った。

ここにいる男が公園管理課の担当者だと知られたら、どんな言葉を浴びせられることになるやら。

早めに引き上げた方がよさそうだと思い、リードをつんつんと引っ張って「マジック、そろそろ帰るよ」と言ったが、マジックは後ろ足を踏ん張って抵抗した。

と思ったら、ウンチだった。

みおが「あー、マジックがこんなところでウンチしたー」と不必要に大きな声で言ったので福男は「いいの、犬はお外でウンチするの」とたしなめながら、ポケットからたたんだトイレットペーパーとポリ袋を出した。

ウンチをした後、マジックは素直に帰ってくれた。

帰宅後にあらためてマジックにはエサと水を与えた。その間にダンボールをすぐ横に敷いて、上に古いバスタオルを広げた。すると、食事を終えたマジックは、バスタオルの利用法をすぐに理解したようで、素直にその上で横になった。

みおが「マジックはここで寝るの？　みおも一緒に寝たい」と言い出したが、「マジックは一人で寝るのが好きなんだよ」と言うと、「ふーん」と一応は納得してくれた。

その代わり、夕食の前後や入浴後などに、みおは何度もマジックのところに行って、なで回したり、「今夜はお泊まりだよ」などと話しかけたりしていた。お母さんにももう一度見せたいとも言い出し、バスタオルの上でマジックに添い寝をして後ろから抱きしめるところを動画で撮って夏帆に送った。

　夏帆からすぐに電話がかかってきて、「みおの機嫌がよくなってよかったね」と言ってきた。電話を替わったみおは、お父さんと一緒にマジックの散歩に行ったこと、広場にはヨウムみたいなのがいて、マジックはそのヨウムをじっと見てからウンチをしたことを報告した。ウンチのくだりではみおはケラケラ笑いながら話していた。

　夏帆は、みおが言うヨウムというのがあのタカラガイのオブジェのことだとすぐに気づいたようで、「ああ、確かにヨウムに似てるね」と話を合わせていた。

　歯磨きの後、みおを布団に寝かせて、隣で絵本を読んでやった。この日にみおがリクエストしたのは、じんぺいという、ちょっと怒った顔をしている犬の視点で描かれた『ゆうたくんちのいばりいぬ』シリーズのうちの『ゆうたはともだち』『ゆうたのおかあさん』『ゆうたのおとうさん』の三冊だった。みおはすっかりマジックをじんぺいに見立てて、自身をゆうたに重ねているようだった。そこで福男が「じゃあ、じんぺいをマジックに換えて、ゆうたのところはみおに換えて読んでみようか」と提案してみると、みおは「うん、うん、それがいいっ」と大喜びだった。

　内容が短めの三冊をひととおり読み終えたところでみおは「眠くなる前にもう一度マジックを触って来る」と言って一人で部屋を出て行き、戻って来て小声で「マジック、すやすや寝てたよ」とうれしそうに報告した。夜に一人で部屋から出るのはいつも怖がるのだが、マジックがいるお陰で大丈夫になったらしい。

二巡目を読んでいる途中でみおはすーすーと寝息を立て始めた。

みおは、しばらく夏帆と離れてるのを頑張って我慢しているようで、もう寝入ったかなと思って明かりを消すと、実はまだ起きていて、しくしく泣き始めることがあった。今夜のみおの、ちょっと笑っているような安らかな寝顔を見ることができたのは、マジックのお陰だろう。

福男はその後、ダイニングでノートパソコンを広げて、迷い犬を預かっていることを告知する方法を調べてみた。

犬猫の保護活動をしている地元のNPO法人がホームページ上で写真画像や情報を掲載してくれるようなので、メールを送った。すぐさま自動返信があり、提示されたプラットフォームにあった、写真画像や犬の特徴、いつどこで保護したか、預かっている人の携帯番号やメールアドレスなどの記入欄を埋めて送信した。すると情報提供と保護したことに対する礼の文章と共に、ホームページに掲載しましたという自動返信があった。

確かにマジックの写真と共に情報がアップされていたが、「預かっています」コーナーには他にも多くの犬猫の情報が上がっていることを知った。二週間経っても飼い主が現れないで保護が続いている犬もいる。飼い主がこのホームページの存在に気づいてくれて、連絡をくれることを願うしかなかった。

翌朝、福男はいつもより早起きして、みおが目を覚ます前にマジックを散歩に連れ出した。マジックはまたもや生涯学習センターの芝生広場の方に迷いなく向かい、芝生広場の遊歩道を進んで、あのタカラガイのオブジェの前で立ち止まり、しばらくじっと見上げてから、前日の夕方と同じ場所でウンチをした。

たたんだトイレットペーパーでウンチを包んでポリ袋に入れるとき、視線を感じたので目を向けると、芝生の中で朝の太極拳らしきことをしていたおばさんたちのグループが動作を続けながらこっちを見ていた。うち何人かがほほえんでうなずいている。ウンチを放置して行ってしまうのではないかと心配して見ていたが、ちゃんと処理したので安堵した、という感じのうなずき方だった。

帰り道、「マジックさんよ、あんたはあのタカラガイが気に入ってるようだけど、どこがいいんだ？　何か感じるものがあるのかね？」とマジックに尋ねてみたが、マジックは片方の耳を少し動かしただけだった。

帰宅後に目を覚ましたみおは「行きたかったのにぃ」とほっぺたを膨らませたが、朝は眠いし、夕方に行く方がいいだろ、と言うと、そういえばそうかな、という感じで納得してくれた。

保育園に送るために家を出るとき、みおは「マジック、お留守番お願いね」と手を振り、マジックは目を細くしてお座りの姿勢で見送ってくれた。みおに対してほんの少し、うなずいて返したようだった。みおもそのことに気づいたようで、自転車のチャイルドシートに乗せるときに、なぜか小声で「お父さん、あのね、マジックさっきね、みおがお留守番お願いねって言ったら、うんって言ってたよ」と教えてくれた。福男が「お父さんも見てたよ。すごいね」と小声で返すと、みおはいかにもうれしそうに「うん、すごいね」と笑った。

その日の仕事は、タカラガイのオブジェについてのクレーム電話もなく、市内の各公園にある遊具の修繕箇所とその予算について資料を作成したり、公園の遊具で子どもが怪我をしたという市民からの治療費請求について市役所の法務担当部局と話し合いをしたりといった通常業務をこなし、定時に退勤した。

みおを保育園に迎えに行き、帰宅して一緒にマジックの散歩に連れ出し、再び生涯学習センターへと向かっているときに、チノパンのポケットの中でスマホが振動した。

上司の辻課長からの電話だった。あわてた様子で「重橋さん、今どこにいる？」と聞かれたので、場所を教えると「おお、芝生広場の近くじゃないか。ちょうどよかった」と言われた。

「どういうことですか？」

「いや、実はさ、急にタカラガイのオブジェが撤去されることになっちゃって」

「えっ」

「俺もさっき、部長に呼び出されて報告を受けたところで、何が何だか」

「一部市民の撤去を求める署名活動が思ったより活発になってるってことですかね」

「いや、市長はのらりくらりとかわしてれば、反対の声なんか消えてゆくからって気にしてなかったらしい。カワハラの方から、市民から妙な疑いの目で見られるぐらいだったら、契約を取り消して撤去させてほしいと市長に申し入れをして、協議の結果、カワハラの意向を尊重する形で撤去することになったんだと」

辻課長は、公園管理課の頭越しに業者と市長サイドで勝手にそういうことが決まったことが面白くないようで、口調に不満が表れていた。撤去されることは歓迎したいが、蚊帳《かや》の外に置かれてプライドが傷ついたのだろう。

福男は心の中で、あのオブジェはマジックが気に入ってるみたいなんですけど、と言いながら苦笑し、「判りました。撤去の予定時期などはどんな感じですか?」と聞いた。マジックには申し訳ないが、あのオブジェがなくなってくれると、公園管理課としては市民からのクレームを受けなくて済むので助かる。いいことである。

「撤去時期は近いうちにってことで、正式な日時は決まってないそうなんだけど、カワハラが、撤去することが決まった以上、すぐにでも見えないようにしたいと言い出して、もう行動を起こしてるらしいんだ。ブルーシートで覆うつもりらしい」

「えっ」

「もう、そっちに向かってるか、既に到着してる頃じゃないかと思うんだけど」

「はあ」

「重橋さん、悪いけど、今その近くにいるんだったら、何もしないでおくよう、カワハラを説得してもらえないかな」

「どうしてですか」

「そりゃ、やっぱりあれでしょ。設置されたと思ったら急にブルーシートで覆われて、何だ何だってなったら、かえって目立つじゃないの。市長としては、撤去するのならできるだけひっそりやって、市民から問い合わせがあっても無難な説明をするだけで済ませたいわけだよ。市が迷走してる、みたいに見られたくないのは当然だろ」

「まあ、そうですね」

「でもカワハラは逆に目立つことをやって、なぜ撤去するんだ、斬新で攻めたオブジェで面白かったのにっていう声が上がることで、一矢《いっし》報いたいってわけだよ」

「だったら市長が直接カワハラと話し合えばいいじゃないですか。曲がりなりにも義父と娘の夫っていう関係なんだから」

「いや、それがいろいろあるらしくて」

「いろいろって何ですか」

「俺も建設部長からちらっと聞いただけなんだけど、カワハラの奥さん、つまり市長の娘さんが父親である市長と昔から不仲らしくて。結婚するときにも父親は披露宴に呼ばないとか言って、一悶着あったそうだよ。重橋さん、今の話はオフレコね。俺もそれ以上の事情は知らないし」

そういえば市長はかなり前に離婚していて独身だが、現在は事実婚の女性がいると聞いている。その辺に、娘と不仲になる何かがあったのかもしれない。カワハラが最初はオブジェ制作の話を断ったことも、そういった事情と関係してそうだった。

もう退勤したというのに、なぜ自分がカワハラを説得しなきゃならないのか。

カワハラの代表である川原《かわはら》の顔や体格が頭に浮かび、ため息をついた。縦も横も大きくて、ベース型の顔に太い眉。首にはいつも金のチェーンが見え隠れしていて、昔は結構なヤンチャだったらしいことが窺える男である。もちろん仕事に関しては真面目で、あのオブジェにしても出来映え自体は見事なものだったし、納期もしっかり守ってくれた。それだけに機嫌が悪いらしい川原をさらに不機嫌にするようなことはしたくない……。

「ブルーシートはかけないでくれと市長が言ってると伝えていいんですね」と福男が尋ねると、辻課長は「いや、市長のことは持ち出さないで、何とか頼んでくれ。実際、市長は何も言ってないから」と念押ししてきた。

要するに、市長は何も言ってはいないけれど、市長の考えていることを忖度《そんたく》した取り巻きの部下たちが、ブルーシートはやめさせた方がいいと思って、下っ端の人間に嫌な仕事を押しつけてきたわけだ。そう思うと、憂鬱さよりも腹立たしい気持ちが湧いてきた。

福男は「説得はしてみますが、ダメだったとしても文句言わないでくださいよ」と強めに言い、辻課長の返事を聞かないで通話を切った。

みおが「お父さん、誰かとケンカしたの？」と聞いてきたので、「いいや。仕事の打ち合わせをしてただけ」と軽い口調を心がけて答えた。

マジックがちらと横目で見てきたようだったが、福男が見返したときはもう前を向いていた。

タカラガイのオブジェの数メートル後方に白いワンボックスカーが停まっていて、川原と思われる作業服姿の大柄な人物が後部ハッチを開けていた。これからまさにブルーシートを引っ張り出して、オブジェを覆うつもりらしい。

マジックはともかく、みおが一緒なので、口論みたいなことはしたくなかった。そもそも、辻部長から押しつけられたこんなハズレ仕事を従順にやるほどのお人好しにはなりたくない。

一応、たまたま遭遇したテイで、どうしたんですかと声をかけた上で、このオブジェを気に入ってる人たちは結構いますよ、みたいにおだてて、だから撤去するにしてもぎりぎりまで人々の目を楽しませた方がよくないですか、という感じの説得をしてみるか。それでダメそうだったら手を引けばいい。一応、上からの命令でやるべきことはやったというアリバイはできるから、結果は自分の責任ではない。

遊歩道に入ると、マジックは福男よりも前に出て、タカラガイのオブジェに向かってぐいぐいと進んだ。なぜこの犬は、あんなものを気に入ってるんだろうか。あのオブジェに何があるというのか。

屋外照明が一つずつ、灯り始めた。薄暗くなりつつあった広場内が、明るくなった。

十メートルほどの距離になったところで福男は「川原さん、どうかしたんですか」と声をかけた。

振り返った川原は、ちょっと厳しい感じの表情で「ああ、重橋さん」と答えた。たたまれたブルーシートが足もとにあり、その上に束ねたロープが載っていた。

カワハラは会社組織ではなく個人商店であり、夫人と二人だけの所帯でやっている。この日もいたのは川原一人だけだった。オブジェをブルーシートで覆って風で飛ばないようにロープで固定するだけだから、一人でもさほど手間のかかる作業ではないのだろう。

川原はみおを認めて「娘さんですか？」と尋ねてきたので福男は「ええ」とうなずいた。

すると川原は急に笑顔を作って「こんにちは」とみおに声をかけた。みおが大きな声で「こんにちは。重橋みおです。四歳です」と答えたので、川原は「うわあ、元気だねえ。感心、感心」とうなずき、「おじさんは川原と言います。みおちゃんのお父さんの知り合いです」と自己紹介した。

川原の柔和な態度に安心感を得たのか、みおは「この犬はマジック。迷い犬を預かってるの」と説明した。川原は「へえ、そうなんだ」と大きくうなずいた。「みおちゃんより二つ下で、まだ幼稚園にも行ってないんですけど」

「うちにも娘がいるんですよ」と川原は福男の方を向いた。

「ああ、そうなんですか。子どもさんはその娘さんお一人ですか」

「今のところは」川原はかすかに笑った。「みおちゃんみたいにうちのも元気は元気なんですけど、ちょっと食べ物の好き嫌いが激しくてねー。カミさんがいろいろ工夫してはいるんだけど、なかなか上手くいかなくて。みおちゃんはどうですか」

「うちの子もピーマン、にんじん、ブロッコリーなんかはダメですね」

「あー、やっぱり。まあ子どもはそういうもんだから仕方がないのかなあ」

するとみおが「カレーだったら食べるよ」と言い、「麻婆豆腐も」と続けた。川原が「ああ、そう」とあいまいなうなずき方をしたので、福男は「苦手な野菜は細かく切って、甘口のカレーや麻婆豆腐に混ぜちゃうんですよ。そしたら割と食べてくれるんです」と補足説明した。

「ああ、なるほど」と川原はうなずいた。「それはいい方法だ。うちのカミさん、素材の味を判らせたいとか言って鮮度のいいものを選んだりはしてるけど、まんまで食べさせようとするのがよくないのかも。最初のうちはそういうやり方がよさそうですね。いや、それは参考になりました」

多少は和やかな雰囲気を作ることができたようで福男もほっとした。

そのとき、みおが「あっ、鳥が止まったよ」と指さした。少し先の芝生広場に、白いコサギがいた。じっと立っているのは、エサになる虫でも探しているからだろう。

みおがそちらに気を取られたタイミングで、川原が小声で「これ、撤去することになったんだけど、重橋さんはまだ聞いてなかったの?」と尋ねてきたので、福男が「えっ、本当ですか」と驚いた顔を作った。

川原がざっと説明した内容は、おおむね辻課長から聞いた内容と合致していたが、新たな情報も得られた。タカラガイのオブジェを設置したいということ自体は市長からの要請だったが、作るのならリアルで迫力があるものにしてはどうかと川原が提案し、市長も了承したのだという。川原は率直なもの言いをする性格のため、市長は娘である川原夫人から嫌われていることも話し、「オブジェの発注は娘へのご機嫌取りの意味もあったんだと思いますよ」と言った。口ぶりからすると、川原としては父娘の関係が修復されるにこしたことはないが、川原自身はあくまで妻の味方、というスタンスのように感じられた。もしかしたら、ブルーシートをかぶせることでかえって目立たせようというのは、夫人の発案なのかもしれない。

「私はこのタカラガイ、好きですけどね」と福男は言った。「世間一般のタカラガイのイメージって、宝石みたいな色とりどりの貝殻のことですけど、本物のタカラガイは海中で、エサを捕食したり、外敵から身を守ったり、子孫を残すために戦ってるんだっていうことが理解できるし、それはリアルに作ったからこそですよ。確かに一部の市民から、不気味だとか気持ち悪いとかいう声も届いてますけど、インパクトがあっていい、面白いという声だって同等以上に上がってるんですから」

川原はまんざらでもない気分になったのか、指先でほおをかきながら「まあね。こっちも最初から、誰からも好かれるものなんて作る気はなかったわけで。ていうか、誰からも好かれるものなんてありえないだろうし」

そのとき、みおが「おーい」と手を振った。そんなことをしたらコサギが逃げるだろうと声をかけようとしたが、すでにコサギの姿はなく、芝生公園の中央辺りにいる年配女性と小さな女の子がみおに手を振り返していた。女の子は大きなピンクの柔らかそうなボールを持っていた。

「みお、知ってる子?」と福男が尋ねると、みおは「すみれちゃんとすみれちゃんのおばあちゃん。いつもおばあちゃんが保育園にお迎え来てるよ」と答え、「ちょっと行ってきてもいい?」と聞いた。福男が「ああ。でも、すみれちゃんたちがもう帰るところだったら、戻って来るんだよ」と言うと、みおは「はーい。マジック、ちょっと行ってくるねー」と福男ではなくマジックに手を振って、走って行った。

川原が「かわいいなあ」と目を細めてその様子を見ていた。

すみれちゃんのおばあちゃんが笑って会釈してきたので、福男は「こんにちは」と大きめの声であいさつをした。

みおはすみれちゃんと、ピンクのボールを互いに蹴り合う遊びを始めたようだった。おばあちゃんが笑顔でみおに何か言っている。しばらく遊んでもらえそうで、ちょうどいい。

マジックは福男の横で、おとなしく座っていた。リードを持った人間が立ち話をしていることが判っていて、存在感をしばらく消そうとしているようにも思えた。

タカラガイのオブジェが撤去されることが決まったのは残念ですけど、気に入ってる人たちもたくさんいるので、シートで覆ったりするんじゃなくて、撤去のときまでここに堂々と置いておいた方がよくないですか——そろそろそんな提案をしてみようと考えたときに、背後から「すみません、ちょっとお話を伺いたいんですけど」という声がかかった。

振り返ると、いつの間にか、動画撮影用と思われるカメラをかついだ男性と、黒いニット帽に黒いパーカーを着た、ひげ面の男性がワイヤレスマイクを持っていた。カメラにも集音マイクらしいものがついている。

生涯学習センターの駐車場に目をやると、さっきは何も停まっていなかったはずの場所に、横窓に黒いフィルムを貼ったハイエースがあった。

福男が「何ですか？」と問うと、ニット帽ひげ面の男性が「我々、テレビ中央の、『カオル調査兵団』という番組の者なんですけど」と愛想よく言った。

毎週月曜日の深夜に全国放送されているその番組のことは福男も知っていたので、「えっ」としか反応できず、川原も「まじで？」と言った。

「ええ、まじなんです」とニット帽ひげ面の男性が笑ってうなずいた。「こちらにあるタカラガイのオブジェについて視聴者からの投稿がありまして」

福男は川原と顔を見合わせた。福男は、もしかして川原が投稿者で、話題集めのためにしれっと仕掛けたのではないかと一瞬思ったが、川原の驚きと困惑が混ざった表情を見て、そうではなさそうだなと判断した。プロの役者でもない川原に、ここまでリアルな演技ができるとは考えにくい。

「あっ、あなた、ツルさんですよね」と川原がニット帽ひげ面の男性を指さし、福男も「あー」とうなずいた。

『カオル調査兵団』は取材をするディレクターなどもカメラに写り込むことが多く、確かにこの男性は都留《つる》ディレクターだ。最近ひげを伸ばし始めたようで印象が違っていたのですぐには気づかなかった。

その都留ディレクターが「ご存じでしたか。それはありがとうございます」と笑ってうなずいてから、「では、お話を伺ってもよろしいですか?」と重ねて尋ねてきた。カメラは既に回っているようである。撮るなと言われたら中止するが、言われなければ撮らせてもらう、というスタンスらしい。

福男が答えるよりも先に川原が「いいっすよ」とあっさり答え、カメラに向かって「大納言《だいなごん》さーん、こんちはーっ」と機嫌よく手を振った。

番組は、大納言カオルという、おっとりした関西弁で話す体格のいいオネエタレントがスタジオでMCを務め、スタッフが全国を回って話題になりそうな人や物を取材した動画を流すスタイルだが、大納言カオルのコメントやナレーションが内容の面白さを倍増させて、人気を集めている。先週の放送では、河川敷でギターの弾き語りをする初老の男性の音程が独特すぎることをいじったり、終電を逃してバス停のベンチで寝入っていたらスマホを盗まれたと騒いでいた若者がスタッフからちゃんと確かめてみたらどうかと促されてジャケットの内ポケットから見つかってうれし泣きを始めたので、「泣くほどのことだろうか」というナレーションと共に大納言カオルが手を叩いて笑っていた。

福男は取材ＯＫの返事をしたつもりはなかったのだが、都留ディレクターは「このタカラガイのオブジェって、リアルすぎて気味が悪い、みたいな声が多いようなんですけど、お二人はどんな印象ですか？」と聞いてきた。

「まあ、賛否が分かれてるようではありますね」と川原が答えた。「市からタカラガイのオブジェを設置したいと注文を受けたときに、どうせ作るのならインパクト重視で、リアルな姿を再現しようってことになったんで、私はそのコンセプトにしたがって作っただけなんですけど」

「えっ？　ちょっ、ちょっと待ってください」都留ディレクターが目を丸くした。「ええと、お兄さんは、このオブジェを作った業者さんなんですか？」

「はい、川原と申します」川原はカメラに向かって会釈し、「立体看板などのご注文は、こちらまで」と両手の人さし指で腹の辺りをさした。テロップで連絡先を表示してねというアピールらしい。

「じゃあ、ええと、もう一人の方は……」

都留ディレクターからマイクを向けられて福男がとっさに「私は近所に住んでる者でして」と答えたら、川原から「いやだなあ、重橋さんたら」と笑いながら肩を押された。そして「この人は、市の公園管理課の係長さんなんですよ」と川原があっさりバラしてしまい、福男に向かって「隠す必要なんてないじゃないですか」と言った。

全国放送の番組取材に遭遇して、川原はかなりテンションが上がっているようだった。反対に福男は、肌寒い時期にもかかわらずじわっと脇汗が出るのを感じた。

「えーっ、公園管理課の係長さんだったんですか。じゃあ、まさにこのオブジェの担当者さんじゃないですかー」と都留ディレクターも一段と声を張った。「これはちょうどいい。率直にお伺いしますが、これ、ちょっと気味悪くありませんか」

「いえ、私は全くそんなことはないと思いますよ。生きてる状態のタカラガイをリアルに再現したものですから。タカラガイという生き物が気味悪いという決めつけは、いかがなものかと思いますが」

するとも都留ディレクターは「まあ、お立場上、そう答えるしかありませんよね」とにやにやした。福男は、いえ本当に、とさらに言おうとしたときに、この取材は上に確認を取らないとまずそうだぞと気づいた。

「あの、すみません」福男は都留ディレクターに対して片手で拝む仕草をした。「一応、取材を受けることについて、上の了解を取りたいんですが」

普段からそのような場面は多いのか、都留ディレクターは「あー、はいはい、いいですよ」とうなずいた。

ポケットからスマホを出して、辻課長にかけた。川原にブルーシートをかけさせるなという無茶振りをしたことでその結果を待っていたらしく、すぐに応答があった。

福男がざっと経緯を説明して、このまま取材を受けていいですかね、と尋ねると、辻課長は「うーん」とうなった。「重橋さん、それってまずくない？　あのタカラガイのオブジェが気味悪いという前提での取材なんでしょ」

「まあ、そのようですね」

「それを全国放送でやられちゃったら、市長の立場がまずくならないかなあ」

「もともとインパクトのあるオブジェにしようという方針で作ったんですから、全国に知ってもらうのはいいことじゃないですか」

「でも、撤去することが決まったところなんだから。市長としては、何事もなく、できるだけ波風が立たない形で、撤去を完了させたいと思っておられるわけで」

「じゃあ、断るんですか？　取材を拒否しろと？」

「いや……どうかなあ……」

「断ったら、そのことが放送されちゃいますよ。かえってよくない結果を招くことになると思いますがね」

「うーん、そ、う、かなあ……」

ミスター事なかれの本領発揮である。辻課長の声が漏れ聞こえているようで、都留ディレクターが笑いをこらえるような表情で見ている。

結局、辻課長には、建設部長に聞いてみるからちょっとだけ待っててくれと言い置いていったん切られた。

福男が都留ディレクターらに「すみません、さらに上に確認するそうです」と言うと、川原が半笑いで小さく噴き出した。都留ディレクターから「上司の方に相談したら、その上司の方がそのまた上司に相談したいと?」と言われて福男は「お恥ずかしいところをお見せしちゃいまして」と頭を下げた。

その間もカメラマンは撮影を続けていたようだった。今もレンズがこちらを向いている。

あーあ、このくだり、絶対に放送されちゃうよ。恥ずかしい。

みおは、すみれちゃんとボール蹴りに興じていて、二人ともキャッキャ笑っている。あんな単純な遊びがそんなに楽しいのかと思うが、確かに自分も小さなときはただの鬼ごっこでも夢中になって走り回ったものだ。

マジックがお座りの姿勢のまま、大きくあくびをした。都留ディレクターが「よくしつけられてるワンちゃんですね」と言い、カメラマンがマジックを撮り始めた。しかしマジックは我関せずとばかりに、そっぽを向いて伏せの姿勢になった。

福男が「このコ、実は迷い犬で、事情があって昨日から預かってるんですけど、散歩に連れ出すとなぜかここに来たがるんですよ」と言うと、都留ディレクターが「係長さんが連れて来る感じじゃなくて、犬の方が来たがるってことですか?」と聞くので、「ええ」とうなずいた。もしこの会話がオンエアされたら、どんなナレーションが入るだろうか。

都留ディレクターがさらに「じゃあ、ワンちゃんの名前なんかも判らないんですね」と言ってきたので、福男が「首輪に小さくマジックと書いてあるので、多分それがこのコの名前かなと思います」と説明すると、都留ディレクターは「へえ、このオブジェのところに来たがる謎の行動を取る犬の名前がマジック。何か妙につながってますね。我々がたまたまこの時間にここに来たら、オブジェを作ったっていう川原さんと公園管理課の係長さんに遭遇したっていうことがそもそもマジックみたいだし」と笑った。

そのとき、辻課長からの着信があった。「対応を任せるので、間違いのない対応を頼むと部長が言ってるから、よろしく」という言い方をされ、何かあったらお前の責任だというニュアンスを感じた福男は、これまで溜め込んでいたストレスもあって、ちょっと意地悪な気持ちが湧いた。

「間違いのない対応って、具体的にはどういう対応をしろということでしょうか?」

そう聞き返すと、辻課長は「それは、公務員として適切な対応をしてほしいということで……」と口ごもりがちな言い方をした。

「私が適切だと思う対応をすればいいんですね。任せてもらえるんですね」

「だから、公務員として適切な――」

「辻課長、できたらこの電話で取材対応をお願いできませんか。私には荷が重いので」

「いや、そんなことはない。重橋さんだったらちゃんとやれるって。部長も重橋さんに任せろと言ってるんだから。私は、そういうのは、ほら……向いてないから」

「じゃあ、私の判断で対応していいんですね。部長も課長もそれでいいとおっしゃるんですね」

「ああ、うん。公務員として――」と辻課長が言っている最中で通話を切った。

都留ディレクターも川原も、少し驚いた顔をしていた。一公務員が上司に対してそんなもの言いをして大丈夫かと顔に書いてある。福男は笑いながら「私に一任するそうです」と言った。この際、番組を面白くするために弾《はじ》けちゃえ。

そのとき、マジックがむくっと起き上がったので見ると、福男に向かって、口の両端をにゅって持ち上げて、まるで笑ったかのような顔をした。川原も「あっ、笑った」と言い、都留ディレクターがカメラマンに「今の、撮れた?」と聞くと、カメラマンは撮影を続けながら片手でOKマークを作った。

「今の上司とのやり取りが面白いと感じたんですかね、マジックちゃんは」と都留ディレクターに聞かれたが、福男は「さあ」と首をひねるしかなかった。

「じゃあ、あらためまして」と都留ディレクターがマイクを向けた。「このオブジェについて調べてほしいと投稿してきたのは市内に住む主婦の方なんですけど、小学生の息子さんたちの間で、夜になったらこのタカラガイは辺りを徘徊し始めるとか、この広場で禁止されているゴルフの練習を早朝にやっていた年配男性が行方不明になったのはタカラガイに襲われて食べられちゃったんじゃないかとか、そういう都市伝説的な噂話が広がってるそうでして。夜中に目が覚めて窓から外を見たらタカラガイが道を渡っていたところだったとか、早朝に来てみたらちょうどこの台座によじ登っていたとか、そういう目撃情報らしきことが飛び交ってるそうで」

初耳だったが、いかにも子どもたちがやりそうなことである。福男は「へえ、そうなんですか」と応じた。

都留ディレクターがさらに「お聞きになったことはないですか？」と尋ねた。

「ええ。小学生の息子がいたら、聞かされていたかもしれませんが」

「一部の市民からは、気味が悪い、みたいなクレームもあるようですが、面白がってる子どもさんたちもいて」

「まあ、それがいいことなのか、よくないことなのか、判断しにくいところですが」

「事前にちょっと調べたんですが、ここは以前は野球場で、老朽化したせいで解体工事をしたときに、縄文時代のものと思われる土器の破片や矢じりなんかと共に、タカラガイの装飾品が二百点ほど見つかったことで、それを記念する意味でタカラガイのオブジェを設置しようとなったんですよね」

「そうです」

「たとえば、タカラガイの装飾品を身につけた縄文時代の女性の像にするとか、そういう発想が普通だと思うんですけど、どうしてこうなったんでしょうか。子どもたちからすると怪獣みたいに感じるでしょうし」

「詳しい経緯は、私にはちょっと」

すると川原が「市長の思いつきですよ」と言った。「大きなタカラガイを置いたらインパクトがあるんじゃないかと言ってきたんで。そのときは、大きなタカラガイの貝殻のオブジェを考えてたようなんですけど、インパクトを重視したいんだったら生きている状態のタカラガイを再現した方がいいんじゃないかって私が提案して」

「ああ、さっきちょこっと伺った話でしたね」都留ディレクターはうなずいた。「インパクトはあったけれど、気味悪いというクレームもある。それは想定内のことだったんでしょうか。それとも想定を超えていたりするんですか」

「想定を超えてましたね」と福男が答えた。「毎日のように、子どもが怖がってるとか、公共の場所にふさわしくないとかいう電話がかかってきますから」

「最近は、撤去を求める署名まで始まってると伺いましたが」

福男が「ええ」とうなずくと、川原が横から「もう撤去することが決まったんすよ」と言った。「市が決めたというより、私の方から発注取り消しで結構ですと伝えて、近いうちに撤去しましょうと今日、決まったところで」

「えっ、本当ですか」都留ディレクターが目をむいた。

「はい。市民からそんなにクレームが届いてるんだったら、こっちもそんなことでカネ儲けなんかしたくないんでね。市長と親戚関係だから受注したんだろう、みたいなことまで言われて心外でもあったし。だから、そんなに不気味だとか見たくないとか言うのならってんで、撤去するまでの間、ブルーシートで覆うことにして、作業に取りかかろうとしてたところだったんですよ。そしたらたまたま重橋係長さんと会って、立ち話をしていたら都留さんたちから声がかかったという次第で」

「あの、川原さんは、市長のご親戚なんですか」

「といっても、親戚づき合いはなかったんですよ。うちのカミさんが市長の実の娘なんですけど、市長の女性関係とか、母親との離婚とか、いろいろあってカミさんは市長を毛嫌いしてましてね。それでも市長が私に発注してきたのは、娘であるうちのカミさんに対するご機嫌取りなんじゃないか、みたいなことは感じてましたね」

あーあ、そんなことを全国放送で言っちゃって。

しかし、市役所の職員でもない一市民のコメントだから止めるわけにもいかない。

川原は明らかにテンションが上がっていて、顔も少し紅潮していた。番組を面白くするためなら、この程度の暴露話はくれてやると考えているようだ。

「係長さんもその話はご存じで？」と都留からマイクを向けられ、「いやあ、私は詳しいことは」と頭を横に振った。実際、市長の父娘関係などについてはもともと噂程度にしか知らなかったのだ。

「係長さんが担当なさってるこのオブジェがこういう騒動になったことについてはいかがでしょうか」

「そうですね。一部の市民からネガティブな声をいただいてしまったことについては、残念に思っていますが」

「重橋係長さんは最近、公園管理課に異動してきた人なんですよ」と川原がまた口をはさんできた。「だから、タカラガイのオブジェを作ったときにはタッチしてないのに、市民のクレーム対応をしなきゃならない。ね」

川原にそう言われ、福男は「ええ、まあ」とうなずいた。

「あー、そうなんですか」都留ディレクターはまたもや半笑いになった。「じゃあ、運が悪かった、なんで自分が、とお思いになっておられるんじゃないですか」

「いえ、市の職員である限りは、異動先の仕事と真摯《しんし》に向き合うのが当然ですから」

「でも、他の部局に行きたかったなあ、みたいなことは思ったんじゃないですか」

「まあ、それは……」

「公園管理課への異動は、ついてたか、ついてなかったかで言うと？」

「………」

都留ディレクターが「ついてなかっ……」と言って、明らかに何かを期待するような表情で間を取った。川原が笑ってうなずいている。

福男が「た」と言うと、都留ディレクターと川原が「あははは っ」と声に出して笑った。

そのとき、伏せの状態でおとなしくしていたマジックがおもむろに立ち上がり、一度伸びをしてから、後ろ足を踏ん張る姿勢になった。

福男があわててポケットからたたんだトイレットペーパーを出したときには、既にウンチが遊歩道に横たわっていた。見事な一本グソだった。

翌朝に出勤してすぐ、福男は辻課長と共に建設部長室に出向いた。前日の『カオル調査兵団』の取材内容について報告しろ、という要請だった。

田代建設部長は、手柄は自分のものにし、失敗は部下に責任を押しつけるタイプだともっぱらの評判で、福男自身はまだ建設部に来て日が浅いので直接の体験はないが、田代部長がエレベーターに乗ろうとする市長に対してぺこぺこしながら誘導したり、用地買収を担当している課長をヒステリックに叱りつけているところを目撃したことがある。

部長室の応接ソファに座るよう促されて、田代部長と向かい合う形で辻課長と並んで座った。田代部長は普通のスーツではなく、紺のブレザーを着ていることが多い。この日もそうで、近くで見るとライトブルーのシャツも含めて結構な高級品を身につけたがる趣味の持ち主らしいことが窺えた。

「辻課長から、カワハラがブルーシートで覆うのはやめさせられたということは聞いたけど」と田代部長が言い、福男をにらむように見た。「テレビ番組の取材について報告してもらえるかね」

福男は「はい」とうなずいて、昨日の出来事を時系列に従って報告した。

取材の後、都留ディレクターから名刺を受け取り、福男や川原の氏名や年齢などを聞かれたりしたのだが、そのときに都留ディレクターが川原に、「テレビ放映されたら面白がって見に来る人が増えるかもしれませんよ。撤去されるのは残念ですけど、堂々と見せた方がよくないですか？」と言い、川原もすっかりその気になっていたようで、「そうですね、隠す必要なんてないですよね」と答えて、ブルーシートを阻止せよという福男の任務は他力本願的な形ではあったが一応は果たすことができた。川原は、都留ディレクターらがハイエースに乗り込んで引き上げるまで現場にいて、終盤はご機嫌だった。『カオル調査兵団』に出演できることがよほどうれしかったらしい。

ちなみに、夏帆は電話で報告を聞いて、「へえ、お父さんが全国放送に」と特に何とも思ってない感じだったが、みおも映るのかと気にしている様子だった。みおはすみれちゃんと遊んでたからそれはないと言うと、「ならいいけど。そういう些細《ささい》なことでも他のお母さんたちから妬まれることがあるから」とのことだった。

田代部長は途中まで腕組みをしながら報告を聞いていたが、川原が市長の娘の夫だということや、父娘関係がよくないことまでべらべらしゃべったことを知ると、「何？」と目をむいて腕組みを解き、「それはまずいじゃないか」と詰め寄るように言ってきた。

福男が「私が言ったんじゃなくて、川原さんが勝手に言ったんです」と答えると、辻課長が横から「どうして止めなかったんだね」と言った。

そんなもん、どうやって止めろってのよ。福男があきれて辻課長を見返すと、さすがにバカなことを言ったと思ったのか、「その場で止めるのは難しいけど」と変な笑い方をし、「私が言いたいのはだね、テレビディレクターにその部分はカットするように要請するべきだったんじゃないかっていう……」と続けた。

「そんなことをしたら、かえってまずいことになりませんか」と福男は反論した。「テレビの取材や編集に圧力をかけてきた、みたいに受け取られて、スタジオ収録でほじくり返されたら、逆効果でしょう」

「そこは言い方じゃないか」と辻課長も向きになって言い返してきた。「カットしろと強硬に要請するのではなくて、その場にいなかった人のプライバシーにかかわるようなやりとりについては配慮してしただけませんか、という感じの頼み方をすれ――」

「重橋さんの言うとおりだ」と田代部長が遮るようにして言った。「結果的に市長を怒らせるような形になるかもしれんが、川原という市長の親戚が勝手にしゃべったのであって、我々に落ち度はない。市長には俺から事前に話しておく」

辻課長は小さな声で「あ、はい」とうなずいた。福男は心の中で、ザマアミロと舌を出した。

「重橋さん、あんたはどう思うかね」と田代部長が少し身を乗り出すようにして聞いた。「テレビ番組であのオブジェが取り上げられたら、注目度が上がって、市民の見る目も変化する可能性はあるだろうかね」

「あの番組の影響力は、相当なものですよ」と福男は答えた。「音程がおかしい路上ミュージシャンがあの番組に取り上げられただけでも、見物しに来る人が一気に増えて、ファンがついたりするぐらいですからね。と言いますか、あのオブジェについては既に動きが出てますよ」

「どういうことかね」

「今朝も犬の散歩で芝生広場に行ってみたんですけど、若者を中心に、早くもオブジェの写真を撮りに来てる人たちがいましたから」

「テレビ放映は早くても二週間後、遅ければ一か月後と聞いたぞ」

「川原さんが昨日のうちからさっそく、SNSで広めてるんです。一部の市民が文句を言うのでタカラガイのオブジェは撤去することが決まったけれど、『カオル調査兵団』が取材してくれたとか、オンエアされたときはもう撤去されているかもしれないとか」

昨夜覗いてみたSNSではその他、オブジェをさまざまな角度から撮った写真画像や、合成樹脂を削ったりガラス繊維でコーティングしたりする工程などの動画の他、本物のタカラガイが海中で動いている他人のユーチューブ動画も閲覧できるようになっていた。次々とコメントが届いていたが、〔インパクトがあって市役所にしては頑張ってるなと感心してたのに撤去だなんて。〕〔本物を見に行きたい。〕〔撤去しないでという署名を集めましょう。〕といった応援の声が目立った。

「かーっ」田代部長は背もたれに身体を預けて両手で頭を抱えた。「あの川原って男は何というか、諸刃《もろは》の剣みたいな存在だな。今度は撤去するなっていう声が上がるかもしれんのか？」

福男は「ええ」とあいまいにうなずきながら、心の中で、声が上がるかもしれん、どころじゃないだろう、ネットの時代に適応できてない原始人たちめ、と毒づいた。

「では」と辻課長が口を開いた。「川原さんとはもう一度話し合って、撤去は見合わせてもらうという……」

田代部長から「川原さんは応じるかね」と聞かれた辻課長は福男の方を向いて「どうだろうかね」と余計なパスを回してきた。

「川原さんは、自分が作ったオブジェが世間から評価してもらえるチャンスが巡ってきて、かなり喜んでる様子でした。もともとブルーシートで隠そうとしたのも、どうして隠すんだという声が起きて、注目を浴びたかったからのようでした。なので本人はもうとっくに、撤去しようなんてことは思ってないようです」

福男がそう答えると、田代部長は「何か、よく判らんが、急に風向きが変わったってことだな」と自分に言い聞かせるようにうなずいた。

福男自身は、マジックが風向きを変えたのだと思っていた。昨夜、ダイニングで風呂上がりの缶ビールを飲んだ後、マジックの様子を見に行ってみると、横になって寝ていたマジックが頭を持ち上げたので、「今日はいろいろあったな。お互いにご苦労さん、だ」と声をかけると、マジックは口の両端をにゅっと持ち上げた。

意味ありげに笑ったかのようなその顔を見た瞬間、風向きを変えたのはマジックだったのではないかと気づかされ、全身に鳥肌が立ったような感覚に囚われた。

マジックとの出会いがなければタカラガイのオブジェの前まで散歩に出かけることは

なかったし、ブルーシートをかぶせようとしていた川原に遭遇することもなかったし、『カオル調査兵団』の取材を受けることもなかったはずだ。あの時間にあの場所にマジックに連れて行ってもらわなかったら、川原はとっととブルーシートをかぶせてしまっていて、『カオル調査兵団』の都留ディレクターもこれでは取材にならないと判断して、そのまま引き上げていたのではないか。

だから、マジックのあの笑ったような顔を見た直後、こんな声が聞こえた気がしたのだ。

おいらのマジック、結構すごいだろ。うへへ。

あれは、疲れとアルコールが回ったことによる幻聴だったのだろうか。

その日の夕方も、みおを連れてマジックの散歩に出かけた。みおによると、今日も保育園ですみれちゃんと芝生広場で遊ぼうねと約束をしたという。

マジックは当たり前のように四つ角を曲がり、信号待ちをし、芝生広場へと向かった。

秋空には羊の群れのような雲が漂っていた。

芝生広場には、すみれちゃんがおばあちゃんと一緒に先に到着していて、広げられたシートの上には、人形らしきものやおもちゃの食器らしきものがあった。すみれちゃんが「みおちゃーん」と手を振ると、みおは「お父さん、マジック、ちょっと行ってくるね」と言って、すぐに走り出した。すみれちゃんのおばあちゃんが笑って会釈してきたので、福男は「こんにちは。ありがとうございます」と大きめの声であいさつをした。

タカラガイのオブジェに近づくと、濃紺のパーカーを着た二十代と思われるメガネの若者が、遊歩道の上でうつ伏せ状態になって、自撮り棒のスマホで何やら撮影をしていた。撮影をしては画面を確かめ、自撮り棒の向きを調節してまた撮影している。どうやら、タカラガイのオブジェをバックに自撮りをしているようだったが、なぜうつ伏せになる必要があるのかがよく判らなかった。

マジックを連れた福男が近づくと、邪魔になると思ったのか、若者は「あ、すみません」と立ち上がってスペースを空けてくれた。色白で、理知的な顔立ちをした若者だった。

福男は、「いえ、こちらこそ」と応じながら通り過ぎようとしたのだが、マジックが立ち止まって福男を見上げてきた。マジックの行動には何か意味がありそうだったので、福男は若者に「寝転んで撮ったら、何か面白いものが撮れるの？」と聞いてみた。

「ええ。ちょっと見ますか？」と若者は笑って、スマホ画面に自撮り写真を出して順番に見せてくれた。

いわゆる、トリック写真だった。巨大なタカラガイに追いかけられて逃げていたが転んでしまい、まさに絶体絶命——というテイの構図で、若者自身もわーっと叫んでいるような表情を作っている。

「おーっ、面白いねー。SNSに上げたらバズりそうだ」

「でしょ。このタカラガイのオブジェ、撤去されるそうなんで、記念に撮りに来たんですよ」

「気味悪いっていうクレームが市役所に届いてたみたいだね」

「バカな市民がいますよね」と若者は皮肉を含んだ笑い方をした。「岡本太郎《おかもとたろう》先生が、芸術は爆発だと言ったように、芸術作品というのは、心地よさとか美しさなんて二の次三の次でいいんですよ。何だこれは？　っていう驚きが大事なんです」

「岡本太郎って、太陽の塔の？」

「そうです。僕は太郎先生の著作を読んで結構感銘を受けたクチなんですよ。太郎先生が生きておられたら、無難なもの、当たり障りのない、誰からも文句が出ないようなオブジェなんて芸術なんかじゃない、そういうものこそ税金の無駄遣いだって言うはずです。このタカラガイを作ったのは立体看板の業者さんだそうですけど、芸術家の資質を備えた人だと思いますよ。これぐらい攻めないと面白くない」

「あなたは、美大生か何か？」

「いえ、普通の大学生です」若者は照れたように笑った。「すみません、初対面の方に生意気なことをしゃべっちゃって」

「いやいや、私もこのタカラガイのオブジェは面白いと思ってたんで、仲間に出会えたような……」

互いに笑い合ったが、話すことがなくなって間ができた。

「かわいいワンちゃんですね」と若者が間をつなぐようにマジックを見下ろし、「あの、このワンちゃんと自撮りさせてもらっても？」と聞いてきたので「ええ、どうぞ」と応じると、マジックの隣にあぐらをかいて、片手で自撮り棒を扱い、反対の腕をマジックの首に回して、笑顔を作って撮影した。マジックは特に迷惑そうなふうではなく、かといって喜んでるようでもなく、目を細くしてスマホに視線を向けていた。

「ありがとうございました」と若者は起き上がり、「おとなしいワンちゃんですねー。割と高齢なのかな」と聞いてきたので、福男は「実は迷い犬でね。二日前から預かってるんですけど、今のところ飼い主が見つかってなくて」と教えた。

すると若者は「えっ」と意外な反応を示した。「見た目が黒柴っぽくて、赤い首輪をしてて、迷い犬って……」と言いながらマジックの首輪をつかんで顔を近づけ、「あーっ、マジックじゃん」と言った。

「知ってるの？　マジックのことを」

「僕が直接マジックに会うのは今が初めてなんですけど、バイト先で知り合った人から話を聞いてます。その人、活躍が期待されてたあるスポーツの選手だったんですけど、交通事故で脚を怪我して、もう無理だと半ばあきらめてたところで、たまたまマジックと出会ったそうで、マジックのお陰で再びやる気になれたって、すっげえ熱く語ってましたよ。なので僕もマジックには会ってみたいなと思ってたんですよ。それがこんなところでかなうなんて、奇跡だ」

それを聞いた福男は唖然とした。活躍を期待されていたスポーツ選手が交通事故で脚を怪我……一人、福男の記憶リストに該当者がいる。

「そのスポーツ選手って、やり投げの？」

「はい、そうです。煤屋さんです」若者はうなずいてから、意外そうに「ご存じなんですか」と聞いた。

「私は市役所の職員をやってて、市民健康課というところにいた時期があってね。煤屋さんは今、市立体育館のトレーニング室で利用者に筋トレを指導したり施設を管理したりする嘱託職員をやってるんだけど、双葉学院大学陸上部ＯＢの従兄を通じて、その仕事を煤屋くんに紹介させてもらったっていうことがあって」

「えーっ、そうだったんですか。人と人って、意外なところでつながってるんですね」若者はうれしそうだった。「僕は半年ほど前に、煤屋さんと一緒に、宅配便の流通センターでバイトしてて知り合いになったんですよ。何度か飲みに連れてってもらったりもしたんですけど、双葉学院大の陸上部ＯＢって、浦川さんのことですよね」

「うん、そうそう」

「浦川さんもマジックのこと知ってましたよ。保護犬を飼うことにしたのは、マジックとの出会いがきっかけだったって言ってました。煤屋さんも浦川さんもそれぞれ別々にマジックと出会ってたことを互いに後で知って、びっくりしてました」

その驚きは今の自分の驚きと同じぐらいの衝撃だったのだろう。福男は片ひざをついてマジックをなでながら、「お前、いろんなところに出没してたんだな。俺との出会いも必然だったのかもな」と声をかけた。

マジックが、口の両端をにゅっと持ち上げた。若者が「あっ、笑ったー」手を叩いた。

その後さらに話をして、若者は横野という名前で、双葉学院大三年だと知った。彼はその場でスマホから煤屋に連絡を入れてくれ、「煤屋さん、マジックが今、生涯学習センターの芝生広場にいるんです……はい、迷い犬の状態で。それで、保護してくれてた人が、重橋さんという市役所の……はい、そうなんですよ。煤屋さんと知り合いだと聞いて、僕もびっくりで……あ、今から来るんですか？　飼い主さんの家が……はい、はい、ああ、あの辺りですか。で、煤屋さんが。じゃあ、僕もご一緒させてくださいよ」などと話していた。電話の向こうで煤屋くんが驚いている様子が目に浮かんだ。

煤屋くんは、市立体育館のトレーニング室で働くことになったときに、公園管理課のフロアにわざわざ姿を見せて、「お世話になりありがとうございます。お陰で採用されました」と礼を言ってくれた。いかにもアスリートという感じのごつい体格で、首の太さや落ち着いた表情から、意志の強さを感じさせる若者だった。そのとき福男は、単に従兄を通じて市立体育館でトレーニング指導ができる人材を探しているという情報を伝えただけのことなので、かえって恐縮するしかなかったのだが、その一方でこの若者ならトレーニング室利用者の人気者になりそうだなと確信したものである。やり投げの選手としても現役復帰を目指すとのことで、もうすぐ始まる国民スポーツ大会にも出場すると聞いている。

電話を終えた横野くんは「煤屋さん、今から来られるそうです。飼い主さんは、原屋敷さんというおばあさんだそうで、住所が判ってるんで、煤屋さんと僕とで連れて行きますよ。それでいいですかね？」と聞いた。

「あー……私も保護した立場上、一緒に行くべきだとは思うんだけど、実は小さい娘と一緒に来てるもんで、あんまり歩かせるのはちょっと難しくて」と、芝生広場ですみれちゃんとままごと遊びをしているみおを指さした。「お任せできるのなら、申し訳ないが甘えさせてもらうよ」

「全然ですよ」横野くんは笑って片手を振った。「煤屋さん、うれしそうでしたよ。マジックにまた会いたいと思ってたところだって。僕も噂のマジックと出会えてテンションアゲアゲですよ。あ、それとあと、原屋敷っていうおばあちゃんも、迷い犬だったマジックを預かってるだけで、本当の飼い主さんじゃないらしいです。そのせいかマジックは、ときどき脱走するそうで」

そのとき、みおの「ばいばーい、またねー」という声が聞こえたので見ると、既にままごと遊びを終えてトートバッグを肩にかけたすみれちゃんのおばあちゃんが、すみれちゃんの手を引いて芝生公園の出入り口の方に向かっていた。福男が大きな声で「ありがとうございました。お世話になりました」と礼を言うと、すみれちゃんのおばあちゃんは振り返って、笑顔で会釈してくれた。

戻って来たみおが「マジックに触る？　って聞いたら、すみれちゃん、いいって。犬が怖いんだって。かわいいのにね」と言った。横野くんから「こんにちは」と声をかけられて、みおは父親の知り合いだと察したようで、あまり興味がなさそうな顔で「こんにちは」と返した。

「みお、マジックの飼い主さんが判ったぞ」福男はしゃがんで、みおの肩に片手を乗せた。「このお兄さんがこの後、もう一人のお兄さんと二人で、マジックを飼い主さんのところに連れてってくれるって」

「えーっ、やだーっ」みおはキッと横野くんをにらみつけた。「マジックとおうちに帰る」

「マジックにも本当のおうちがあるんだから、しょうがないだろ」

「やーだーっ」みおは福男が肩に乗せた手を振り払って、マジックの首に両手を回した。「マジックと帰る」

ある程度は予想したことだったが、これはまずい。

マジックが、くーんと鳴いたので、みおは「ほら、マジックだって嫌だって言ったよ」とほっぺたを膨らませた。

横野くんが困った顔をしていた。

福男は、みおの両腕の輪っかから顔を出しているマジックの前で両ひざをつき、「マジック、何とかしてくれ。お前なら奇跡を起こせるはずだ。頼む」と頭を下げた。

みおが「そんなこと言ってもダメっ」と言った次の瞬間、ポケットの中でスマホが鳴った。取り出すと、夏帆からの電話だった。

「陣痛が始まったんで、これからタクシーで病院に行くね。仕事休んで、来られる？」

「ああ、判った。みおを連れて俺もそっちに行くよ。職場には事前に言ってあるから、二、三日休むのは問題ないから」

「マジックはどうする？」

「それが、ついさっき、飼い主さんが判ったんだ」

「えーっ、本当に？」

「ああ」

「手間のかからないコだね」

手間がかからないどころか、マジックには本当にいろいろと助けられた。

通話を切った福男は「みお、もうすぐ赤ちゃんが生まれるぞ。何日か保育園はお休みして、お母さんに会いに行こう」と言うと、みおは両腕をマジックの首から外して、

「えっ、赤ちゃん？　やったー」とバンザイをした。

横野くんから「ええと、おめでとうございます」と言われ、「ありがとう」と返事をしたとき、横野くんと強引に握手をしている自分に気づいた。


『カオル調査兵団』の中でタカラガイのオブジェが取り上げられたのは、それから二週間後だった。オンエアを福男は自宅のリビングにあるテレビで、缶ビールを飲みながら一人で見ていた。みおは二時間ほど前に寝入っている。

無事出産を終えた夏帆は、身体を休めつつ、生まれたばかりの次女つぐみの面倒を見るために今も実家滞在を続けている。週末ごとに福男は車にみおを乗せて、夏帆の実家通いをしているので、みおは今のところかんしゃくを起こすようなことはない。マジックに会いたいと口にすることはあるが、日々夏帆から送られてくる幼い妹の動画を見て、「かわいいねー」と笑っているところを見ると、つぐみがマジックロスを紛らす効果はあるようだった。また、みおは早くもお姉さんになるという自覚を持ち始めているよう

で、つぐみちゃんにおもちゃをあげると言って、ダンボール箱に取り分けている。多くはみおにとって不要になったもののようだが、福男が「えらいね。つぐみちゃんも喜ぶといいね」と声をかけると、それからさらにダンボールに入るおもちゃの数が増えた。オンエアされた現場でのやり取りは、おおむね想定していた内容だった。福男がスマホで辻課長と押し問答のようなやり取りをしたところも、川原による市長と娘の関係が悪いという暴露話もしっかり紹介され、福男が都留ディレクターから「ついてなかっ……」と誘導されて「た」と答えた場面ではスタジオの観覧客の笑い声にMCの大納言カオルの大笑いがかぶさった。

しかも、最後にマジックがあのオブジェの前でウンチをしたところまで映し出されたので、福男はビールを吹きそうになった。さすがに本物のウンチが映るのではなく、顔があるウンチのイラストで隠す形だったが、〔お見せできないのが残念ですが、びっくりするぐらいに見事な一本グソでした。〕というテロップが出て、「一本!」という音声が入っていた。

だが、マジックが引き寄せた本当の奇跡は、そこからだった。

画面がスタジオに変わり、まず大納言カオルが「私、あのタカラガイ、好きやわー。あの美しい宝石のような貝殻が、実はああいう姿で生きてるっていう衝撃、すごない?」とオブジェ支持を表明し、さらに「気持ち悪いっていうやつらって、小学生の学習帳の表紙とかに難癖つけるタイプの連中やねんよ。虫が気持ち悪いっていうね。虫たちから見たら、お前ら人間の方が気持ち悪いねんで。そのことに気づけや、あほたれ」とやってくれた。

そして大納言カオルは「スタッフの誰かが撤収するときに、スマホでネット宝くじをやったら、当たったんやて？　誰や？」と尋ねると、都留ディレクターの隣にしゃがんでいた男性がちょっと照れたような笑い方をして片手を上げた。あのときにカメラを回していた男性だった。

「それで、いくら当たったん？」と聞かれて男性は片手を広げて見せ、大納言カオルが「何やの、それ？　五百万？」と言うと、スタジオ内がどよめいた。大納言カオルが観覧客に向かって「んなことあるわけないやろ、こいつがそんなに持ってるやつやったら、もっと出世してるがな」と言うと、スタジオが笑いに包まれた。

カメラマン男性が手にしたのは五十万円ちょっとだったという。大納言カオルとのやり取りによると、カメラマン男性は、タカラガイのオブジェを取材しに行ったら、それを作った業者さんと市役所の担当者がいたという幸運に加えて、マジックという犬がその場でウンチをしたことで、ここで宝くじを買ったら運がついてくるのではないかと直感したという。しかも、オブジェの担当者である市の職員の下の名前が〔福男〕だったので、こんな偶然はめったにないと思って、スマホを取り出してネット宝くじを購入したという。ちなみに都留ディレクターもカメラマンの〔これは何かある説〕を聞いて心が動いたものの、大納言カオルと同じくこのカメラマンが持っているようには思えなかったので、何も買わなかったと、悔しそうだった。

大納言カオルはカメラマンに向かって「ごめんなー、私あんたを見くびっとったわ」と言った後、「というより、あのタカラガイのオブジェが持ってたってことやろね。あるいは福男さん？　私、何かを感じたよ。失礼な言い方やけど、あの方ご自身は運を引き寄せるって感じの人相やないけど、周りに寄って来た人たちに運を与える力があるような気がすんのよ。ね、都留もうなずいてるけど、ほんまに思てんの？　適当に流そうとすな、あほたれ」と続け、最後は「これがオンエアされたら、二匹目のドジョウ狙いで、あのオブジェ詣でに行く連中、どっと増えるやろね」とまとめていた。

福男はそれを見て、「こりゃ、また仕事が増えるんじゃないか……」とつぶやいた。

翌朝に出勤すると、辻課長と共に田代建設部長室に来るようにと言われ、自分の席に腰を下ろす暇もなく出向いた。

「見たよ、番組」田代部長は上機嫌だった。「さっき、広報室から内線電話がかかってきて、大手の広告代理店二社が示し合わせたように、あのタカラガイのオブジェを観光宣伝に利用する事業計画案を出すので是非検討してほしいと言ってきたそうだ。さすが動きが速い連中だよ」

「観光宣伝、と言いますと?」と辻課長が尋ねると、田代部長は「ちょっとはあんたも想像力を働かせなさいよ」と表情を曇らせ、「なあ、重橋さん」と福男の方を見た。

「今後予想されるのは、あのオブジェ目当てに芝生公園に来る人が増えるだろうということです。番組の後、ネット上ではさっそく、あのタカラガイのオブジェに願かけをしたりスマホの待ち受け画面にすれば運気が上がるらしいぞという声がたくさん上がってました。早急に観光協会と連携して、タカラガイのオブジェを宣伝するパンフレットや動画を製作した方がいいかと」

「そうだな」と田代部長がうなずいた。「あそこは交通の便があまりよくないので、休日には車が増えるかもしれんな」

「生涯学習センターの駐車場はスペースに余裕があるので大丈夫だと思います。市営バスのバス停もあるので、駅からの利用客が増えそうですね」

「民間のバス会社は採算が取れないからと、生涯学習センター前経由の路線を作ってくれなかったんだよな。お陰で市営バスの一人勝ちだ。交通部にも貸しができる」田代部長は愉快そうにぐふふと笑った。「周辺に飲食店は?　人気のラーメン店があるんだったかな」

「あー、〔つつじ〕ですね。ただ、あの店は駐車場のスペースもあまりなくて、午後にいつも売り切れて店じまいをしてしまいます。あと、ムラサという人気のコロッケパン屋が近くにあるんですが、飲食店ではなくて販売店です。あとは……うどん屋と、お好み焼き屋、ハンバーガー、フライドチキン。どれもチェーン店ですね」

「せっかく県外からの訪問者が増えそうだというのに、それでは地元にあまりカネが落ちんな。生涯学習センター内にテナントとして入ってる喫茶店は席も少ないし」

「上の方で話をつけてもらえるなら、生涯学習センターの施設内で販売したいところですが。さっき言ったムラサのコロッケパンなんか、周辺でしか知られてませんが根強い常連客がいるんで、B級グルメとして観光宣伝につながるんじゃないかと思います」

「へえ、そんなに旨いのかね」

「ええ。近所にある会社事務所とか工場とかが従業員への差し入れでまとめ買いしたり、部活や塾帰りの子どもたちも頻繁に立ち寄ってますから」

「じゃあ、重橋さん、あんたがそのコロッケパン屋に交渉して、生涯学習センターの施設内で販売してもらうように動いてもらっていいかね」

「ええ……」

一瞬、ムラサの奥さんがタカラガイのオブジェの撤去を求める署名活動をしていたことが頭をよぎった。撤去派の旗色が悪くなりそうだということはもう判っていると思うので、複雑な気持ちかもしれない。そのせいで引き受けてもらえないかもしれないが、

頼むだけ頼んでみるとしよう

「あの、うちは公園管理課なので、そういうのは生涯学習センターが……」

辻課長がおずおずと口をはさむと、田代部長は煙たそうに片手を振った。

「あそこの館長は半年後に退職するんだから、余計な仕事はやりたがらんよ。俺が直接市長に話を通して、生涯学習センターの施設を使えるように指示を下ろしてもらうから問題ない」

「部長。ついでにご提案ですが」と福男は少し身を乗り出した。「福祉事業所が販売してる調理パンも、生涯学習センターの施設内で販売してもらったらどうでしょうか。今のところ、市役所本館のホールで細々と出張販売してもらってますけど、一部の職員が購入してるだけで、あまり売れ行きがいいとは言えない状態ですし」

「おー、それはいい」田代部長が人さし指を立てて振った。「障害があるコたちが働く機会が増えて、売り上げも伸びるってことなら喜んでやってくれるだろうし、市長の人気取りにもつながって次の市長選につながるからウィンウィンだ」

田代部長はきっと心の中で、副市長の地位をたぐり寄せられそうだとほくそ笑んでいることだろう。

福祉事業所がパンの販売をしてくれるなら、ムラサのコロッケパンの販売も事業所に委託する、という手もある。あそこの奥さんはＰＴＡの役員をするなど、地域のためなら一肌脱ぎますよ、という人のようで、オブジェ反対の発起人《ほっきにん》になったのも、おそらくそれが地域のためだと考えたからだろう。となれば、福祉事業所に協力してほしいという形で頼めば、喜んで話に乗ってくれるかもしれない。光明《こうみょう》が見えた気がした。

その後、田代部長と福男は、タカラガイ関連のグッズとして、タカラガイのアクセサリー、タカラガイのイラストが入ったTシャツやハンカチやマグカップなどの試作品を広告代理店に作らせて市役所の売店などでの販売を検討してはどうか、といった提案もした。

その間、辻課長はほとんど発言の機会がなく、福男の隣で背中を丸めていた。ちらと横目で見たとき、顔色がよくないようだった。

それからの一週間の間に、ネット上にはタカラガイのオブジェの写真画像が倍々ゲームのように増えていった。普通にタカラガイのオブジェをバックにピースサインをしているものだけでなく、タカラガイのオブジェにお参りに来たという報告と共に、まとめ買いした宝くじ券を広げて見せる画像などもあった。有名なユーチューバーのグループも、タカラガイのオブジェに願掛けをした場合としなかった場合の宝くじの当たり外れを検証する動画をアップしており、結果が注目されている様子である。

コスプレイヤーたちからの人気も高まっているようで、ゲームやアニメのキャラクターに扮した女子たちが剣や槍を構えて巨大なタカラガイと戦っているように見える画像なども出現し始めた。コスプレイヤーが増えれば、そのファンも集まるらしいので、期待が持てそうである。

トリック写真も増えていて、ネット上ではそれらの画像をまとめて転載した掲示板も出現し、大喜利《おおぎり》のようなにぎわいを見せていた。少し離れた場所から低いアングルで撮ることで、タカラガイを片手でなでているように見えるものや、巨大なスニーカーがタカラガイを踏み潰そうとしているものなどはまだ初級者クラスで、タカラガイに跳び蹴りを食らわせたり、タカラガイにリードをつけて散歩させているように見えるもの、タカラガイに下半身を飲み込まれて絶叫しているものもあった。

そんな中に、マジックの飼い主についての情報をもたらしてくれた、横野くんのあのトリック写真もあった。後でやり投げ選手の煤屋くんが職場にわざわざリードを返しに来てくれたのだが、そのときに聞いたところ、横野くんは「普通の大学生です」と福男に対して自己紹介したが、実は小説家を目指していて、いくつかの新人賞に応募しており、最近その一つの賞で最終候補に残ったという。

煤屋くんも含め、夢を持って頑張っている若者と知り合いになれたのは幸運なことだ。わくわくする気持ちを分けてもらえるのだから。

生涯学習センターの施設内で、福祉事業所の人たちに調理パンを販売してもらうという話は、市長から指示が下りたお陰でとんとん拍子に話が進み、まずは土日にやってもらって様子を見る、ということになった。福祉事業所の人たちも張り切ってくれてるそうで、タカラガイの形をしたパンも試作しているという。

ムラサのコロッケパンは、福男が期待したとおり、福祉事業所に販売を委託するという提案をしたところ、ムラサの奥さんもご主人も快諾してくれた。そのときに奥さんは、オブジェの撤去を求める署名活動については何も口にしなかったが、市役所内に流れている噂によると、署名は自然消滅のような形で立ち消えになったようだった。

困惑させられたのは、福男の存在そのものが縁起ものと考える人たちが増えてきたことで、公園管理課のフロアにやって来て、「重橋係長さん、福男さん。一緒に写真を撮らせてください」と頼まれる機会が増えた。断ったりすると押し問答が始まってかえって業務に支障が出るので愛想よく応じているのだが、外を歩いていたり信号待ちをしていたりするときに勝手に撮影されるのはさすがにもやっとした気分にさせられる。夏帆からは、有名タレントの気分を体験できると思えばいいじゃない、と言われた。

あのタカラガイのオブジェの製作を請け負った業者として、カワハラのＳＮＳもアクセス数が急増し、宣伝効果が上がっているようだった。そのＳＮＳによると、コスプレイヤーたちから剣や鎧《よろい》などを作ってほしいという注文が増えているらしい。発泡スチロールを整形してガラス繊維でコーティングすれば、確かに軽くて丈夫な剣や鎧が作れるので、いいマッチングなのだろう。

その週の土曜日は、生涯学習センターの施設を借りて福祉事業所が調理パンを販売する初日だったので、福男はいちいち勤務として申請せず、プライベートの形で様子を見に行った。

みおはこの日の朝のうちに、軽自動車で夏帆の実家に送り届けてある。夏帆とつぐみは、来週あたりに帰って来ようか、という話になっている。みおにとっては、我慢の日々はあと少しである。

この間にみおは精神的に成長したようで、福男の方からは頼んでいないのに、朝食や夕食の配膳や後片付けを手伝ってくれるようになった。そのことについて福男が「みおもお姉ちゃんになったねー」とほめると、「だってみおは、つぐみちゃんのお姉ちゃんだよ」と返された。

秋晴れのいい天気だった。ほんのり冷たい風がときどき顔をなでるが、それがむしろ心地よさを与えてくれた。

昨日の午後、テレビドラマの製作会社から市の広報室に、タカラガイのオブジェがある芝生広場でドラマロケをしたいという連絡があったという。詳細はまだ決まっていないが、人気女優を主人公にしたコメディだそうで、祖父が残した開かずの金庫を専門業者に開けてもらうことになり、お宝が入っていますようにと願かけをしに来るというシーンを検討しているらしい。もし本当にドラマに登場すれば、ますます注目度は上がるだろう。

まだ午前十一時前だったが、土曜日ということもあって、芝生広場は結構な数の人たちで賑わっていた。芝生の上には簡単に設営できるタイプのテントが点在しており、その周辺ではバドミントンやフリスビーを親子で楽しんでいる光景が見られた。

タカラガイのオブジェの前では、忍者や侍に扮したコスプレイヤーの若者たちが集まっていて、オブジェをバックに撮影をしていた。最近知ったのだが、人気のコスプレイヤーはユーチューブ動画の広告収入や自費出版の写真集販売などで結構な稼ぎを得ており、そこらのテレビタレントよりも稼いでいるという。コスプレイヤーというのはもはや趣味にとどまらず、職業としても認知されつつあるらしい。

オブジェの周辺や遊歩道わきのあちこちに、今日もピンクや白のコスモスが咲いて彩りを与えてくれていた。外来種を植えるなという声もあるが、人間のモノサシというのはあいまいで不確かなものだと、タカラガイのオブジェが教えてくれている。

いや、それを教えてくれたのはマジックだろう。

生涯学習センターの一階ホールに入ると、長机を四つほど並べて、福祉作業所の若者たちが既に調理パンの販売を始めていた。ムラサのコロッケパンは、今日は三十個用意されていると聞いている。今のところパンを選んでいる客は五、六人だったが、昼が近くなるとずっとにぎわうことになるだろう。

パン販売の責任者である女性職員にあいさつをしに行った。特に問題なく販売できているとのことで、「収入が増えて助かります」と礼を言われた。

再び芝生広場に出てみると、タカラガイのオブジェの前にはさっきとはまた別のコスプレ女子が数人、撮影をしていた。アニメやゲームのキャラクターなのだろう、水色のツインテールの髪にメイド風の格好だったり、モビルスーツの乗組員みたいな黄色いコスチュームに金髪のショートボブなど、完成度が高そうである。彼女たちを撮影するために他の若者たちが周囲を取り囲んでいた。

芝生広場の少し離れた場所では、小学校高学年ぐらいと思われる女子グループが、ダンスの練習をしていた。薄紫色のパーカーを着た女子が先生役らしく、他の女子たちと向き合う形でお手本の動きを見せ、他の女子たちが真似をしていた。上手なコがクラスにいて、他の女子から頼まれて教えている——そんなところだろうか。

急に「あの人、福男さんじゃない?」という声がしたので視線を向けると、ピンクの髪にアイパッチをして刀を背負ったコスプレ女子がこちらを指さしていた。まずい、と思ったときにはもう遅く、「あ、本当だ、福男さんだ」「まじ? 超ラッキーじゃん」などと他のコスプレ女子らが呼応して、「福男さんですよね。一緒に写真撮らせてもらっていいですか?」と言われてしまった。

福男はすぐに気持ちのスイッチをオンにして、「はい、いいですよ」と笑顔でうなずいた。チノパンに地味なジャンパー姿のおじさんが、コスプレ女子たちと一緒に撮影というシュールな構図だが、彼女たちは「わーい、うれしいー」などと素直に喜んでくれるので、福男も親指を立てたり親指と人さし指でハートサインを作ったりした。コスプレ女子を撮影するのが目的で集まっていたはずの他の若者たちからも「すみません、僕らも撮らせてもらっていいですか?」と頼まれ、しばらくの間、見知らぬ若者たちとのツーショット撮影が続いた。一人一人から「ありがとうございました」と礼を言われて、「こちらこそありがとう」と応じながら、自分がこんな存在になるとは、最近まで一ミリも想像できなかったことが不思議で、何だか笑い出したくなる気分だった。

ようやく撮影から解放されて、そろそろ引き上げようとしたときに、マジックらしき犬を連れた女性が遊歩道を歩いていることに気づいた。

あれは、マジックか? 似ているけど……。

目を凝らしたが、ここからは五十メートルほど離れていたので、確信は持てなかった。確かめないではいられなくなり、福男は芝生広場をショートカットして駆け寄った。近づくにつれて、やっぱり似てるぞと思い、斜め後ろから「マジック?」と声をかけると、連れていた女性が立ち止まって振り返った。

女性は知らない顔だった。三十前後だろうか。ジーンズのジャケット、ロングスカートにブーツという格好で、ベージュのベレー帽をかぶっている。

「あ、福男さんだ」と女性が笑って言った。「テレビ、見ました。たまたまチャンネルを変えたら、マジックが映ってたのでびっくりして」

こちらからの自己紹介は不要らしい。福男は「あの、そのコは……マジック、じゃない？」と尋ねてみた。似ているが、よく見ると、ちょっと雰囲気が違っていた。

「このコはデイビスっていう名前です」と女性は答えた。「犬猫を保護する団体からもらったんです。見た目がマジックに似てたので一目惚れしちゃって」

さらに女性は、なぜマジックのことを知っているかについて、経緯も話してくれた。帰宅中に出会ったマジックがついて来たことがきっかけで、三、四日だけ預かったことがあるという。

ならばきっとこの女性も、マジックによって人生の何かが変わったのかもしれない。

「ああ、そうでしたか」福男はうなずいてからデイビスの前に片ひざをつき、「初めましてデイビス」と首の周りをなでた。デイビスは目を細くして、小さくくうんと声を出した。マジックよりも若そうである。

「あのタカラガイのオブジェ、みんなの見る目が百八十度変わったんですね－」と女性はオブシェの方に視線を向けた。「それもマジックがきっかけで」

「ええ、そのとおりです。一時期は撤去を求める署名活動をする人たちがいたし、気味悪いから何とかしろという電話もしょっちゅうかかってきたのに、今ではちょっとしたパワースポットですからね。いろんな偶然が重なってのことですけど、マジックがいなければその偶然もなかったと思います」

「マジックこそがパワースポットかもしれませんね」女性は首を軽くすくめてからデイビスを見下ろし、「デイビス、お前も頑張れよー」と声をかけた。デイビスはぽかんとした顔だった。

「失礼ですが、マジックと出会って、何かありました?」

デイビスから手を離して立ち上がりながら尋ねてみると、女性は「私はマジックのお陰で転職することができたんです」と言った。「以前働いてた会社では、いろいろと思い悩むことがあって。そんなときにたまたまマジックと出会って、しばらく面倒を見ているうちに、今までの自分がいかに殻にこもってたかっていうか、人生の楽しみに気づかないで生きてたかってことに気づかされて。マジックに背中を押されなかったら、転職もしないで今でも毎日疲れた身体を引きずるようにして生活してたと思います。信じてもらえないかもしれないんですけど私、マジックがきっかけで性格もずいぶん変わったんですよ。他人と話をするのって結構苦手だったし、特に初対面の人と向き合うと緊張したりしてたんですけど」

「判りますよ」と福男はうなずいた。「マジックは、出会った人たちに魔法をかけてしまうんですよね」

そのとき、「デイビス」と声がかかったので見ると、友人たちにダンスを教えていた女の子が駆け寄って来た。

「デイビスー、また会えたねー」と女の子が言うので福男が遠慮して一歩下がると、その子は両ひざをついてデイビスの首に両腕を回してハグした。デイビスはちょっと困ったような顔で、斜め上を向いた。

「えーと、ムラサのお嬢さんだったよね」と女性が言うと、女の子は「はい」とうなずき、「この前はありがとうございました」と言った。

福男の表情に気づいた女性が「この近くにあるコロッケパン屋さんの娘さんなんですよ」と言った。「以前、今日みたいにデイビスの散歩をしてたときに、声をかけてくれて、しばらく一緒に歩きながら、お互いの話とかしたんだよね」

女性からそう言われた女の子は「はい」とうなずき、「算数の楽しさを教えてもらって、テストの点数、上がりました」と続けた。

ムラサのご夫婦に娘さんがいることは知っていたし、何度か見かけてきたはずだったが、イメージとしては幼稚園ぐらいの小さな子だった。いつの間にかこんなに大きくなってたのか……。まあそういうのは、おじさんあるあるか。

福男が「へえ、村佐さんとこの娘さんだったのかー」と言うと、女の子は「はい」とうなずいてから、「重橋さん、テレビ、見ましたよ。お父さんが録画しておいたのを後で見たんです」と言った。

「ああ、そうなんだ……」

後方から「ノゾミちゃーん」と声がかかり、村佐さんのところの娘は「はーい、すぐ行くよー」と応じ、「デイビス、またね」とデイビスに手を振って、福男たちに「じゃあ、失礼しまーす」とぺこりと一礼してから、また駆けていった。

女性が「いいなあ、若いコは」とつぶやきながらそれを見送った。「あ、そうそう、あのコもマジックと知り合いなんですよ。だからデイビスを見てマジックかなと思って声をかけてくれたんです」

「へえ、本当ですか」

「マジックのお陰でいろいろといいことがあったんだそうです。でも恥ずかしいから詳しいことは教えられませんって言ってました」

「かえって気になりますね、それは」

デイビスがタカラガイのオブジェがある方に行きたいようで、リードを引っ張り始めた。

女性は「あ、はいはい、散歩の途中だったよねー、ごめんごめん」とデイビスに声をかけ、福男に「では、すみませんが」と会釈してきたので、「ああ、こちらこそ、止めてすみませんでした」と頭を下げてから、「デイビス、またな」と手を振った。デイビスは目を細くして福男を見ただけだったが、微笑んだように見えなくもなかった。

女性とデイビスをその場から見送った。

やっぱりマジックとは違う。別の犬だ。

タカラガイのオブジェの前でデイビスはウンチをしたようだった。何人かいたコスプレ女子たちが「きゃー」「わおっ」などと声を上げている。

いや、やっぱりあのコ、マジックに似てるぞ。福男は「あははは」と笑った。

福男は何となく、芝生の上に寝転びたくなって、芝生広場に入り、近くに人がいない場所で大の字になった。青い空の高いところを、トンビが旋回していた。

目を閉じた。背中に芝生の柔らかさを感じ、草の匂いがした。子どもたちの歓声が重なって聞こえる。

もうすぐ夏帆がつぐみを連れて帰って来る。みおはお姉さんの自覚が芽生えているようだが、もしかしたら夏帆がつぐみにかかりっきりになるせいで、気持ちが不安定になるかもしれない。弟や妹ができると、誰しも体験する試練である。

そのときは、新しく保護犬を家に迎えるというのはどうだろうか。

夕方になったら、その犬を連れて散歩に出る。みおがリードを握って。途中でさまざまな人たちから声がかかる。かわいいワンちゃんですね。おとなしそうですね。みおは初対面の大人にも物怖《ものお》じしないコになるのだ、その犬のお陰で。

福男は仰向けになったまま目を閉じ、みおやつぐみがどんなふうに成長していってくれるのかを想像しながら、大きく伸びをした。

地味で誰にも自慢できない人生を歩いてきたと思っていたけど……。

そうでもないかな。

・この物語はフィクションです。
実在の人物、団体などには一切関係ありません。
・本書は双葉文庫のために書き下ろされました。

双葉文庫

や-26-11

迷犬《めいけん》マジック 3

2023年6月17日　第1刷発行

【著者】
山本甲士《やまもとこうし》

【発行者】
箕浦克史
【発行所】
株式会社双葉社
〒162-8540 東京都新宿区東五軒町3番28号
［電話］03-5261-4818（営業部）　03-5261-4833（編集部）
www.futabasha.co.jp（双葉社の書籍・コミックが買えます）
【印刷所】
中央精版印刷株式会社
【製本所】
中央精版印刷株式会社

【フォーマット・デザイン】
日下潤一

ISBN978-4-575-52662-2 C0193
Printed in Japan